Sur l'auteur

Ian McGuire a grandi près de Hull, en Angleterre, et étudié dans les universités de Manchester et de Virginie. Il a cofondé le Centre pour la Nouvelle Écriture à l'université de Manchester et enseigne actuellement l'écriture créative à l'université de North Texas. Ses écrits ont été publiés dans *Chicago Review* et *The Paris Review*.

Celui qui sait est son deuxième roman à paraître en France, après *Dans les eaux du Grand Nord* qui a reçu le Prix Gens de Mer – Festival Étonnants Voyageurs en 2017.

Du même auteur
aux Éditions 10/18

DANS LES EAUX DU GRAND NORD, n° 5352
CELUI QUI SAIT

IAN McGUIRE

CELUI QUI SAIT

Traduit de l'anglais
par Anne-Marie Carrière

10
18

Grands détectives

créé par Jean-Claude Zylberstein

Titre original :
The Abstainer

ISBN 978-2-264-07755-4
Dépôt légal : avril 2021

À Abigail, Grace et Eve.
Et à la mémoire de ma mère,
Joan McGuire (1925-2018).

Chapitre 1

Manchester, 22 novembre 1867

Minuit.

Des batteries de canons sont installées dans Stanley Street, des barrages de madriers cadenassent chaque pont, chaque carrefour. Sur l'autre rive des eaux noires de l'Irwell, où ne glisse aucun bateau, s'élèvent les flammes orangées d'une dizaine de feux de veille. En arrivant au commissariat de King Street, situé dans l'enceinte de l'hôtel de ville, James O'Connor secoue son chapeau melon pour en chasser la pluie, déboutonne son imperméable et le suspend à la patère à l'entrée de la salle de repos. Sanders et Malone somnolent dans un coin, sur des lits de camp ; les autres jouent au whist, bavardent ou lisent le *Manchester Courier*. Il est accueilli par l'odeur âcre et caractéristique du thé trop infusé et du tabac Navy Cut. Contre le mur de gauche dorment des massues de gymnastique et des ballons lestés poussiéreux. Au centre, la table de billard inutilisée est recouverte de planches. Fazackerley, le lieutenant de garde, salue O'Connor d'un signe du menton.

— Du nouveau ?

— Non, rien.

— Y en a bien un qui finira par sortir. Les crétins pleins de bière, ce n'est pas ça qui manque. Tu n'as qu'à attendre.

O'Connor prend une chaise et s'assied. Fazackerley va au réservoir d'eau bouillante, emplit à moitié une théière en étain cabossée et fait lentement tourner l'eau.

— Je suis le seul Irlandais éveillé de ce côté-ci de Kingston, lâche O'Connor. Les autres sont au chaud dans leur lit, sur les conseils des prêtres. Ils se gardent bien d'aller dehors.

— Je croyais que tes féniens[1] n'écoutaient pas les princes de l'Église.

— Ils les écoutent quand ça les arrange. Comme tout le monde.

Fazackerley opine et s'autorise un sourire. La cinquantaine, traits taillés à la serpe, sourcils broussailleux, le cheveu gras et clairsemés : on pourrait penser qu'il se néglige, ou qu'il est épuisé, si ce n'était ses yeux, d'un bleu incongru, ce bleu laiteux des nouveau-nés ou des poupées de porcelaine. Des yeux qui trahissent un état d'alerte permanent, presque joyeux, même lorsqu'il est au repos.

— Ils ont vu la cavalerie sillonner Deansgate, poursuit O'Connor. Ils ont vu les canons et les barrages. Ils ne sont pas aussi stupides que tu le crois.

— En tout cas, j'en connais trois qui auront l'air moins finauds demain matin à huit heures, c'est moi qui te le dis.

Joignant le geste à la parole, Fazackerley incline la tête sur le côté, roule des yeux exorbités et laisse pendre sa langue, mais O'Connor n'y prête pas attention. Depuis neuf mois qu'il est arrivé de Dublin en détachement, il a bien fallu qu'il s'accoutume à l'attitude de ses collègues anglais. Toujours à le titiller, à l'asticoter, juste pour voir sa réaction. Plutôt cordiaux au premier abord mais, sous les rires, il sait qu'ils se méfient de lui. Qui peut bien être, se demandent-ils, cet Irlandais qui débarque sans crier

1. Pour des raisons d'homophonie, la graphie « féniens » a été privilégiée. (*Toutes les notes sont de la traductrice.*)

gare pour leur apprendre leur métier ? Même Fazackerley, de loin le plus sympathique, le traite la plupart du temps comme une curiosité amusante, une sorte d'exception à la règle, un Cochise celte, un ours savant. D'autres se sentiraient insultés, O'Connor, lui, ne s'en émeut pas. À quoi bon s'expliquer ? Il est parfois beaucoup plus simple de ne pas être compris.

— Maybury a demandé à te voir au plus vite, lui dit Fazackerley. Il est là-haut, avec Palin.

— Maybury et Palin, ensemble ? s'étonne O'Connor. Qu'est-ce qu'ils me veulent ?

Fazackerley rigole.

— C'est toi, le putain d'oracle, O'Connor ! Tu t'en doutes pas ? Ils veulent que tu leur prédises de quoi demain sera fait.

— S'ils avaient tenu compte de mon avis, Charley Brett serait sans doute encore de ce monde.

— C'est possible, mais ça ne t'avancera pas à grand-chose de le leur faire remarquer. Nos seigneurs et maîtres ont horreur qu'on leur rappelle leurs faux pas.

— Le bruit court que Palin sera viré, de toute façon, une fois le calme revenu. Mis à la retraite d'office.

— Les flics adorent cancaner, hein ? relève Fazackerley. Tu ne voudrais pas tenter ta chance et prendre sa place, Jimmy ? Commissaire divisionnaire O'Connor, ça en jette, non ?

Cette idée le fait hennir de joie, il trouve sa blague très bonne. O'Connor finit son thé, tire sur les pointes de son gilet et conseille à son collègue d'aller se rhabiller.

À l'étage, il s'arrête devant la porte du bureau et tend l'oreille. Il connaît assez bien Maybury, mais n'a vu Palin que de loin, lors de cérémonies officielles, debout sur une estrade ou assis sur une monture. De petite taille, d'allure martiale, Palin se tient toujours rigide et crispé, du moins en public. Le jour de l'attaque du fourgon cellulaire, il était ailleurs, injoignable ; toutes les mises en garde qu'on lui avait signifiées étaient restées lettre morte. Un fonctionnaire de police a déjà été limogé, et aujourd'hui la rumeur court que Gathorne Hardy, le ministre de l'Intérieur, est intervenu, et que Palin sera finalement contraint de se retirer. Une paisible retraite à la campagne aux frais de la princesse, la vie de château en quelque sorte, c'est la tradition chez ces gens-là.

O'Connor les entend discuter – Palin à voix basse, parfois interrompu par Maybury – sans pouvoir distinguer leurs propos. Il frappe, la conversation s'interrompt, Maybury lui crie d'entrer. Aucun des deux ne le salue ni ne lui propose de s'asseoir, Maybury lui adresse un très léger signe de tête. C'est un homme corpulent, au visage encadré de gros favoris, avec une tache de vin sur une joue. Palin observe O'Connor, sourcils froncés, comme s'il cherchait à se rappeler où il l'avait rencontré. Tous deux sont en manches de chemise, Palin fume un gros cigare. Sur le bureau, un pot de moutarde et une bouteille de vinaigre. Une odeur de saucisse grillée imprègne l'air.

— Vous désiriez me voir, monsieur ? demande O'Connor à Maybury.

Celui-ci interroge son supérieur du regard, lui offrant la possibilité d'intervenir le premier, mais Palin décline d'un geste agacé.

— Bien, nous vous écoutons, lieutenant, dit Maybury.

Il juge normal qu'on vienne au rapport devant le responsable de la police de Manchester au beau milieu de la nuit.

O'Connor sort son calepin et feuillette les pages.

— J'ai sillonné la ville toute la journée et j'ai vu mes informateurs. Nous n'avons rien à craindre des féniens cette nuit. Les exécutions se dérouleront sans problème, j'en suis certain. Si représailles il y a, ce sera pour plus tard, une fois la tension retombée, quand la troupe aura quitté la ville.

— Vous avez entendu parler de représailles ? s'exclame Maybury.

— Les gens bavardent, monsieur, mais rien de sérieux pour le moment.

— Ce qui signifie qu'ils ont peur de nous, commente gaiement Palin. C'est évident. Notre démonstration de force a réussi, conformément à nos attentes.

— Pour le moment, monsieur, répète O'Connor. D'ici un mois ou deux, la situation risque de changer.

— Expliquez-vous, lui ordonne Maybury.

— Ces pendaisons vont provoquer une grande colère au sein de la communauté irlandaise. Le sentiment qui prédomine est que le verdict est inique : le lieutenant Brett a été victime d'un homicide involontaire, non d'un meurtre prémédité. Ceux qui n'étaient que des sympathisants de la Fraternité se rapprocheront de l'organisation. Les cercles républicains irlandais de Manchester vont s'en trouver agrandis et renforcés.

Palin se redresse sur sa chaise, le front plissé.

— Je ne suis pas votre raisonnement. Vous suggérez qu'un châtiment sévère pourrait encourager leurs congénères à perpétrer des actions identiques ? Impossible ! Ça n'a aucun sens !

O'Connor se tourne vers Maybury, quêtant son soutien : celui-ci se contente d'un haussement de sourcils accompagné d'un sourire froid.

— Si vous créez des martyrs, monsieur…

— Quoi ? Des martyrs ? Ces individus ne sont pas des martyrs, mais des criminels de droit commun ! Ils ont abattu un policier de sang-froid !

— Ce n'est pas l'opinion qui prévaut dans les quartiers irlandais de la ville, monsieur.

— Je me moque bien de l'opinion de vos compatriotes. Sont-ils vraiment aussi stupides ? Ils n'apprendront donc jamais à tirer les leçons de l'histoire ?

O'Connor ne répond pas sur-le-champ. Il se souvient

du jour où le corps du vieux rebelle Terence MacManus avait été rapatrié de Californie, en janvier 1861 : la moitié de Dublin avait assisté à ses funérailles sous une pluie battante. En dépit d'un épais brouillard, les gens se penchaient aux fenêtres ou se ralliaient en groupes compacts dans Mountjoy Square. Quand la tête du long cortège avait atteint le portail du cimetière de Glasnevin, la colonne des vingt mille Dublinois venus assister dans le silence le plus complet à l'inhumation s'étirait sur près de deux miles[1]. Offrez un cadavre aux féniens, ils sauront quoi en faire. Avant le rapatriement du corps de MacManus en terre d'Irlande, personne ou presque n'avait entendu parler d'eux. Le lendemain, ils étaient sacrés dignes héritiers de la Jeune Irlande et du soulèvement de 1848. Des héros en devenir. Un homme intelligent ne sous-estime pas la puissante énergie de la poussière et des os, mais Palin n'est pas intelligent. Aucun d'eux n'est assez intelligent.

— La plupart de mes compatriotes sont pauvres et illettrés, monsieur. Les féniens profitent de leur ignorance pour leur promettre la liberté et la fin de leurs souffrances.

— Ce sont des fanatiques.

— En effet, monsieur. Et les fanatiques ne se découragent pas aisément.

— Nous non plus, O'Connor. L'Empire britannique n'est ni faible ni fragile ; il a survécu à des mutineries bien pires que celle-ci. Dites à vos informateurs de faire circuler le message. Nos ennemis doivent comprendre qu'ils se sacrifient pour une cause perdue.

O'Connor n'a pas le temps d'ouvrir la bouche, Maybury répond à sa place :

— Ses informateurs ne sont pas en position de transmettre des messages. Ils mettraient leur vie en danger.

— Évidemment, reconnaît Palin, évidemment.

1. Un mile représente environ 1,6 km ; un yard, 0,9 m ; un pied, 30 cm ; un pouce, 2,5 cm.

Un ange passe. Des boulets de charbon se désagrègent dans le poêle. Palin renifle à deux reprises et tapote l'extrémité de son cigare au-dessus d'une tasse à café vide.

— D'où viennent-ils, d'ailleurs ? demande-t-il à Maybury. Peut-on leur faire confiance ?

— En général, ce sont eux qui nous contactent, pour grappiller quelques shillings. Nous traitons leurs renseignements avec beaucoup de précaution, mais parfois ils nous sont utiles. Si nous savons ce que complotent les féniens, nous pouvons étouffer leur projet dans l'œuf.

Palin se masse le menton.

— Ces hommes sont des parasites. Nous avons sans doute tort de nous abaisser…

— Pour découvrir un trésor, il faut parfois nager dans la merde, monsieur ! l'interrompt joyeusement Maybury, comme s'il citait un vieux dicton. Voilà pourquoi nous avons accueilli le lieutenant O'Connor parmi nous.

Palin sourit, amusé.

— Je vois. Vous faites ça pour nous, O'Connor ? Nager… dans la merde ?

Répéter la phrase le fait tiquer. Il donne l'impression d'avoir le goût dans la bouche.

— Façon de parler, monsieur, mais oui, c'est un peu ça.

— Et vous appréciez cette mission ? Elle vous convient ?

Ils se moquent de lui, bien sûr. Palin vient de le remettre à sa place. Si O'Connor a l'habitude d'être raillé par ses collègues, il n'aurait pas cru que le chef de la police en éprouverait le besoin.

— Je ne fais que mon devoir, monsieur. Aussi bien que je peux. J'ose espérer que ce travail a une certaine valeur.

Palin hausse les épaules.

— Nous menons une guerre d'usure contre un ennemi irrationnel et inférieur en nombre. Aucun de nous n'obtiendra de médailles au soir de cette bataille, je vous en fiche mon billet.

Sans répondre, O'Connor baisse les yeux vers le bout renforcé de ses brodequins. Leur cuir noir éraflé détonne sur les arabesques rouges et vertes du tapis persan. Il a appris à garder ses opinions pour lui : il n'a rien à gagner à dire tout haut ce qu'il pense, bien au contraire.

— Vous devriez retourner au travail, O'Connor, lui dit Maybury. Prévenez-nous si vous apprenez quoi que ce soit d'intéressant.

Palin tend le bras pour attraper le journal.

— Et dites à Harris de nous apporter du café, ajoute Palin en désignant la cafetière. Celle-ci est déjà froide.

En bas, dans la salle de repos, O'Connor préfère jouer au whist avec trois collègues plutôt que dormir. Il perd un shilling, le regagne, le reperd. Aux premières lueurs de l'aube, il endosse son imperméable, coiffe son chapeau et sort. Des immeubles noirs de suie se découpent sur le ciel marbré. Il traverse Deansgate et descend Bridge Street en direction de l'Irwell. Des grappes d'hommes dépenaillés, aux paupières rougies, émergent des tavernes. Ils clignent des yeux et regardent autour d'eux, interloqués ; sans doute cherchent-ils à se rappeler où ils sont et qui ils sont. Des femmes enveloppées de châles épais se regroupent sous les porches. Elles battent des pieds et se frictionnent les bras pour se réchauffer. Les vitrines des commerces sont barricadées, par précaution, mais les marchands ambulants proposent du café et des tourtes. Pour un demi-penny, des va-nu-pieds vendent le journal à la criée. O'Connor s'arrête sur l'Albert Bridge et observe la foule qui commence à affluer.

Venus de Knott Mill et d'Ancoat, de Salford et de Shude Hill, arrivent par petits groupes des ouvriers des filatures et des menuiseries, lourdes silhouettes sombres vêtues de laine et de futaine. Ils ont le teint cireux, leur peau dégage la sueur acide du dur labeur. Ils papotent, ils blaguent, frôlent le policier, laissant sur leur passage des relents de sciure et de tabac à pipe. Il y a du grandiose dans une pendaison publique, O'Connor doit l'admettre, autant que dans l'incendie d'un manoir ou le naufrage d'un navire paquebot. Une vision d'une telle intensité vous procure la brève sensation d'avoir touché le cœur de quelque chose ; la fausse pudeur de ce bas monde se dissipe un court instant, vous abandonnant à l'essentiel.

De jeunes auxiliaires de police recrutés à Rochdale ou à Preston sont massés sous le gibet pour le protéger d'une éventuelle attaque. En attendant l'heure, ils fument, rient à gorge déployée, chahutent, chantent à tue-tête ; parfois, un gradé les rappelle à l'ordre pour exécuter des manœuvres. Ils sont armés de gourdins et portent au bras un insigne distinctif. De chaque côté des barrages de police, il règne un pittoresque va-et-vient, sur un fond de tapage et de cris railleurs. Tandis que le ciel s'éclaircit à l'est et que l'attroupement grossit, O'Connor sent dans sa poitrine, son bas-ventre, une sorte d'excitation qui descend jusqu'à son entrejambe. Il est humain, après tout. Il traverse le pont en direction de la prison de New Bailey ; autour de lui, les hommes s'énervent, le bousculent, il respire leur haleine imprégnée de bière, il aspire leur souffle et, un bref instant, il a l'impression d'appartenir à un tout qui le dépasse, d'éprouver un désir partagé, une pulsion impérieuse et indéfinissable. Là-haut, sur le viaduc dominant le mur nord de la prison, le rouge des uniformes des soldats d'infanterie, alignés, baïonnette au canon, contraste avec le bleu des policiers qui bloquent les carrefours.

L'horloge de la prison sonne sept heures et demie.

Quelle erreur, ce déploiement de soldats, songe O'Connor, l'emploi de la force brute ne résoudra pas la question fénienne. En voyant la troupe, les gens vont s'imaginer qu'on est en guerre. Une telle démonstration de force ne sert à rien, sinon à jeter de l'huile sur le feu. Selon lui, seul un laborieux travail de police exécuté avec discernement permettra de gagner la bataille, mais pas la surenchère, et encore moins la cruauté. Et pourtant, surenchère et cruauté semblent être le credo des Anglais. O'Connor a exprimé son opinion, sur un ton plus nuancé, dans ses rapports à Maybury et dans des lettres adressées à Dublin Castle[1], mais eût-il écrit en chinois ou en hébreu, le résultat aurait été le même.

Quand l'horloge sonne huit heures, la foule se tait. Une porte s'ouvre à l'arrière du gibet et un prêtre de haute taille, en habits sacerdotaux, monte sur la plateforme. Il accompagne William Allen, l'un des condamnés à mort. L'homme d'Église récite la liturgie. « Christ, ayez pitié de nous. » Et le frêle Allen, qui chancelle sur ses jambes, lui fait écho. « Jésus, Seigneur, ayez pitié de nous. » Leurs voix entremêlées sont faibles, mais distinctes. De temps en temps, Allen regarde l'assistance, puis détourne les yeux. Calcraft, le bourreau, apparaît, suivi des deux autres prisonniers, Michael O'Brien et Michael Larkin, flanqués de deux gardes et d'un autre prêtre qui entonne la liturgie. Allen, paupières closes, lève ses mains liées dans une prière maladroite. Le prêtre chuchote à son oreille. Calcraft vérifie les nœuds coulants, ligote les chevilles des malheureux et leur passe un sac de coton blanc sur la tête. O'Brien tente d'embrasser Allen sur la joue. Les genoux de Larkin se dérobent sous lui, l'un des deux prêtres et les gardiens s'efforcent de le maintenir debout. Calcraft, imperturbable, va et vient sur la plateforme, examine et rajuste les liens des condamnés avec la vivacité d'un tailleur prenant des mesures. Il considère une dernière fois son travail d'un œil satisfait et s'éloigne. Au-dessus du gibet, une corneille craille ; par-delà la rivière, les grincements de roues d'une charrette se mêlent aux grelots d'un cheval. Debout sous l'épaisse poutre de chêne, les trois condamnés, séparés mais inséparables, font penser à des caryatides grossièrement sculptées.

1. Siège du pouvoir britannique à Dublin, de 1171 à 1922.

Une seconde plus tard, ils ont disparu. À la place des corps vivants ne subsistent que trois longues cordes, trois claires estafilades contre le mur de la prison. La foule retient son souffle puis exhale un soupir rauque, telle la vague qui se retire sur le sable. O'Connor frissonne, déglutit et sent un reflux nauséeux monter dans sa bouche.

Et puis c'est le silence. Une pause muette. On croit l'instant crucial dissipé, quand soudain l'une des trois cordes se met à bouger, tressaute, danse, et on entend des bruits bizarres venant du compartiment clos, sous l'estrade. Des huées et des sifflets s'élèvent de l'assemblée. Les deux prêtres cessent leurs prières et baissent les yeux pour comprendre ce qui se passe sous eux. La tête encagoulée de Michael Larkin monte et descend, pareille à un poisson mal ferré, alors qu'Amstrong, l'assistant du bourreau, tire sur la corde par saccades pour achever le travail. Seigneur, songe O'Connor, est-ce donc si compliqué de tuer un homme ? Un putain de nœud coulant, c'est si difficile à faire correctement ?

Il se détourne et joue des coudes à travers la masse dense et mouvante des spectateurs. Par réflexe professionnel, il regarde autour de lui, en quête de visages familiers. À trente pieds de là, sur la gauche, il remarque Thomas Flanagan, debout, seul, coiffé d'une toque de castor pelée, pipe d'écume à la bouche. S'il y a bien quelqu'un qui ignore tous les conseils de prudence et de bon sens, c'est Flanagan. Ce dernier tire sur sa bouffarde, souffle une fumée grisâtre qui s'élève vers le ciel. C'est un garçon frêle, peu soigné, aux épais sourcils noirs, aux joues creuses, avec un nez trop épaté pour son visage étroit. Comme toujours, il paraît content de lui. On croirait qu'il vient de gagner aux courses, pas d'assister à la sinistre exécution de trois compatriotes pendus jusqu'à ce que mort s'ensuive. O'Connor se rapproche, tente de capter son regard. Flanagan l'aperçoit, fronce les sourcils puis, avec un léger sourire, désigne la direction de Worsley Street.

Dix minutes plus tard, les deux hommes sont attablés au fond de l'arrière-salle du *White Lion*. O'Connor a posé son calepin sur la table et tient un crayon.

— Vous vous demandiez ce que je faisais là, je parie ? lui dit Flanagan en versant de l'eau brûlante sur son cognac. Vous comprenez pas pourquoi je suis pas resté au chaud dans mon lit ou pourquoi je suis pas allé à la messe avec les autres.

— Quelqu'un t'a envoyé assister à l'exécution et attend ton rapport, suggère O'Connor.

— Pas du tout. Je suis venu de mon propre chef. Les règles, c'est pas pour moi, Mr O'Connor. J'aime tracer ma propre route, vous le savez bien.

O'Connor opine. Flanagan justifie ainsi ses trahisons successives, par conséquent, inutile d'ergoter. C'est un fanfaron, un individu insignifiant, mais qui a la confiance des féniens de Manchester. Du tas d'âneries qu'il raconte émergent parfois un ou deux renseignements intéressants.

— Si je comprends bien, tu es venu en touriste, ironise O'Connor.

Flanagan fait la grimace, jugeant sans doute la réflexion de mauvais goût, et répond d'un ton solennel :

— Je voulais être près d'eux dans leurs derniers moments, enfin, le plus près possible. Je connais Michael Larkin depuis longtemps. Et aussi sa femme, Sarah. Les deux autres, Allen et O'Brien, c'étaient un peu des têtes brûlées, mais Michael, c'était un bon père de famille. Il laisse quatre orphelins, et tout ça pour quoi ?

— Ce ne seront pas les seuls orphelins de la région, réplique O'Connor.

— Ce qui est arrivé pendant l'attaque du fourgon cellulaire, c'est un accident. Tout le monde le sait. Ils ont tiré un coup de feu pour faire sauter le cadenas et le malheur a voulu que ce pauvre agent Brett ait été pile dans la trajectoire de la balle. C'est aussi simple que ça. Personne voulait tuer personne.

— Quelle importance, à présent ? Ce qui est fait est fait.

— Croyez pas ça. J'en connais pour qui ça a beaucoup d'importance. Beaucoup.

Il marque une pause, souffle sur son cognac brûlant et boit une petite gorgée.

— Il est sacrément bon, celui-là. Merci, Mr O'Connor.

Ce dernier ne relève pas.

— J'en conclus qu'ils ne sont pas contents. D'après toi, il se prépare quelque chose ?

— Oh que oui ! J'ai entendu dire qu'il se tramait un truc.

— Ah ? Et quoi donc ?

— Ça, je sais pas, mais un truc colossal.

O'Connor n'insiste pas. Les projets, dans la bouche de gens comme Flanagan, sont toujours des feux d'artifice et, en général, il ne s'agit que de pétards mouillés.

— Paraîtrait qu'un gars va débarquer d'Amérique. Un vétéran de la guerre de Sécession.

— Et il s'appelle comment, ton soldat ?

— Mystère. Je sais juste qu'il va pas tarder à débarquer.

— Et d'où vient-il, cet Américain ? De New York ?

Flanagan hausse les épaules.

— New York, Chicago… allez savoir. En tout cas, il vient fiche la pagaille, à ce qu'on dit.

— Moi, je ne suis au courant de rien.

— Parce que personne est au courant, pardi. C'est un secret.

— Sans nom, ton secret ne vaut rien.

— Je vous dis ce que je sais. Il vient venger nos martyrs et montrer au monde qu'on a pas peur.

— Si tu n'as pas son nom, c'est qu'il n'existe pas. C'est juste un fantasme dans la cervelle de quelques-uns.

— Il existe, je vous dis. Ils sont très prudents. Ils se méfient des espions.

O'Connor lèche la pointe de son crayon et prend quelques notes dans son calepin.

— Alors méfie-toi, Flanagan, lui conseille-t-il.

L'indic hausse à nouveau les épaules. O'Connor se lève et jette une pièce de monnaie sur la table.

— Paie-toi un autre cognac. Si tu as du nouveau, tu sais où me trouver.

Flanagan empoche la pièce.

— Merci. Vous avez vu ce pauvre Michael se tortiller comme un ver au bout de sa corde, Mr O'Connor ? Vous l'avez vu ? C'était terrible. Terrible ! Vous imaginez ce qui lui passait par l'esprit, pendant qu'il pendouillait à moitié mort, à moitié vivant, pieds et poings liés ? C'est une honte, un scandale, si vous voulez mon avis. Personne mérite de perdre la vie de cette façon, et devant tout le monde, en plus.

— Calcraft fait mal son travail. C'est un abruti, doublé d'un maladroit. Les autorités le remplaceraient volontiers, si quelqu'un se présentait. Mais aujourd'hui, plus personne ne veut devenir bourreau.

Flanagan réfléchit.

— Moi, je dirais pas non, si on me le proposait. Si ça paie bien.

O'Connor baisse les yeux vers lui et lâche :

— Moi, à ta place, je m'inquiéterais de ne pas finir du mauvais côté de la corde, Flanagan.

Chapitre 2

Sur les docks de Liverpool.

Stephen Doyle demande son chemin à un porteur et, besace en bandoulière, entame la longue montée jusqu'à la gare de Lime Street. Il vacille encore sur ses jambes après cette semaine en mer. Des mendiants au regard vide l'apostrophent, ils tendent vers lui leurs chapeaux défoncés, mais il les ignore. Il achète un ticket au guichet, vérifie l'heure du prochain départ pour Manchester, puis va s'asseoir dans la salle d'attente des voyageurs de deuxième classe. À travers les baies vitrées, au-delà des barrières métalliques, il voit les grosses locomotives, et se livre à un décompte en consultant sa montre : trente trains à l'heure, cinq cents par jour, peut-être plus. Le vieil homme assis à côté de lui mange des airelles qu'il sort d'un sachet en papier. Leur jus violacé coule sur sa barbe blanche.

Tandis que Doyle monte dans un wagon, sur le quai, un employé en uniforme bleu siffle à deux reprises, et abaisse le drapeau. Le train s'ébranle. À l'arrêt en gare de St Helens, un jeune au visage boutonneux, habillé en valet de ferme, entre dans le compartiment et observe le passager avec attention.

— C'est vous, l'Américain ?

— Tu es qui ?

Le gars lui tend un bout de papier.

— Pour vous.

Signé par Peter Rice, le chef de la Fraternité de Manchester, le message le prévient que des policiers surveillent la gare de London Road avec ordre d'interpeller et d'interroger tout Américain en provenance de Liverpool.

— Je descends ici ? s'enquiert Doyle.

— Non, à la prochaine. Quelqu'un vous attend. J'vous montrerai.

Doyle hoche la tête et glisse le papier dans sa poche. Le garçon s'assoit dans un coin du compartiment et contemple par la vitre le quai désert. Un duvet blond-roux couvre ses joues et une moustache naissante orne le dessus de sa lèvre supérieure. Le train siffle deux fois et repart. À la gare de Collins Green, ils descendent ensemble. Le boutonneux l'accompagne jusqu'à la sortie et lui désigne un cabriolet.

— C'est Skelly. Il va vous conduire en ville, là où vous d'vez aller.

— Tu sais qui je suis ? l'interroge Doyle. Qu'est-ce qu'on t'a dit sur moi ?

— Que j'vous reconnaîtrais à cause des cicatrices sur votre figure.

— Quoi d'autre ?

Le garçon hausse les épaules.

— On dit que vous v'nez fiche la pagaille.

Une fois grimpé dans le cab, Doyle ne tarde pas à voir les fermes céder la place aux carrières et aux briqueteries, puis à une succession de filatures et de fours à chaux, et enfin à des rangées de maisons mitoyennes aux façades noircies de suie. Des fumées malodorantes s'échappent des cheminées d'usines, serrées les unes contre les autres sous le ciel assombri de pluie, pareilles aux troncs calcinés d'une forêt ravagée par le feu. Le cab longe la Bourse et suit un omnibus dans Corporation Street avant de tourner à angle droit dans une ruelle, où il fait halte. Skelly, le cocher, se penche pour annoncer à Doyle qu'il est arrivé à destination. Apparaît alors un homme, qui le salue et le précède sur une allée en terre battue. Ils débouchent dans une cour quadrillée de cordes à linge où sèchent des habits. Un cochon fouit un tas de cendre ; il flotte une odeur douceâtre et piquante de pourriture et d'urine. L'homme frappe à une porte et on entend grincer le loquet.

Doyle entre dans une pièce exiguë, meublée d'une table et de deux chaises vermoulues. Une lueur timide filtre à travers les fenêtres poussiéreuses. Peter Rice lui fait signe de s'asseoir, puis prend place sur l'autre chaise. C'est un gaillard râblé, large d'épaules, à la tête carrée, aux traits épais ; ses cheveux grisonnants sont coupés ras.

— Tu t'installes ici, annonce-t-il à Doyle. Il y a un lit à l'étage. Une femme viendra allumer le poêle.

Doyle embrasse la pièce du regard.

— Les voisins ? Ils savent qui je suis ?

— Ils savent surtout tenir leur langue. Tu n'as pas à t'inquiéter.

— Le gamin m'a donné ton message. Je ne m'attendais pas à ça. La police à la gare ?

Rice se frotte le nez.

— Mieux vaut être prudent. C'était peut-être une fausse alerte. Les porteurs nous ont signalé la présence de flics qui cherchaient un Américain descendant du train de Liverpool. Je te le répète, c'était peut-être une fausse alerte.

— Combien de gens sont au courant de mon arrivée ?

— Trois ou quatre, tout au plus.

— Je veux leurs noms.

Rice appuie ses coudes sur la table et se penche vers lui. Sa peau est grêlée, crasseuse, il a une barbe de deux jours, noire comme la limaille de fer.

— À peine arrivé, tu poses des questions et tu soupçonnes tout le monde ? C'est pas bien, ça.

— Alors, pourquoi les flics savent qu'un Américain doit arriver, d'après toi ? ironise Doyle.

— Ils ne savent pas. C'est juste une rumeur.

— Et la rumeur, elle est partie d'où ?

— Peut-être de New York, hein ? Tu y as pensé ? Le bruit court que ta ville est pleine de traîtres.

Doyle prend une profonde inspiration, prêt à répliquer, mais se retient. Thomas Kelly l'a prévenu : Rice est loyal à la cause, soucieux de son autorité, et il se méfie des inconnus.

— Je ne fais rien sans garanties, se défend-il. Je ne peux pas prendre de risques.

— Avant l'attaque du fourgon, il n'y a pas eu de fuite, lui fait sèchement remarquer Rice. Vingt-cinq gars dans le coup et pas un murmure. Tu devrais t'en souvenir plutôt que de voir des espions partout à Manchester.

— Les hommes changent, Rice. Par peur ou par appât du gain.

— En Amérique, peut-être. Pas ici.

Doyle se racle la gorge.

— Le colonel Kelly m'a dit que tu étais un solitaire. Que tu n'aimais pas recevoir d'ordres.

— Dans sa lettre, il ne me demande pas de t'obéir, mais de te prêter main-forte si nécessaire. C'est ce que je ferai.

Doyle sort son tabac et bourre sa pipe. Il tend la blague à Rice, mais celui-ci refuse.

— Bon, si un Mancunien souhaite faire une déclaration à la police, où va-t-il ?

— Le commissariat est dans les locaux de l'hôtel de ville.

— Tes hommes surveillent le bâtiment ?

— La plupart du temps.

— Pas en permanence ?

Rice lui lance un regard peu amène.

— On a un guetteur dans la journée, mais personne la nuit.

Doyle se retient de protester. S'il va trop loin, il perdra la confiance de Rice et ce n'est pas le moment.

— Et une fois à l'hôtel de ville, on demande qui ?

Rice renifle avec mépris.

— Ici, personne ne parle aux flics anglais.

— Oui, mais au cas où ça arriverait ?

Rice ne répond pas tout de suite. Dans la cour, le cochon pousse des grognements. Au loin, on entend vagir un nourrisson.

— Il y a un flic irlandais, James O'Connor. Arrivé de Dublin depuis quelques mois. On le voit beaucoup dans les rues, en civil. Il pose des questions, il se renseigne.

— Tu sais où il crèche ?

— Non, mais ça doit se trouver.

— Je veux juste prendre mes précautions avant de commencer.

— Tu as tout le temps. Prends tes marques, lui conseille Rice. Pas la peine de te précipiter.

Doyle regarde autour de lui.

— On ne voit rien, ici. Dis à cette femme de m'apporter une lampe à pétrole. Et du whisky.

— Je lui ferai passer le message.

Doyle remarque la bande de crêpe effilochée que Rice porte au bras droit.

— Comment ils se sont fait pincer après leur fuite du fourgon ? Kelly ne m'a rien dit.

— Les flics les ont coincés derrière la briqueterie Gordon. Larkin était trop mal en point pour courir, O'Brien et Allen n'ont pas voulu l'abandonner.

— Les Brits nous ont rendu un foutu service en les pendant, constate Doyle. S'ils étaient restés à pourrir en prison, l'année prochaine, on aurait oublié leurs noms.

— Ils sont morts pour leur pays, je n'appelle pas ça un service, rétorque Rice. J'appelle ça une exécution. Ces gars sont des martyrs.

— À Gettysburg[1], j'ai vu des milliers d'hommes assassinés en un seul après-midi, riposte Doyle. On empilait les

1. La bataille de Gettysburg, en Pennsylvanie, vit les plus lourdes pertes humaines de la guerre de Sécession (1er-3 juillet 1863).

morts comme des bûches. On aurait pu dire qu'ils étaient des martyrs, eux aussi, mais personne n'a composé une chanson[1] en leur honneur.

Rice plisse les yeux et renverse la tête en arrière.

— Je me suis toujours demandé pourquoi des Blancs avaient risqué leur vie pour des Nègres ?

— Je n'ai pas rejoint l'armée de l'Union pour libérer les Noirs de l'esclavage, mais parce qu'un recruteur à la moustache cirée et à la redingote à boutons dorés m'a offert vingt-cinq dollars et un verre de bière. Je n'étais pas un soldat au début de la guerre, mais j'en suis vite devenu un. Obligé. Ensuite j'y ai pris goût.

— Et maintenant tu veux te battre pour l'Irlande.

C'est presque une question. Comme s'il existait des degrés de loyauté et de conviction, Rice lui montre qu'il doit rester à sa place.

— Je suis né à Sligo, riposte Doyle. J'en suis parti à treize ans. Douterais-tu de moi, Peter ?

Rice fronce les sourcils, feignant de ne pas saisir le sous-entendu.

— Pourquoi douterais-je de toi, Doyle ?

Après le départ de Rice, Doyle prend sa besace, monte à l'étage et s'allonge sur le lit. Le matelas sent le foutre et l'huile capillaire. Une heure plus tard, une jeune femme apporte une boîte de bougies, une miche de pain, trois œufs durs, une petite torsade de feuilles de thé et un seau de charbon. Quand il s'étonne de ne pas voir le whisky, elle répond qu'on ne lui a rien dit. Pendant qu'elle allume le poêle, un gamin, Seamus, arrive avec un papier sur lequel est notée l'adresse du flic irlandais, James O'Connor. Doyle lui dit d'aller patienter dehors. Il avale un œuf dur avec un morceau de pain, puis suit le

1. Doyle fait référence à l'hymne des féniens, *God Save Ireland*, composé pendant le procès des martyrs de Manchester.

gosse jusqu'à George Street. Seamus pointe le doigt vers le numéro sept. Doyle traîne un moment au coin de la rue, va faire un tour, revient. Il voit une lueur derrière la fenêtre du rez-de-chaussée, mais ne perçoit aucun mouvement. Il fait sombre et froid, la pluie commence à tomber en rafales. Le ciel sans étoiles a la même teinte grisâtre que les toits, les murs et les pavés boueux. Toute la ville semble enduite d'une substance blafarde et lugubre. Doyle remonte Oxford Road et demande la direction de King Street. Il irait plus vite en cab ou en omnibus, mais il a besoin d'expérimenter par lui-même la topographie de Manchester. Arrivé à l'hôtel de ville, il attend un peu, puis cherche des yeux le panneau signalant le commissariat. Parvenu dans le bon couloir, il s'assied sur un banc et épie les policiers qui vont et viennent sans hâte, indifférents. Personne ne le regarde, personne ne s'enquiert du motif de sa présence. L'idée l'effleure de rencontrer ce James O'Connor sous un prétexte quelconque, mais il se ravise. Au bout d'une demi-heure, il sort son carnet, un crayon et griffonne le plan du rez-de-chaussée, son couloir, ses portes. Puis il se lève et s'en va.

Il revient le lendemain matin, accompagné de Seamus. Il reste debout près de la station de fiacres pendant que l'enfant fait le guet près du commissariat. Lorsque O'Connor quitte l'hôtel de ville, Seamus adresse à Doyle le signe convenu. Ce dernier suit le policier dans Piccadilly, ils longent l'hôpital et l'asile. O'Connor, voûté, la tête dans les épaules, n'a pas conscience d'une présence à trente pieds derrière lui. La fumée noire qui sort des cheminées d'usines monte vers le ciel déjà lourd de nuages et la clarté matinale est si faible que le jour semble avoir pris fin avant d'avoir commencé.

À la gare de London Road, Doyle aperçoit de loin cinq agents de police et un gradé. O'Connor se joint à eux, ils discutent un moment, puis, à l'arrivée du train de Liverpool, les flics se dispersent sur le quai et interrogent les voyageurs qui débarquent. Doyle se poste près des guichets pour les épier. Leur méthode est simple, mais maladroite : tout le quai est bondé, n'importe quel quidam un peu futé saura les éviter sans se faire remarquer. Les trains en provenance de Liverpool se succédant toutes les demi-heures, le même processus se répète à sept reprises. Par deux fois, les agents font signe à O'Connor, qui va questionner lui-même le potentiel suspect, note les réponses sur son calepin et le laisse repartir au bout de dix minutes.

À midi, une nouvelle équipe de six policiers retrouve leurs collègues. Ils discutent et plaisantent puis, à l'arrivée d'un train de Liverpool, le premier groupe s'en va et l'autre prend le relais. O'Connor s'attarde un moment pour vérifier qu'ils ont bien compris les consignes puis va s'installer à la buvette, près d'une vitre. Il commande du thé, souffle dessus, boit lentement et repose la tasse sur la soucoupe après chaque gorgée. Lorsqu'il a fini, il esquisse une grimace, se pince l'arête du nez, puis sort son calepin et le feuillette. Il a des joues pâles, des yeux cernés. Debout ou assis, il garde la même raideur, les mêmes gestes hésitants, au point que Doyle se demande si ce flic n'est pas malade ou éclopé. Quand le serveur vient lui parler, O'Connor acquiesce d'un signe de tête et se replonge dans son calepin. Quelques minutes plus tard, il règle l'addition, compte la monnaie rendue et l'empoche. En quittant le café, il passe devant le banc où Doyle est assis. Celui-ci se lève et lui emboîte le pas. Chacun se fraie un chemin dans la cohue du grand hall et ressort dans l'immensité grise et froide de la ville.

Minuit, dans une taverne proche de Deansgate.

Attablé devant un verre de rhum auquel il n'a pas encore touché, Doyle écoute avec intérêt, mine de rien, la conversation de deux hommes assis à sa droite. Ils discutent le prix d'une montre de gousset en argent. Le vendeur, le plus jeune, porte une fine moustache. Il parle vite, gigote sur sa chaise, manifestement peu habitué à rester assis. À la lueur de la lampe à gaz, on voit perler la sueur sur sa peau grenelée. Son vis-à-vis est un gros bonhomme à la large barbe brune qui fait penser à une serviette sale étalée sur sa poitrine. Il se montre faussement timoré, moqueur et grincheux. Du bout de l'index, il fait aller et venir la montre sur la table, hausse les épaules, lève les yeux au ciel. En entendant le prix que lui soumet le vendeur, il glousse, secoue la tête, comme s'il était autant séduit qu'affolé par l'extravagance de la somme proposée. Le jeune n'en démord pas ; il vante les qualités de l'objet, insiste sur son poids, son lustre. L'un avance un prix, l'autre refuse, et ainsi de suite jusqu'à ce que, avec moult réticences d'un côté et excès de générosité de l'autre, les deux parties parviennent à un accord. Doyle estime que l'acheteur a obtenu la montre à moins du quart de son prix réel mais, pour un objet volé, de toute évidence, l'affaire est raisonnable. Il attend que le gros bonhomme soit parti pour interpeller poliment le jeune.

— Auriez-vous par hasard à me vendre une autre montre d'une qualité équivalente ?

Le vide-gousset le regarde, puis détourne les yeux. Il doit se demander si la question vaut la peine qu'il se fatigue à répondre.

— Et si j'en avais une ? dit-il finalement.

— Eh bien, je vous en offrirais un bon prix. Davantage que l'autre, en tout cas.

Le gars renifle et le détaille de haut en bas.

— D'où vous v'nez, d'abord ? Américain ?

— Irlandais. De New York.

— Ah. Un des leurs.

— Je vous aurais donné bien plus pour la montre. Beaucoup plus.

Le voleur hausse les épaules.

— J'ai décidé de lui faire une fleur. C'est un vieil ami.

— C'était une belle montre. Pas facile à s'en procurer, des toquantes comme celle-là. Il faut savoir où la chercher.

Le gars sourit.

— Oh, s'il y a quelqu'un qui sait où chercher, dans le coin, c'est moi.

— Donc vous êtes un expert, conclut Doyle.

Le garçon se redresse avec fierté.

— C'est pas pour me vanter, mais j'm'occupe bien de mes affaires.

— Vous avez toutes les qualités requises : courageux, plein de ressources, l'esprit vif. Je le vois rien qu'à vous observer.

— P'têt' bien. J'dis pas le contraire.

— Si quelqu'un avait quelque chose de précis, par exemple, si moi j'avais besoin d'un service un peu particulier…

— Ça serait quoi ?

Doyle se lève, prend son verre de rhum, s'approche de son voisin et lui tend la main.

— Je m'appelle Byrne.

— Moi, c'est Dixon.

Doyle montre la chaise. Dixon lui fait signe de s'asseoir.

Doyle repousse les verres, pose le sien et s'assied.

— J'peux vous dégoter une montre à peu près pareille, lui dit Dixon. Rev'nez ici d'main soir.

— OK. Mais avant, j'ai une faveur à vous demander.

— Et quoi ?

Doyle se penche en avant et baisse la voix :

— Du gâteau, pour un gars vif et courageux comme vous. Vous en aurez pour une minute, c'est tout.

Chapitre 3

C'est le jour de l'hommage des féniens à leurs martyrs : une semaine s'est écoulée depuis la pendaison.

À la mi-journée, trois mille Irlandais se rassemblent sur Stevenson Square : des hommes, des femmes, des enfants arborant cravates, rosettes et rubans verts. En tête, des fifres et des tambours jouent la *Marche funèbre* de Haendel ; trois prêtres tiennent à bout de bras les portraits encadrés des défunts. O'Connor attend dans une rue latérale que le convoi s'ébranle, puis rejoint la queue du cortège. Ils remontent Piccadilly, parapluies levés pour se protéger du crachin, pareils aux boucliers des légions romaines. Ils passent devant l'hôpital et l'asile et descendent London Road, sous le regard des badauds massés sur les trottoirs. Ils franchissent la rivière Medlock, près des ateliers d'impression textile, puis tournent à droite dans Grosvenor Street. Petit à petit, O'Connor remonte la foule, l'œil et l'oreille aux aguets. Hormis le bruit des semelles frottant le pavé et les bribes de musique qui parviennent de l'avant de la procession, il règne un silence quasi religieux. Les gens parlent peu, ou à voix basse, et quand un enfant rit et crie, tous se retournent.

Ce défilé est une démonstration de force, on veut rappeler aux Anglais qu'on ne se laissera pas intimider, même par des exécutions publiques. Des incidents vont suivre, O'Connor en est certain. De quelle ampleur, il l'ignore.

Il pense à l'Américain mentionné par Flanagan : si les féniens de New York envoient quelqu'un, c'est bien parce qu'ils ont un plan. En revanche, il n'y aura pas d'insurrection, l'échec du soulèvement de 1848 reste gravé dans toutes les mémoires. La riposte sera mesurée, une action destinée à effrayer, à déstabiliser l'ennemi et à donner un nouvel espoir aux sympathisants de la Fraternité : ils feront peut-être exploser de la poudre, allumeront des incendies, commettront un meurtre ou deux. Mais souvent il ne s'agit que de rodomontades non suivies d'effets.

La pluie cesse enfin, les parapluies se ferment. Bientôt, on voit All Saints Church à droite, la mairie de Chorlton à gauche. Le ciel a la couleur du mortier, l'air sent la suie et une vague odeur d'ammoniac venue d'une usine chimique. Il n'y a presque pas de vent, des colonnes de fumées noires sortent des conduits. À Hulme, beaucoup se joignent au défilé, si bien que, lorsqu'il arrive à Deansgate, le cortège des endeuillés s'étire sur près de trois quarts de mile. Les cabs et les omnibus s'arrêtent pour le laisser passer. Au moment de prendre le pont sur l'Irwell, O'Connor remarque Tommy Flanagan, un peu plus loin devant lui. Il a ceint son chapeau melon d'un ruban vert et porte un brassard noir. Il est en grande conversation avec un individu que le policier ne reconnaît pas. Sur le pont, les marcheurs font halte face à la prison de New Bailey, là où ont eu lieu les exécutions. Les prêtres prononcent quelques prières inaudibles. L'ossature du gibet a été démontée, mais la zone barricadée de planches où Michael Larkin a été achevé est toujours là. O'Connor attend que le compagnon de Flanagan se soit éloigné pour se placer à hauteur de l'épaule de son indic, ce qui lui permet de lui parler sans tourner la tête.

— C'était qui le gars avec qui tu bavardais ?

Flanagan sursaute, reconnaît le policier et détourne les yeux.

— Pas ici, enfin ! chuchote-t-il. Seigneur, vous vous rendez pas compte !

— La question n'est pourtant pas compliquée.

— C'est pas quelqu'un qui peut vous intéresser.

Flanagan est nerveux, moins sûr de lui qu'à l'ordinaire.

— Il a dit quelque chose qui ne t'a pas plu, Tommy ?

— C'est pas important, ce qu'il a dit.

— Ce n'était pas ton Américain, par hasard ? Au fait, il est bien arrivé ?

— Quel Américain ?

— Celui dont tu m'as parlé la semaine dernière.

— Y a pas d'Américain, soupire Flanagan, agacé. J'ai dit n'importe quoi. Vous devriez pas rester là, d'ailleurs. C'est pas l'endroit, et pas le moment.

— Donc ce n'est pas l'Américain ?

— Bien sûr que non.

O'Connor essaie de repérer l'homme dans la cohue. Il a juste eu le temps d'entrevoir une moustache, une cicatrice sur la joue et de longs cheveux noirs. Il vérifie l'heure à sa montre et griffonne quelques mots sur son calepin, pour ne rien omettre dans son rapport à Maybury. Flanagan lui a paru bizarre, mais il se fait peut-être des idées. L'autre était sans doute un créancier pressé.

Le défilé retraverse l'Irwell en direction de Shude Hill. Les marcheurs ont perdu un peu de leur gravité ; les voix se font plus fortes, des rires fusent, de temps à autre des chants s'élèvent. Quand ils atteignent New Cross, les joueurs de fifres et de tambours posent leurs instruments. Quelqu'un sort du *Crown Hotel* avec une caisse de bière. Les trois prêtres prennent congé et montent dans un cab. O'Connor se poste devant la porte d'un mont-de-piété pour regarder la foule se disperser. Il respire : il n'y a pas eu d'incidents. Manchester n'est ni Liverpool ni Glasgow, des villes où les orangistes belliqueux tiennent le haut du pavé. Il songe à rentrer à l'hôtel de ville pour rédiger son rapport, mais en décide autrement. Le jour tombe, et il a faim. Il mangera un morceau au *Commercial* et s'arrêtera au commissariat sur le chemin du retour.

Il traverse le carrefour pavé et se dirige vers Oldham Street. Des grappes de gens s'attardent pour bavarder. Un homme sort de sa poche une flasque en étain toute bosselée, boit une gorgée et la tend à son voisin. O'Connor ressent aussitôt l'habituel serrement au cœur, suivi d'un frisson intérieur, rien de plus. Il commandera un bon ragoût de mouton arrosé de bière au gingembre ; ensuite il allumera sa pipe et lira la presse.

Il n'a pas bu une goutte depuis son arrivée à Manchester, même si parfois la tentation reste forte. Il a remplacé le whisky par des boissons à base de citron vert, de gingembre, de salsepareille. Il boit aussi du café et des litres de thé sucré. Il fume quelques pincées de tabac bon marché chaque jour et fait des heures supplémentaires sans qu'elles lui soient payées. L'envie d'alcool, ce poids sur sa poitrine s'est un peu allégé, mais il sent encore sa pression. Très souvent, il a la sensation de marcher en chaussettes sur une corde raide, avançant un pied après l'autre, sans oser regarder le sol. Ici au moins, il est libéré de son passé, personne n'attend rien de lui. Combien de temps durera cet exercice d'équilibriste et comment finira-t-il ? Va-t-il vraiment s'exiler le reste de sa vie dans des cafés où la vente d'alcool n'est pas autorisée, seul devant une table de jeu de bagatelle[1] ?

Il replie le *British Workman* et le pose sur le côté. Quand il en est réduit à lire les conseils de tempérance de ce périodique au moralisme chimérique, il sait qu'il est l'heure de regagner ses pénates. La pendule murale indique dix heures et demie. Il n'est pas assez fatigué

1. Jeu dérivé du billard, dont le but est de faire descendre des billes sur une table au plateau légèrement incliné, afin qu'elles tombent dans des trous indiquant un score.

pour dormir mais, s'il s'arrête au bureau pour rédiger son rapport, le temps d'arriver à son lit, le sommeil pourrait le gagner. Il règle l'addition et souhaite une bonne soirée au patron. Dehors, il pleut et la chaussée miroite sous la lumière des becs de gaz. O'Connor boutonne son pardessus jusque sous le menton et relève le col. Les rues sont encore animées, les ouvrières de la filature de Newton Street rentrent chez elles, enveloppées de châles, penchées en avant pour se protéger des rafales ; des charrettes ventrues chargées de barils de salaisons et de harengs marinés cahotent bruyamment en direction du marché de Smithfield. O'Connor longe la station de fiacres de Piccadilly et adresse un signe amical au portier qui s'abrite sous l'auvent du *Royal Hotel*.

Au commissariat, il retrouve deux collègues de garde, Fazackerley et Malone, en train de discuter de la procession funèbre de l'après-midi. Pour Fazackerley, ce n'est pas une procession funèbre, puisqu'elle a eu lieu une semaine après la pendaison, sans cercueils en tête du cortège. O'Connor rédige son rapport, le signe, et s'en va.

Tout en marchant vers George Street, il pense à Catherine, son épouse décédée. Il revoit sa silhouette, sent son parfum, entend sa voix douce près de son oreille, tandis qu'ils dansent au son du petit violon de Patrick Mooney le soir du réveillon, dans le salon des Finnegan. Les autres rient et tapent dans leurs mains. Les images de Catherine chaude et vivante contre lui, la pression de sa main sur son épaule, la raie pâle qui divisait ses cheveux noir de jais lui sont un déchirement. Et l'idée que cette douleur puisse finir par s'amenuiser ou disparaître est pire encore. Pour lui, l'oubli est la trahison ultime. La douleur, c'est ce qu'il reste de l'amour et, quand elle s'en va, il ne reste plus rien.

Il avait trente-trois ans lors de leur première rencontre. Elle travaillait à l'épicerie de Bishop Street ; il y était entré pour acheter des allumettes et ils avaient bavardé un moment. Elle aimait lire, mais ses moyens ne lui permettaient pas d'acheter des livres. Aussi revint-il à la boutique le lendemain avec un exemplaire des *Poèmes* de Tennyson. Il le lui offrit, en précisant qu'il tenait à sa disposition d'autres livres, si elle le désirait. Elle le remercia d'un merveilleux sourire. D'ordinaire, James O'Connor n'était guère entreprenant – des années dans la police lui avaient appris à ne pas se précipiter et à avancer ses pions de manière prudente. Mais avec Catherine, ce fut différent. Plus tard, après leur mariage et leur installation dans Kennedy's Lane, il se demanda s'il s'était senti seul avant de la connaître. Il avait vécu si longtemps en garnison qu'il s'était cru heureux d'être célibataire ; en réalité, il s'était juste accoutumé à sa solitude.

Le petit David, né en 1863, mourut d'une pleurésie ; deux ans plus tard, Catherine succomba elle aussi. Au début, elle se plaignit de violentes migraines, d'une grande fatigue et puis, un dimanche après la messe, son corps se mit à enfler. À l'époque, O'Connor travaillait à la division G de la police métropolitaine de Dublin, spécialisée dans le renseignement sur le mouvement fénien. Il engagea toutes ses économies pour régler les honoraires des médecins, puis il dut emprunter l'argent nécessaire aux soins de la malade ; hélas tous les traitements échouèrent. C'est après l'enterrement qu'il commença à boire. Le whisky devint sa façon de survivre, d'éviter de penser au lendemain. Le matin, il buvait avant de partir travailler et, en fin d'après-midi, il entrait dans un pub et s'enivrait. S'il évita la suspension une bonne demi-douzaine de fois, ce fut grâce à l'intervention de son supérieur, Pat Hurley, qui le couvrait, l'excusait auprès de la hiérarchie ; mais un jour, même Hurley perdit patience. Il le convoqua pour lui signifier que c'était Manchester ou la radiation. Il promit de rédiger une lettre de recommandation à l'attention de Maybury, sans mentionner son penchant pour la boisson, en ajoutant que ce serait là son ultime mensonge.

O'Connor vient de traverser Gaythorn Bridge et se dirige vers le viaduc de chemin de fer, quand une silhouette s'approche et lui demande l'heure. C'est un jeune ouvrier au teint cireux, dont l'haleine sent la rillette et la bistouille. Il est bientôt minuit, lui dit O'Connor. Le jeune insiste pour avoir l'heure exacte, le policier sort sa montre de la poche de son gilet, mais la faible luminosité ne lui permet pas de voir le cadran ; il s'avance vers un réverbère. C'est alors qu'il reçoit un coup violent à l'arrière du crâne. Il laisse échapper un hoquet de douleur, tombe à genoux et s'affaisse en avant, au ralenti. Sa joue et sa tempe heurtent lourdement le pavé.

Chapitre 4

Le lendemain, un jeune Américain frappe à la porte du 7, George Street. Il a une sacrée migraine, après la soirée trop arrosée de la veille, et des pieds douloureux d'avoir marché si longtemps. Il tente de se remémorer ce que lui disait sa mère sur James O'Connor, mais ses souvenirs sont flous. Il a tant d'oncles et de tantes qu'ils se mélangent tous dans sa mémoire. Il a vu une photographie du mariage, ça, il en est sûr. Catherine semblait surprise et sérieuse sous son voile de dentelle, et Jimmy, un bouton de rose blanche à la boutonnière, souriait comme s'il était l'homme le plus chanceux du monde.

La porte s'ouvre sur une petite femme rondelette aux cheveux gris tirés en chignon, les épaules recouvertes d'un châle.

— C'est vous, le docteur ? s'étonne-t-elle.

— Non, je viens voir Jimmy O'Connor. Je suis son neveu. J'arrive de New York.

Elle le détaille de haut en bas.

— Il ne m'a jamais parlé d'un neveu de New York.

— Il sait pas que je suis là.

— Ah, vous lui faites une surprise ?

— Une surprise, oui, on peut dire ça.

La logeuse hausse les épaules.

— Il a surtout besoin d'un docteur. Vous verriez l'état de sa figure.

— Qu'est-ce qu'il a ?

Elle lève les yeux au ciel, puis recule et le laisse entrer.

— Allez voir vous-même. Il pense que ça va guérir tout seul, moi je dis qu'il lui faut un cataplasme, ou au moins un pansement, pour pas que ça s'infecte.

Le jeune homme pose sa valise dans l'entrée et monte l'escalier.

— Vous avez un visiteur, Mr O'Connor ! crie la logeuse. Il vient de New York !

Elle ajoute, plus bas, à l'intention du neveu :

— C'est la première à gauche.

Le neveu frappe à la porte. Une quinte de toux se fait entendre, puis une voix lui dit d'entrer.

Le visage de Jimmy O'Connor est déformé : au niveau de la pommette et de la mâchoire, la peau décolorée, jaunâtre et molle ressemble à du gras de poulet. Autour de l'œil, elle noirâtre et violacée. Il est assis sur son lit, un livre ouvert sur les genoux. Comment peut-il parvenir à lire dans cet état ?

— Bon sang, oncle Jimmy ! Qu'est-ce qui t'est arrivé ?

— J'ai été attaqué hier soir, deux types qui m'ont détroussé.

Le neveu n'est pas certain que le tonton l'ait reconnu.

— C'est moi, Michael, le fils d'Edna. Je débarque juste de New York. Je viens tenter ma chance en Angleterre. Tu te souviens de moi ? Dublin, Ash Street ? Michael, le p'tit frère de Danny.

O'Connor plisse le front.

— Voyons… Michael… oui, Michael Sullivan ! Il y a bien dix ans que vous êtes partis en Amérique, non ?

— Onze, exactement. J'avais huit ans et Danny quatorze.

— Ton père était déjà mort, à l'époque. Edna est partie seule avec vous deux.

— Oui, c'est ça.

O'Connor repousse les couvertures, roule sur le flanc

et, grimaçant de douleur, pose les pieds sur le plancher. Il porte un vieux gilet bleu par-dessus sa veste de pyjama, et des chaussettes de grosse laine. Ses cheveux retombent sur le côté. Il s'essuie le coin de l'œil et examine Sullivan avec davantage d'attention.

— Onze ans… Tu étais gamin la dernière fois que je t'ai vu à Dublin, et tu débarques chez moi sans prévenir ?

Michael jette un coup d'œil à la chambre : une vieille penderie marron, un étendoir à linge, une commode qui supporte des piles de livres et de journaux. Par terre, sur un plateau, les restes d'un repas frugal : une croûte de fromage, un trognon de pomme et une tasse vide.

— Pour moi, c'est la famille d'abord, oncle Jimmy. Les années comptent pas.

O'Connor opine en reniflant.

— Étant donné les circonstances, ça t'arrange de penser ça.

— J'ai pas pu t'écrire, j'ai dû partir en catastrophe.

— Tu as des ennuis ? C'est pour ça que tu es là ?

Sullivan sourit, puis change d'avis et adopte une mine préoccupée. Un autre oncle lui a dit qu'avant de sombrer dans l'alcool Jimmy O'Connor était l'un des policiers les plus compétents de Dublin, un esprit brillant. Le chagrin et le whisky lui auraient ramolli le cerveau et la rumeur courait qu'on l'avait expédié en Angleterre parce que ces abrutis d'Anglais ne s'en rendraient pas compte.

— On voit que tu es flic, oncle Jimmy. Rien ne t'échappe, hein ?

— Quel genre d'ennuis ? Dettes de jeu ? Une femme ?

— Une femme, oui. Katie Dolan. On est devenus un peu trop proches, si tu vois ce que je veux dire. Ses parents voulaient qu'on se marie, ses frères étaient prêts à m'arracher les yeux… ou autre chose, si je refusais.

Michael s'interrompt pour voir si son oncle le croit. C'est le genre d'histoire, pense-t-il, censée plonger les hommes de l'âge de Jimmy dans la consternation, alors qu'en réalité ils seraient les premiers à fuir s'ils se retrouvaient dans la même situation. Michael excelle dans l'art du mensonge. Il a menti à tout un tas de gens sans qu'ils s'en aperçoivent.

— Et tu vis de l'air du temps ? s'enquiert O'Connor.

— J'ai emprunté l'argent pour payer la traversée et de quoi me nourrir pendant le voyage. Là, faut que je me renfloue. J'ai une formation d'employé de banque, je sais tenir des comptes et j'ai une belle écriture. Si tu connais des gens dans ce milieu ou si tu peux me dire où m'adresser, ça m'aiderait beaucoup.

— Ce ne sont pas les banques qui manquent, à Manchester. Si tu as une lettre de recommandation de ton ancien employeur, ça ne devrait pas poser de problème.

Michael pioche un livre au hasard sur la commode et le feuillette.

— Je pourrais changer de voie, hasarde-t-il avec un brusque sourire. Je pourrais même essayer d'entrer dans la police. Qu'est-ce que tu en penses ?

— Tu veux mon avis ? C'est un métier très dur et plutôt mal payé. Tu ferais mieux de rester dans la banque.

Michael hausse les épaules, repose le livre.

— Est-ce que je peux dormir ici ce soir ? Si tu me prêtes une couverture, je m'installerai là, par terre.

Il désigne l'espace entre l'extrémité du lit et le poêle, et ajoute en riant :

— Promis, je ne ronfle pas ! Je ne te dérangerai pas.

— Si je comprends bien, tu n'as plus un penny en poche ?

— Plus un seul. Demain matin, je me lève aux aurores et je pars chercher du travail. Je m'arrêterai que quand j'en aurai trouvé.

O'Connor se met péniblement debout, attend quelques secondes que la douleur s'atténue et se dirige vers la penderie. Il se hisse sur la pointe des pieds et attrape une boîte en fer-blanc sur le dessus.

— Tiens, je te prête une demi-couronne. Va manger quelque chose au *Kings Arms*. Tu peux dormir ici deux nuits, pas plus. Sinon Mrs Walker va râler.

— La logeuse ? Qu'est-ce que ça peut lui faire ?

— Ça ne lui plaira pas qu'un inconnu dorme par terre chez elle. Elle tient une pension honorable.

Michael prend la pièce, l'examine un moment et la fait sauter sur sa paume.

— Merci. Je suis désolé pour Catherine, oncle Jimmy. Elle était très gentille, il paraît.

O'Connor reste de marbre. Michael a-t-il eu tort d'évoquer le souvenir de sa tante ? Jimmy n'aime peut-être pas qu'on lui rappelle la perte de la femme qu'il aimait.

— Qui t'a dit ça ?

— Ben, ma mère et Danny, pardi ! Du temps où elle travaillait à l'épicerie, chez Callaghan. Avant votre mariage.

— Toi, tu te souviens d'elle ?

— Non, j'étais trop petit. Mais j'ai vu son portrait.

O'Connor ne relève pas.

— Tu tournes à gauche en sortant de la maison, le *Kings Arms* est au coin de la rue.

Après le départ de son neveu, O'Connor descend expliquer la situation à Mrs Walker en lui précisant que ce sera pour deux nuits, pas davantage, et propose de la dédommager. Elle repousse son offre d'un geste de la main, et lui rappelle vertement qu'il ferait mieux de s'occuper de sa santé au lieu de veiller sur un gamin perdu de vue depuis Mathusalem, et qui débarque des Amériques sans un penny et sans avoir la politesse de prévenir, par-dessus le marché.

Il lui rétorque que la famille, il faut s'en accommoder, en dépit des conséquences. Mrs Walker le regarde d'un air entendu qui signifie que son locataire est mal avisé. Elle est trop bien éduquée pour le dire tout haut, mais elle n'en pense pas moins.

Deux heures plus tard, on frappe à la porte d'entrée à coups redoublés. Mrs Walker va ouvrir. O'Connor, qui s'est recouché, sort du lit en jurant. Il se traîne sur le palier et se penche par-dessus la balustrade : Michael, affalé contre le mur, fredonne d'une voix pâteuse une chanson sur les plaisirs de la vie new-yorkaise, tandis que la logeuse, méthodiste et abstinente, l'écoute, bras croisés sur la poitrine. Elle vit ici dans ce quartier depuis assez longtemps pour se formaliser du soliloque d'un ivrogne. Furieux, O'Connor serre les dents et entreprend de descendre l'escalier en s'arrêtant à chaque marche. Il est presque arrivé à la dernière quand Michael l'aperçoit.

— Jimmy ! s'écrie-t-il. Nom de Dieu, ces types t'ont sacrément démoli le portrait ! Vous avez déjà vu une tête pareille, Mrs Walker ? Moi, jamais !

La logeuse ne daigne même pas lui répondre et préfère s'adresser à O'Connor.

— Je vais vous préparer du thé, soupire-t-elle. Après je monte me coucher. Il y a du pain et du saindoux dans la cuisine.

— Du pain et du saindoux ! hurle Michael. Je m'en ferais bien une bonne tartine !

— Je t'avais donné de l'argent pour manger, pas pour boire, lui reproche O'Connor.

Michael sourit benoîtement, content de lui, comme si se saouler aux frais de son oncle était un exploit digne d'admiration.

— Leurs côtes de porc étaient noyées dans la graisse ! De quoi vous couper l'appétit. Du coup, j'ai bu une pinte ou deux. Je te rembourse, juré, dès que j'ai ma première paie.

Mrs Walker leur souhaite bonne nuit. Elle a posé la théière, les tasses, une miche de pain, un bol de saindoux et un couteau sur la table, et a allumé une lampe à huile. Le reste de la pièce est plongé dans une pénombre entrecoupée du rougeoiement du feu de la cuisinière à charbon.

O'Connor glisse un doigt dans sa bouche pour tâter deux de ses molaires ébranlées par le choc de sa joue contre le trottoir. La douleur empire le soir. Il remue le thé avec le manche du couteau avant de le verser dans les tasses.

— Qu'est-ce que tu comptes faire de ces types, quand tu les coinceras ? lui demande Michael. Tu leur feras payer ce qu'ils t'ont fait, hein ?

— Non. Ils seront jugés devant un tribunal. Même si je ne suis pas certain de les attraper un jour, sauf coup de chance.

— Tu les reconnaîtrais ?

— L'un des deux, oui. Mais Manchester est une grande ville, je n'ai aucune raison de retomber sur lui.

Michael bâille et se frotte les paupières avec ses poings, comme un enfant qui se réveille après une longue sieste. Un instant, O'Connor regrette de ne plus avoir vingt ans, de ne plus être un jeune homme irréfléchi, avec l'avenir et ses erreurs d'adulte encore loin devant lui, et n'ayant qu'à se soucier de lui-même.

— Tu sais, j'étais sérieux, en parlant de devenir policier, reprend Michael. J'y ai réfléchi, au pub. J'en ai assez d'être le cul sur un tabouret toute la sainte journée. Je préférerais faire des rondes dans la rue, rencontrer des gens.

Il coupe une tranche de pain et cherche le saindoux des yeux. O'Connor pousse le bol vers lui et le regarde engloutir la tartine.

— Tu n'aimerais pas ça, affirme-t-il. Tous les jours que le bon Dieu fait. Ça ne te conviendrait pas.

Michael hausse les sourcils.

— Je serais pas mal en uniforme, non ?

L'idée le fait sourire.

— Un beau haut-de-forme lustré, une belle grosse matraque ; imagine un peu…

— Tu aurais juste l'air d'un imbécile, grommelle O'Connor.

Michael éclate de rire.

— T'as pas de cœur, oncle Jimmy. Dire ça à ton cher neveu. Cruel et sans pitié, voilà ce que t'es.

O'Connor verse une cuillerée de sucre dans sa tasse et touille son thé, pensif.

— C'est ce que t'as raconté Edna ? Que je suis cruel et sans pitié ?

— Ma mère ? Tu plaisantes ? proteste Michael avec vigueur. Elle t'adore. Tous, ils t'adorent. Pour eux, t'es le meilleur.

O'Connor est sans illusions. Sa belle-sœur, Edna Brice, était à l'époque une grande et jolie fille de dix-sept ans, toujours prompte à cancaner. Après son mariage avec Robbie Sullivan, elle prenait sa sœur à part et lui donnait des conseils matrimoniaux. Le jour où Catherine mentionna pour la première fois le nom de Jimmy O'Connor, Edna lui dit qu'elle pourrait dénicher bien meilleur parti que ce flic d'Armagh à la mine revêche et dépourvu de famille. Il rit de bon cœur quand Catherine lui répéta les paroles d'Edna. La mine revêche ! Les Brice ne l'aimaient guère. Une tribu nombreuse, bruyante, qui n'appréciait pas son flegme et sa réserve. Ils l'imaginaient détenteur de secrets, ou chargé d'un fardeau honteux dont il ne tenait pas à parler. Ils le jugeaient orgueilleux. De quoi aurait-il pu s'enorgueillir ? Quand Catherine et lui, une fois mariés, s'installèrent à un mile de là, dans Kennedy's Lane, les Brice considérèrent qu'il leur avait volé Catherine – ce qui était peut-être vrai, au fond. Cinq ans plus tard, elle tomba malade et Jimmy dut quémander auprès d'eux un soutien financier pour payer les soins médicaux. Malgré leur peine, ils ressentaient une certaine satisfaction : ils avaient la preuve que Catherine avait eu tort de l'épouser.

— Edna se porte bien, je suppose ?

— Comme un charme ! Tu sais, elle est grand-mère, maintenant. Danny s'est marié avec une Italienne, Antonella, ils ont deux gamines et ils habitent une petite maison, à Brooklyn. Danny est chauffeur de tramway, il bosse dur. Levé tous les jours à l'aube.

O'Connor revoit Danny Sullivan, en culottes courtes, jouer au *rounders*[1] avec un vieux manche à balai et une balle de chiffons entourée de ficelle. Ses jambes maigres, crasseuses, aux rotules saillantes le faisaient penser à deux cordes à nœuds. Et, en un rien de temps, le voilà à Brooklyn, marié et père de famille !

— Ah bon ? s'étonne-t-il. Je l'ignorais.

— Danny dit que ça lui va très bien. Moi, ça me plairait pas, je suis pas fait pour la vie de famille. J'aurais plutôt tendance à te ressembler.

— Ah ? Et à quoi je ressemble ?

Michael réfléchit, puis sourit. Je parie qu'il va me sortir une blague de mauvais goût, songe O'Connor.

— T'es libre comme l'air. T'as personne pour t'embêter.

Devant une telle ineptie, O'Connor ressent une bouffée de colère. Quelque chose durcit dans sa poitrine.

— Moi, libre ? Personne n'est libre. Tu l'apprendras bien assez vite.

Même dans les brumes de l'ivresse, Michael perçoit le reproche. Il cligne des yeux.

— Voyons, je plaisantais, oncle Jimmy. Je disais ça pour rigoler.

Il peine à articuler, comme si sa langue était devenue trop grosse pour sa bouche. O'Connor se lève.

— Je suis fatigué. Dépêche-toi de finir ton thé.

— Je disais ça pour rigoler, répète Michael. Des fois, je cause sans réfléchir. Danny me le reproche souvent.

Il est déçu par la soudaine saute d'humeur de son oncle. Il voudrait que la conversation redevienne normale, et préfère changer de sujet.

1. Sport collectif, ancêtre du base-ball, à l'époque très pratiqué en Irlande.

— Ton travail, c'est de surveiller les féniens, non ? C'est ce qui se dit à New York.

— Plus ou moins, oui.

— J'en ai rencontré un pendant la traversée, dit-il commençant à dessaouler. Soi-disant drapier à Harrisburg, en Pennsylvanie, mais je pense que c'était un bobard. La nuit, on jouait au poker pour tuer le temps, à quatre ou cinq, tous Irlandais. En général, les discussions étaient plutôt cordiales, mais un soir un des joueurs a parlé de la Fraternité. D'après lui, c'était un ramassis de rêveurs dirigés par des gars qui s'intéressaient davantage à leur portefeuille qu'aux indigents irlandais. Les autres, moi y compris, on s'intéressait pas trop à la politique, on haussait les épaules, le nez dans nos cartes, mais ce Byrne, là, Daniel Byrne, t'aurais vu sa réaction ! Il s'est redressé d'un coup, prêt à en venir aux mains. Il a regardé le gars bien en face et il s'est lancé dans une tirade sur la différence entre « les mauviettes qui parlent de liberté mais qui sont trop peureuses pour agir et ceux qui se taisent mais qui ont le courage de prendre les armes contre leurs oppresseurs ». C'est ce qu'il a dit, enfin je crois.

Michael attend que son oncle, intéressé par son histoire, se rassoie. O'Connor ne bronche pas.

— Pourquoi tu n'as pas cru qu'il était drapier ?

— D'après moi…

L'haleine de Michael dégage d'écœurants relents d'alcool. Ses joues sont cramoisies et ses lèvres luisent de saindoux.

— … d'après moi, des cheveux longs jusqu'au col et un visage couturé, ça peut être qu'un vétéran de l'Union.

— Des cicatrices ?

— Oui, et pas belles.

Michael désigne deux points sur son propre visage.

— Là et là. Balles de mousquet ou baïonnette. J'ai vu des soldats revenir du front, on aurait dit qu'ils étaient passés dans une moissonneuse-batteuse. Sans mains, sans bras, sans jambes. Des trous là où il aurait pas dû y en avoir. Horrible. Épouvantable.

O'Connor n'a pas oublié l'homme qu'il a vu avec Flanagan pendant le défilé, l'épaisse moustache, les longs cheveux noirs, et les sillons profonds creusés dans sa joue et sa mâchoire, pareils à des lèvres à demi formées. Une coïncidence, peut-être ? Peut-être pas.

— Quel jour as-tu débarqué à Liverpool ?

— Mercredi. J'y ai dormi chez un type que j'avais rencontré sur le paquebot. Il m'avait dit qu'il aurait du travail pour moi, mais y a pas eu de suite.

— Et ce Byrne, il a prévu de venir à Manchester ?

— Oui, mais il savait pas quand. Avant de débarquer, on a comptabilisé les gains, je lui devais quelques dollars. J'avais plus un cent en poche, alors je lui ai signé une reconnaissance de dette. Il m'a donné une adresse où je pouvais lui apporter l'argent.

— Tu l'as sur toi ? Montre-la-moi.

Michael fouille ses poches et en sort un bout de papier. O'Connor lit l'adresse et le lui rend.

— L'une des tavernes où ils se retrouvent. Un repaire de féniens. Chez Jack Riley.

— Alors, j'avais pas raison ?

— Tes idées ont l'air de s'être un peu éclaircies, alors essaie de te souvenir de ce qu'il a dit exactement.

— Attends… « Ceux qui ont du jus de navet dans les veines auront beau palabrer, seul le sang versé changera le monde. » Et il a ajouté : « La guerre a commencé, il faut que tous les Anglais le comprennent. » Le reste, je m'en souviens pas bien. Si tu veux, je peux aller à la taverne et demander s'il est arrivé.

— Non. C'est à moi de m'en occuper. Je verrai ça demain.

— Ces féniens, c'est tous des vantards et des excités, si tu veux mon avis. Tu sais, moi, la politique, ça me passe au-dessus de la tête. Je suis trop jeune, et puis ces salopards qui nous gouvernent, ils sont tous pareils. Ce qui les intéresse, tous autant qu'ils sont, c'est de s'en foutre plein les poches, pas vrai ?

O'Connor observe ce neveu assis face à lui, abruti par l'alcool et qui parle pour ne rien dire, pour meubler le vide. Pourtant un détail dans le haut du visage lui rappelle Catherine ; l'espace entre les sourcils, peut-être, et le vert si particulier de l'iris, il n'est sûr de rien, mais la vue de ce garçon qui lui fait penser à sa défunte femme lui est soudain très pénible. Il aurait préféré ne pas découvrir cette similitude, pouvoir la nier, ou l'ignorer.

— C'est l'heure de dormir, dit-il. Demain matin, je t'emmène au commissariat. Tu y feras ta déposition.

Chapitre 5

Dans un coin du *Pier Head*, Albert Street.

Tommy Flanagan est assis à une table au plateau mal dégauchi. À ses pieds, son meilleur bull-terrier, Victor, halète comme une petite locomotive. Ce soir, c'est le concours mensuel de chiens ratiers. L'auberge s'emplit peu à peu d'amateurs et de parieurs de toutes classes sociales : postillons, cochers sans leur livrée, soldats débraillés, riches commerçants et vendeurs de rue, gentlemen venus s'encanailler et employés de bureau. Les serveurs hurlent aux barmen les commandes de bière et de poisson frit, les chiens les plus nerveux s'adressent des aboiements furieux d'un bout à l'autre de la salle. De tous les ratiers qu'a élevés Flanagan, Victor est de loin le meilleur. Ce n'est pas la force, la taille, l'endurance qui comptent chez ces bêtes-là, mais l'obstination. Et Victor est un obstiné. Certains chiens vont tuer le rat, puis s'arrêter pour contempler le cadavre ensanglanté, le renifler, voire le lécher, perdant là de précieuses secondes. Victor, lui, ne s'interrompt jamais. Il règle illico son compte au rat suivant, puis encore au suivant, et à tous les autres, à croire qu'il a compris dans sa tête de chien que les aiguilles du chronomètre tournent. Flanagan est persuadé qu'un tel acharnement ne peut être acquis ni par l'éducation ni par l'entraînement ; il est inné, c'est un don de Mère Nature. Il a acheté Victor encore chiot pour cinq shillings et, s'il gagne le concours ce soir, il ne le cédera pas pour moins de dix livres. Un joli profit et une belle récompense. Car si certains prétendent savoir reconnaître un bon ratier, rares sont ceux qui en possèdent la preuve vivante et haletante à leurs pieds.

Il sera peiné de se séparer du clébard, mais il a besoin d'argent pour préparer sa fuite. À peine arrivé, l'Américain a déjà commencé à fourrer son nez partout et à semer la zizanie. Il a fait savoir que sa première tâche consistera à débusquer les espions et les indics. Quand vous le rencontrez pour la première fois, il vous serre la main à la broyer, vous lance un regard torve, souligné par le trou dans sa joue qui ressemble à un trou du cul mal placé. Et puis il vous susurre à l'oreille avec force que si vous savez quoi que ce soit – il insiste, *quoi que ce soit*, le plus infime détail – sur un espion ou un indic, sa porte vous est ouverte. Flanagan veille à bien effacer ses traces, mais il n'est pas tout à fait sûr d'avoir su déjouer la perspicacité de ce fou furieux. Un petit voyage à l'étranger s'impose, jusqu'à ce que la situation s'arrange. Que le Yankee sanguinaire se trouve une autre gorge à trancher.

Vers neuf heures, le patron de l'auberge agite une cloche et crie aux clients de monter à l'étage : le concours va débuter. Les parieurs pénètrent dans une vaste pièce à l'éclairage cru, dont les murs sont percés de fenêtres aux volets clos. En son centre, une fosse circulaire d'environ dix pieds de large et quatre de haut, ceinturée de lattes de bois. L'intérieur et le sol sont blanchis à la chaux pour plus de visibilité. Au fond de la salle, un commis surveille une table en pin sur laquelle sont posées deux longues cages en fer bourrées d'une masse couinante de rats bruns, un grouillement de fourrures brun luisant qui s'agitent en tous sens. Dès qu'ils sentent l'urine et les excréments de leurs ennemis encagés, les chiens se mettent à hurler et à japper avec frénésie. La salle résonne soudain d'un tintamarre assourdissant. Au signal de l'arbitre, le commis apporte l'une des deux cages au bord de la fosse et y déverse son contenu, à savoir une cinquantaine de rongeurs paniqués qui se mettent à tourner en rond, avant de s'empiler en trois tas séparés et frémissants. Le patron sort son chronomètre. Bientôt le premier concurrent entre en lice.

Flanagan s'appuie sur le rebord de la fosse pour mieux profiter du spectacle. Le type d'à côté parie sur tous les chiens, cinq shillings par-ci, dix par-là. Chaque fois, il perd.

Flanagan l'observe, surpris que ce gars ait autant d'argent à flamber. À voir ses mains calleuses, sa veste élimée, c'est un ouvrier ou un journalier. Comment s'est-il procuré tous ces billets ? Il les a peut-être volés. En tout cas, il ne connaît foutre rien aux chiens.

— Je peux te donner un tuyau ? propose Flanagan.

Le parieur, qui tient à la main un pichet de bière blonde, le regarde comme s'il lui avait tenu des propos inconvenants.

— Quel genre de tuyau ?

Flanagan désigne Victor.

— Mise tout ce que t'as sur celui-là. Si tu le fais maintenant, tu pourras doubler ou tripler ta mise.

L'autre ne paraît pas convaincu. Il est jeune, mais les quelques dents du bas qui lui restent sont cariées.

— Je te vois pas parier sur lui, dit-il, méfiant.

— Je le ferais si j'étais pas fauché. Ce soir, j'ai pas un radis.

Le gars réfléchit et s'agenouille pour examiner Victor, il lui tâte les pattes arrière, lui ouvre la gueule.

— Il a l'air drôlement costaud, ce p'tit diable.

— Ouais, il est costaud, mais c'est pas la force qui compte pour attraper les rats ; c'est l'acharnement.

— Quoi ?

— Tu me crois pas ?

Flanagan parcourt la salle du regard et désigne un chien.

— Tu vois le bouledogue, là-bas ? Le blanc, Hercule.

Une belle bête. Il travaille bien, proprement, il traîne pas, il tue net, il oublie pas des bestioles partout en train d'agoniser. Il t'en extermine illico quinze ou vingt, sans histoires. C'est un ratier sur lequel on peut compter. Mais est-ce qu'il est aussi acharné que mon Victor ?

Il laisse quelques secondes la question en suspens, avant de conclure :

— Hercule, il arrive pas à la cheville de mon Victor.

Le type se lève, finit sa bière et fait signe au garçon de lui en apporter une autre.

— Tout le monde se prend pour un expert, ironise-t-il.

Flanagan hausse les épaules sans répondre.

Le chien suivant est un airedale au poil hirsute qui se tortille d'impatience dans les bras de son propriétaire. Il jappe, il grogne, dans l'attente du signal. Les paris vont bon train, le voisin de Flanagan mise cinq shillings sur l'airedale pour quinze rats morts ou plus. Flanagan renifle.

— À ta place, je baisserais ma mise. Il est trop énervé, pas assez futé. Il va courir après les rats n'importe comment, au lieu de s'occuper des plus faciles.

— Si un jour j'ai besoin de conseils, je saurai à qui m'adresser, riposte l'autre, agacé.

— C'est de l'argent gaspillé. Moi, je dis ça pour toi.

Ils regardent l'airedale à l'œuvre. Au début, tout se passe bien, puis très vite l'animal se laisse perturber par les cris des parieurs et, quand l'arbitre siffle, on décompte dix rats morts et six mourants.

Flanagan tire sur sa pipe tout en régalant Victor de petits bouts de tripes pour le faire patienter. Il entend son voisin jurer, mais se garde de tout commentaire. Le chien suivant est un Staffordshire bull-terrier aux pattes arquées, aux poils grisonnants autour de la truffe, au poitrail couturé de cicatrices, évoquant une couverture mitée.

— Et celui-là ? s'enquiert le parieur. Trop vieux ?

Flanagan fait la moue.

— Qu'est-ce que j'en sais ?

— Si je gagne, on partage. Ça te va ?

— Il fera mieux que l'airedale, mais pas beaucoup mieux.

— Les paris démarrent à dix livres.

— Eh ben, monte les enchères et croise les doigts.

Le Staffordshire est moins vif que l'airedale mais plus féroce et plus concentré. Après avoir tué le rat, il le reprend dans sa gueule, le secoue, le lance sur le côté et s'attaque à une autre proie. À une minute de la fin, dix corps pareils à de grosses virgules noires gisent sur le sol chaulé. Le museau du chien dégouline de sang rouge foncé.

— Allez, mon beau ! crie le voisin. Encore un, espèce de bâtard !

— Il a du nerf, reconnaît Flanagan. Pas très rapide, mais c'est un tueur.

Le bull-terrier exécute encore deux rats, puis un troisième, juste avant le coup de sifflet annonçant la fin du temps imparti : douze en tout. Le parieur éclate de rire, se met à danser la gigue autour de Flanagan en lui assénant de grandes claques dans le dos. Ils boivent une bière à la victoire, puis une autre à la prochaine. Le type, qui dit s'appeler Henry Dixon, est désormais d'accord pour parier, à huit contre un, que Victor remportera le concours. Il sort son portefeuille et vérifie ce qui lui reste : un billet de cinq livres plié en deux, et quelques pièces.

— Quelqu'un a pensé à toi dans son testament ? plaisante Flanagan.

— La chance, répond Dixon, désinvolte. Tu sais comment ça se passe.

Flanagan est persuadé que l'argent a été volé. Un coup de gourdin sur la tête d'un quidam peu méfiant et hop ! on lui fait les poches. Ce Dixon, avec ses mains pas propres et son air hébété, ne peut pas s'être procuré autant d'argent de façon légale.

— Les gens laissent tomber des trucs et d'autres les ramassent, lâche Flanagan, sentencieux. Suffit d'ouvrir l'œil, hein ? On sait jamais ce qu'on peut trouver dans un caniveau.

— Oh pour ça, tu peux me faire confiance, j'ouvre l'œil, et le bon ! acquiesce Dixon avec chaleur. Y a pas grand-chose qui m'échappe.

— À voir ce que t'as claqué, t'as dû ramasser un gros portefeuille, dit Flanagan en désignant les cinq livres.

Dixon est suffisamment ivre pour avoir envie de se vanter de son larcin. Il suffit de l'y pousser encore un peu.

— Y avait un portefeuille dans l'histoire, ouais, ricane Dixon. Mais c'est pas tout.

— Une montre ?

Dixon secoue la tête.

— J'peux pas te raconter. Y a d'autres gens sur l'affaire et on m'a fait jurer de tenir ma langue.

Avant que Flanagan puisse lui poser d'autres questions, l'arbitre appelle Victor. Flanagan attrape son chien par le collier et, suivi de Dixon, se fraie un chemin parmi les parieurs. Les commis de salle, mouchetés de sang, le bas de pantalon sanglé par de la ficelle pour protéger leurs chevilles des morsures de rats, viennent débarrasser le sol des animaux morts ou blessés, puis déversent le contenu de l'autre cage dans la fosse. Quand Victor voit les rats renifler, se mordre et s'agiter en tous sens, il se met à hurler et à se débattre, tant il a hâte de faire ses preuves. Flanagan tient la bête chaude et frémissante sur ses genoux comme s'il berçait un sac rempli d'or, et attend la fin du compte à rebours. Dès que l'arbitre donne le coup de sifflet, il lâche le collier et lance le chien, qui atterrit en dérapant sur le plancher au milieu de la masse de rats affolés. Ils tentent de s'éparpiller, mais une minute plus tard, huit sont déjà occis. À la deuxième minute, dix de plus, et à la troisième, dix encore. Lorsque le sifflet retentit, seuls six sont encore en vie. Les supporters braillent de joie et tapent du poing contre les lattes de bois qui ceinturent la fosse. Des ratiers meilleurs que

Victor, Flanagan n'en a pas connu beaucoup. Après un tel spectacle, il pourra le vendre dix livres, c'est sûr, et s'il parvient à convaincre Henry Dixon de l'acheter, les dix livres pourraient bien doubler.

Même s'il reste deux chiens en compétition avant la remise du prix, tout le monde sait que Victor est invincible. Flanagan savoure son triomphe, puis cherche Dixon des yeux : il n'est plus là. Il le trouve au rez-de-chaussée, en train de boire un whisky, tout content.

— Pour sûr, c'est un bon chien que t'as là, et je suis sérieux ! Combien de rats, au bout du compte ? Quarante ?

— Quarante-quatre.

Dixon émet un sifflement admiratif.

— Quarante-quatre ! Un record pour le *Pier Head* ?

— Presque, je crois.

Dixon est tellement bourré que Flanagan n'a plus qu'à attendre qu'il se résolve à lui faire une offre. Ça ne tarde pas. Dixon tape du poing sur la table.

— Combien t'en veux ? Ton prix sera le mien !

Flanagan fait mine d'être étonné.

— Mon Victor est pas à vendre. Je peux pas m'en séparer.

— Arrête… C'est pas un toutou de compagnie, c'est un putain de ratier. Un bon, je te l'accorde, mais essaie pas de me dire que t'as l'béguin pour lui.

— Non, ça m'ferait trop de peine. Là-haut, un type m'en a offert quinze livres et je lui ai dit la même chose qu'à toi.

— Quinze livres ? Tu m'racontes pas des craques, là ? Vous autres Irlandais, vous êtes sacrément tordus.

— On monte le voir, si tu veux. Ce type a l'œil pour reconnaître un bon ratier, mais j'lui ai dit que mon Victor était pas à vendre.

De l'étage, des acclamations leur parviennent, puis un long coup de sifflet annonce la fin du concours. Dixon hésite encore, se tortille sur sa chaise. Flanagan se lève et lui tend la main.

— Je monte récupérer mon prix et après je m'en vais. Salut !

Dixon se lève à son tour, les yeux dans le vague, il flageole sur ses jambes, puis finit par retrouver son équilibre.

— Non, tu pars pas. Donne-moi une minute, je reviens avec mes gains. Tu peux finir mon whisky en attendant. Tiens, prends ma place.

Il lui montre sa chaise. Flanagan feint d'hésiter, avant de s'asseoir.

Dixon revient en tapotant sa poche, un sourire imbécile aux lèvres.

— Y a rien de mieux que de gagner un beau pari. Rien de plus agréable.

Il se laisse choir sur une chaise, regarde son verre, constate qu'il est vide, soupire et fait signe au serveur de lui remettre ça.

— Alors un type là-haut t'en a proposé quinze livres, hein ? Et tu lui as dit que le chien était pas à vendre ?

— Exact.

Dixon se penche vers lui, leurs nez se touchent presque.

— Je te vois venir, mon gars, me prends pas pour une buse. Mais je t'en veux pas. Un chien comme celui-là, faut espérer en tirer le meilleur prix.

— Je te répète qu'il est pas à vendre.

Dixon pousse un grognement moqueur.

— Écoute, je pourrais t'en offrir dix-sept ou dix-huit livres, mais on va pas se fâcher pour ça. Je veux ce clébard, donc voilà.

Il sort une liasse de sa poche, en tire quatre billets de cinq livres, qu'il plaque sur la table avant de se carrer contre le dossier de sa chaise. Flanagan attend un moment, puis empoche l'argent et lui tend la laisse.

— Victor, c'est un bon chien. Je m'en s'rais pas séparé pour moins.

Dixon sourit et noue la laisse au pied de la table.

— Quand j'ai une idée en tête, je vais jusqu'au bout. J'arrive toujours à mes fins. Personne peut m'en empêcher. Ça, c'est moi.

La salle du rez-de-chaussée se remplit. Les serveurs prennent les dernières commandes, le patron serre des mains, promet de beaux combats au prochain concours. Flanagan s'apprête à se lever, mais Dixon lui pose la main sur l'épaule et l'oblige à se rasseoir.

— On boit encore un verre. Ça se fait pas de partir si vite.

— OK, encore un et j'y vais.

Dixon fait signe au garçon, qui leur apporte deux whiskys et deux pintes de bière blonde. En le voyant s'approcher, Victor gronde. Flanagan le gratouille entre les oreilles pour l'apaiser.

— Tu veux savoir comment j'ai eu tous ces biffetons ? lui dit Dixon.

— Je croyais que t'avais pas le droit de le dire.

Dixon se penche au-dessus de la table et chuchote :

— Je peux pas te donner le nom du type, mais je peux te dire à quoi il ressemblait. Un Américain, costaud, l'air pas aimable, avec une sale cicatrice…

Il enfonce son index au milieu de sa joue.

— Juste là.

Flanagan pose son verre.

— Tu… tu lui as piqué son argent ? À l'Américain ?

— Seigneur, non. Ce genre de gars, t'as pas envie de lui faire les poches. Essaie, et tu finis à moitié mort. Ou pire. Non, on a fait équipe, c'est tout. J'lui ai rendu service. Il m'a payé pour ça. Grassement, même.

Dixon tangue sur sa chaise, il passe sa langue sur ses lèvres, il est parcouru de spasmes involontaires, on dirait un chien en train de rêver. Flanagan termine son verre et s'essuie la bouche d'un revers de manche. Il n'y a qu'un seul Américain à Manchester qui corresponde à cette description, il le sait très bien. Ce maudit Doyle est partout en même temps. Comme ce putain de Saint-Esprit.

— Et qu'est-ce qu'y voulait, ton Américain ?

Dixon fronce le nez et tend le pouce et l'index, les autres doigts repliés.

— Des papiers, des p'tits bouts de papier avec des trucs écrits dessus.

— Quel genre de trucs ?

— Des noms. Des dates. Quoi exactement, je sais pas, ça me regarde pas, mais laisse-moi te dire un truc…

Il se rapproche et baisse la voix.

— J'en connais un qui va bientôt s'en prendre plein la tronche, et j'suis content que ce soit pas moi.

Flanagan porte son verre à ses lèvres, s'aperçoit qu'il est vide et le repose. La tête lui tourne. De quel genre de papiers s'agit-il pour que Stephen Doyle utilise les services de ce minable ? Si l'Américain a déjà un plan d'action, cela signifie que la menace est plus proche qu'il ne le craignait. Il serre la main de Dixon, qui le supplie de rester encore un peu, et joue des coudes jusqu'à la porte.

Dehors, il vérifie que la voie est libre, enfonce l'argent au fond de sa poche, incline le bord de son chapeau et s'éloigne. En débouchant dans King Street, il se dissimule sous un porche pour s'assurer que personne ne le suit, puis traverse la rue et entre dans l'hôtel de ville. Là, il demande à voir le lieutenant James O'Connor. L'agent de garde note son nom et lui dit d'attendre sur un banc, dans le couloir. Au bout d'une heure, un policier gros et chauve s'approche. Il arbore l'expression cynique du vieux flic à qui on ne la fait pas.

— Lieutenant Rogers, se présente-t-il. O'Connor n'est pas de service ce soir.

— Je dois lui faire passer un message, explique Flanagan. C'est urgent.

— Dites-moi de quoi il retourne et je lui en parlerai dès qu'il reviendra.

— Et ce sera quand ?

— Demain, après-demain au plus tard. Il a eu un accident. Il est au repos chez lui.

— Dites-moi où il habite, j'irai le voir.

Rogers pousse un soupir amusé. Seul un idiot oserait réclamer l'adresse d'un flic.

— C'est quoi, votre problème ?

— J'ai besoin d'aide. Un homme qui s'appelle Stephen Doyle veut ma peau.

Rogers ne paraît guère surpris par cette affirmation.

— Je vois. Ce Doyle a-t-il menacé de s'en prendre à votre vie ? Que vous a-t-il dit, précisément ?

— C'est pas ce qu'il a dit, le problème.

— Alors c'est quoi ?

Flanagan regarde autour de lui. Venu du fond du couloir, un préposé en tablier pousse un chariot plein de paperasse. De temps en temps, la porte donnant sur la rue s'ouvre ou se referme. Il réfléchit en se frottant le menton. Il ne va tout de même pas avouer à un inconnu qu'il espionne les féniens.

— Faut que je parle à Mr O'Connor en personne. Lui saura quoi faire.

— Si ce Doyle ne vous a pas directement menacé, on ne peut rien pour vous, dit Rogers. On n'arrête pas les gens sur les dires du premier quidam venu.

— Je suis pas n'importe qui ! s'insurge Flanagan. Je suis en contact avec Mr O'Connor depuis des mois. Je lui dis des choses importantes.

— Il y a des tas de gens qui nous disent des choses importantes. O'Connor n'a jamais mentionné votre nom devant moi.

— Parce que c'est secret. Personne doit connaître mon nom, voilà pourquoi.

Rogers hoche la tête comme s'il avait déjà entendu mille fois ce genre de raisonnement spécieux.

— Revenez demain, dit-il. O'Connor devrait être là.

— Je peux pas revenir ici. C'est trop dangereux pour moi. Dites-lui de me rejoindre à midi au *White Lion*, près de la prison. Il connaît.

— Le *White Lion*, d'accord, je lui dirai, lance Rogers en s'éloignant.

Flanagan trouve un hôtel bon marché non loin de Picadilly et loue une chambre au nom de Brierley. Il explique au gérant qu'on lui a volé sa valise à la gare et lui réclame du papier à lettres, une plume et de l'encre. Il doit prévenir sa sœur qu'il est dans le pétrin, que ça finira par se tasser, mais que, en attendant, il n'est plus en sécurité chez eux. Rose ne va pas être contente, c'est sûr, mais elle comprendra et, dès qu'il aura pu gagner l'étranger, il lui enverra de l'argent. S'il parvient à brouiller les pistes, elle pourrait l'y rejoindre, avec leur mère. Le fait que le lieutenant O'Connor lui soit redevable n'est pas une mauvaise chose, au fond. Du moment qu'il parvient à s'en sortir vivant, il pourrait même lui soutirer quelques billets. Une vie nouvelle, pourquoi pas ?

Il termine sa lettre et donne un shilling au garçon de courses pour qu'il aille la porter à Rose. Puis il monte dans la chambre, il y fait bon, le seau à charbon est plein, la pièce est propre, les draps de lit semblent presque neufs. Flanagan fume une pipe, délace ses bottes et ôte sa veste. En définitive, il ne s'est pas si mal débrouillé.

À deux heures du matin, il est réveillé par le veilleur de nuit qui lui tend un message où il est écrit « Urgent », et signé James O'Connor, qui le prie de venir sur-le-champ le rejoindre dans son bureau, à l'hôtel de ville. Le lieutenant Rogers a dû saisir la gravité de la situation et prévenir ses supérieurs, qui lui auront botté les fesses pour qu'il se bouge. Flanagan enfile ses bottes, les relace, passe un peigne dans ses cheveux emmêlés. Dehors, il pleut, il est encore endormi, mais une petite marche sous la pluie lui rafraîchira les idées. Sa décision est prise, il dira à

O'Connor qu'il veut émigrer au Canada avec sa sœur et sa mère. De toute façon, elles ne se sont jamais plu à Manchester, une ville sale, surpeuplée, et très chère. Il est certain qu'elles seront heureuses de quitter l'Angleterre.

Hormis les vidangeurs de tinettes qui tirent des baquets débordant d'excréments, et les formes avachies des clochards endormis, les rues sont désertes. Flanagan longe un entrepôt à l'abandon dont les vitres ont volé en éclats. Les murs portent encore des lambeaux d'affiches qui vantaient, l'une la légèreté d'un pardessus demi-saison, l'autre les vertus du bouillon de bœuf. Au loin, un chien aboie, mais Flanagan n'entend que le claquement des talons de ses bottes sur les pavés mouillés. La pluie dégouline du bord de son chapeau. Le vent charrie l'odeur du gaz des réverbères mêlée à celle du crottin de cheval. Encore cinq minutes et il sera rendu à destination. Un détail le chiffonne : comment O'Connor a-t-il su où envoyer le message ? Le lieutenant Rogers l'aurait-il fait filer depuis l'hôtel de ville ? Bizarre. Mais il ne voit pas d'autre explication.

Soudain, des pas résonnent derrière lui. Il se retourne et aperçoit une silhouette vêtue d'un long manteau noir, coiffée d'un chapeau melon décoloré par l'usure. Flanagan reconnaît les épais favoris roux et le nez tordu de Patrick Neary.

— Pat ! s'exclame-t-il. Qu'est-ce que tu fais là ?

— Faut qu'tu viennes avec moi, Tommy. Faut qu'on cause.

— Qu'on cause de quoi ?

— Tu le sais très bien, Tommy.

Neary est l'un des employés de Peter Rice, et aussi son homme de main. Toute la journée il travaille les peaux dans la tannerie de Rice, près de la fabrique de colle.

— Je sais pas ce qu'on t'a dit, Pat, mais je te jure que c'est pas vrai.

— C'est pas ce que j'ai entendu qui compte, Tommy.

— Tu vas pas croire tout ce que raconte Doyle ? C'est des conneries, tout ça.

— Le cab de Skelly nous attend au coin de la rue. Quand on te ramènera à Ancoats, tu discuteras avec Doyle.

Flanagan ne bouge pas. Il pourrait courir, mais il sait qu'il n'irait pas loin.

— Comment vous m'avez retrouvé ?

— On a lu la lettre que t'as envoyée à ta sœur. Pas très malin de ta part, je dois dire.

— Vous avez pas le droit ! C'est ma vie privée !

Neary lui rit au nez, sarcastique.

— Tu crois qu'on joue, Tommy ? Tu l'crois vraiment ?

Flanagan soutient son regard. Non, c'est pas possible, je vais pas finir comme ça. Pas ici.

— Tu me connais, Pat. Des fois, je suis pas très futé, mais je ferai jamais rien contre la cause. Y a pas plus loyal que moi.

Neary secoue la tête.

— T'as toujours été un peu trop content de toi, Tommy. Ça, c'est sûr.

Flanagan entend des roues grincer. D'une ruelle adjacente émerge le vieux cab de Skelly, luisant de pluie, auréolé de la vapeur sortant des naseaux du cheval. De loin, on dirait un corbillard.

Chapitre 6

Le lendemain matin.

O'Connor emmène son neveu à l'hôtel de ville pour qu'il y raconte son histoire. Ils attendent dans le couloir que Maybury daigne les recevoir. Pâle, le front moite, Michael n'est pas encore tout à fait remis de sa beuverie de la veille. Il a beau s'embrouiller dans sa description de l'homme qu'il a croisé sur le paquebot, buter sur les mots, se répéter, Maybury l'écoute patiemment. Quand Michael a terminé son récit, Maybury se tourne vers O'Connor :

— On vient de pendre trois de ces salopards et voilà qu'ils nous en expédient un nouveau ? Ai-je lieu de m'inquiéter, lieutenant ?

— S'il s'agit de l'individu dont m'a parlé Flanagan, ils l'ont envoyé pour semer le trouble. Un ancien soldat de l'armée nordiste ne traverserait pas l'Atlantique juste pour faire de la propagande. Si je connaissais sa vraie identité, je pourrais me renseigner sur lui.

— Eh bien, arrêtez-le sous un prétexte quelconque et amenez-le-moi.

— Il faut déjà le localiser. Je pense l'avoir vu dimanche dernier pendant le défilé, sinon nous n'avons qu'une adresse, une gargote de Rochdale Road, où se retrouvent les féniens. Ils ont des guetteurs à tous les coins de rue.

— Envoyez-y Michael. Pourquoi pas ? Ils ignorent votre lien de parenté. Je parie qu'il pourrait obtenir son nom.

La suggestion n'est pas dépourvue de bon sens, mais l'idée d'être redevable à son neveu ne plaît guère à O'Connor.

— Je ne préfère pas, monsieur. Du moins pas tout de suite. Michael n'est pas policier. Il est jeune, il n'est pas d'ici, il ne connaît pas les codes ; un regard de travers, une question de trop peuvent tout faire capoter. Pour l'instant, contentons-nous de diffuser le signalement de l'individu aux postes de police de Manchester, et d'envoyer des télégrammes à Liverpool et à Dublin afin de savoir s'il figure dans leurs fichiers. Je contacte mes indics, ils auront peut-être des informations sur lui.

— Bien, dit Maybury. Je m'occupe des télégrammes et j'écris à Dublin Castle. Reprenons : se fait appeler Daniel Byrne. Profession présumée : drapier. Taille : cinq pieds, dix ou onze pouces. Longs cheveux noirs. Moustache. Cicatrices sur la joue droite. Autre chose ?

— Non, monsieur.

Maybury prend quelques notes, puis pose sa plume, enlève ses lunettes, incline la tête et dévisage O'Connor.

— Il paraît que vous avez été agressé par deux voyous qui vous ont assommé et délesté ?

— Oui, monsieur. Près de Gaythorn Bridge, avant-hier soir.

— Que vous ont-ils volé ?

— Mon portefeuille avec un peu d'argent, une montre de gousset. Sans grande valeur, mais c'était un cadeau de ma femme.

— J'ignorais que vous étiez marié.

— Je suis veuf.

Maybury hoche la tête, à plusieurs reprises, comme si soudain les choses prenaient sens.

— Pour un Irlandais, vous n'êtes pas le plus chanceux des hommes[1].

1. Allusion au *shamrock*, le trèfle à quatre feuilles, l'un des symboles de l'Irlande.

— J'ai eu ma part de malheurs, monsieur.

Maybury esquisse un sourire compatissant, puis se ravise.

— Je suppose qu'on ne retrouvera ni l'argent ni la montre, mais j'enverrai une patrouille supplémentaire dans ce quartier, on ne sait jamais, un témoin pourrait se manifester.

Une fois sorti du bureau, O'Connor précise à Michael qu'en cas d'arrestation de l'Américain, il pourra être appelé à venir l'identifier et à rapporter les conversations qu'ils ont eues pendant la traversée. En attendant, il doit oublier tout ça et s'occuper de chercher du travail et un logement. Il lui donne une pièce de six pence en lui faisant promettre solennellement de l'utiliser pour manger, et non pour boire. Sullivan insiste, il veut se rendre à la taverne des féniens, comme l'a suggéré Maybury, mais O'Connor lui explique que son supérieur n'a pas une idée assez claire de la situation, que seul un policier peut s'exposer à pareil risque.

Là-dessus, ils se séparent et O'Connor regagne son bureau. Fazackerley l'accueille avec une grimace de pitié.

— Eh bien, ils n'y sont pas allés de main morte.

— Tu aurais dû me voir hier, c'était pire. Bientôt il n'y paraîtra plus.

— Tu ferais mieux de retourner te coucher.

O'Connor lui parle de l'arrivée de son neveu et de sa rencontre avec l'Américain sur le paquebot.

— Ah, Rogers a laissé un message pour toi hier soir, se rappelle son collègue. Je dois l'avoir quelque part… Tiens, le voilà.

O'Connor lit deux fois le message, puis regarde la pendule murale.

— Tu as entendu parler d'un Stephen Doyle ?

Fazackerley fait la moue.

— Non. C'est qui ?

— Aucune idée. L'un de mes indics, Tommy Flanagan,

est venu ici hier soir. Il voulait me voir d'urgence. Il s'est plaint d'être menacé par ce Doyle ; le message n'en dit pas plus.

— Rogers ne va pas tarder, tu verras avec lui.

O'Connor accroche son chapeau et son pardessus au portemanteau, se sert un mug de thé et va s'asseoir.

— Flanagan ne serait jamais venu ici s'il n'avait pas eu vraiment peur. Le risque était grand pour lui d'être vu.

— Je la connais, cette engeance, neuf fois sur dix, c'est un problème de dette, constate Fazackerley. Il ne pouvait pas payer son créancier, alors il s'est dit : tiens, je vais aller voir le gentil O'Connor. Généreux comme il est, si je lui demande gentiment, il paiera à ma place.

— C'est possible. Il m'a donné rendez-vous à midi, donc je saurai le fin mot de l'histoire.

O'Connor finit son thé et se lève avec précaution. Les effets du laudanum qu'il a pris au réveil commencent à s'estomper. Il sent comme un coup de poignard dans les côtes et une douleur sourde à la mâchoire.

— Si jamais Michael Sullivan vient me chercher, dis-lui que je le verrai plus tard chez moi.

— Sullivan ? Qui est-ce ?

O'Connor grimace de douleur et se masse la mâchoire.

— Mon neveu. Celui dont je viens de te parler.

Il attend pendant plus d'une heure dans l'arrière-salle du *White Lion*. Aucun signe de Flanagan, pas de message. Jamais Tommy n'a manqué un seul de leurs rendez-vous et O'Connor commence à se faire du souci. Il règle l'addition puis se rend chez *Teasdale & Sons*, le tabac lugubre et poussiéreux de Withy Grove où Flanagan est employé de loin en loin comme vendeur. Henry Teasdale, le propriétaire du magasin, lit le *Manchester Times*, accoudé à son comptoir. O'Connor lui demande s'il a vu Flanagan récemment.

— Parti, lâche Teasdale, laconique.

— Parti ? Depuis longtemps ?

— Deux jours. La dernière fois que je l'ai vu, il envisageait de vendre son chien ratier, et après, de filer à l'étranger.

— Flanagan aurait l'intention de quitter Manchester ? Vous en êtes certain ?

Teasdale referme son journal et lève les yeux vers le policier.

— Vous connaissez bien Tommy, hein ?

— Oui.

— Dans ce cas, vous devez savoir qu'avec lui rien n'est jamais certain. On raconte qu'il va partir sur le continent, mais je serais étonné qu'il aille plus loin que Sheffield.

— Je lui dois un peu d'argent, dit O'Connor. J'espérais le trouver ici.

Teasdale hausse un sourcil.

— Celui qui doit de l'argent à Flanagan est un oiseau rare. D'après mon expérience, c'est toujours l'inverse.

— Selon vous, c'est pour ça qu'il quitte Manchester ? À cause de ses créanciers ?

— Ça ne me surprendrait pas, mais je n'en jurerais pas.

— Doyle, Stephen Doyle, ça vous dit quelque chose ?

Teasdale réfléchit.

— Je connais un Arthur Doyle, cordonnier dans Spear Street. Stephen Doyle, non. C'est qui ?

— Aucune importance. Je continue à chercher Tommy. Je ne lui dois pas grand-chose, mais je préfère payer mes dettes.

— Alors vous êtes un vrai gentleman. On en voit plus beaucoup par les temps qui courent. Pendant que vous êtes là, vous voulez peut-être un peu de tabac ?

O'Connor parcourt du regard les étagères où s'alignent des tabatières de différentes tailles. Sur le côté, un meuble vitré empli de râteliers à pipes et de boîtes de cigares. Les murs jaunis et la vitrine sont couverts de publicités cornées pour du Shag et du Navy Cut. Une forte odeur de nicotine imprègne le magasin.

— Je vous prends une demi-once de *Bird's Eye*, le meilleur, s'il vous plaît.

Teasdale pèse avec soin les brins odorants sur une balance en cuivre et enveloppe le petit tas marron dans un bout de papier journal.

— Vous pourriez aller chez Tommy. Il vit avec sa mère et sa sœur dans Thompson Street.

— Oui, je sais.

O'Connor ne s'est jamais rendu chez les Flanagan. Pour des raisons évidentes de sécurité, il retrouve Tommy à distance des quartiers irlandais, là où il est peu probable qu'on les reconnaisse. Il décide de lui accorder vingt-quatre heures pour réapparaître, ensuite, s'il le faut, il ira voir sa sœur, Rose.

Il retourne à l'hôtel de ville et attend les télégrammes, qui arrivent en milieu d'après-midi. Les bureaux de Londres et de Liverpool n'ont aucune trace d'un Byrne qui aurait des sympathies féniennes. En revanche, pour Dublin, Daniel Byrne est le nom d'emprunt de Stephen Doyle, vétéran de la guerre de Sécession, membre supposé de la Confrérie des féniens, la branche américaine de la Fraternité républicaine irlandaise. De source sûre, on sait que Doyle a été impliqué dans le soulèvement de mars[1], mais a échappé aux arrestations. Ils ont perdu sa trace.

O'Connor montre le télégramme à Fazackerley, qui le lit et fronce les sourcils.

— C'est le type dont parlait ton Flanagan. Pas croyable.

— Je dois retrouver Tommy au plus vite. Si Doyle est après lui, ça veut dire qu'il l'a démasqué.

— Il est peut-être déjà mort, soupire Fazackerley.

1. Le 5 mars 1867, le soulèvement des féniens en Irlande se solde par un fiasco en raison du noyautage de l'organisation par les Anglais et du manque de soutien du clergé catholique.

Quand les féniens mettent la main sur un traître, ils ne s'embarrassent pas de bons sentiments. Tu le sais, Jimmy.

— Il se peut qu'il se cache. Ce ne sont pas les planques qui manquent. Sa sœur Rose est couturière chez les Solomon, elle habite avec sa mère, derrière la corderie. Allons-y.

Fazackerley sort un trousseau de clés de sa poche, déverrouille le coffre où sont entreposées les armes de service et en sort deux revolvers. Il les charge et en tend un à son collègue.

— D'après toi, on dit à Maybury ce qu'on va faire ?

— Non. Un fénien de plus ou de moins, ça ne risque pas de le déranger. Je le lui dirai après, si besoin est.

Ils remontent Shude Hill, longent les entrées arrière du marché de Smithfield ; ça pue les entrailles de poisson et le fromage. Les trottoirs sont jonchés de déchets de légumes, d'orge germé et de sciure. Devant le *Turk's Head*, un orgue de Barbarie joue *Les Hommes de Harlech*[1]. Fazackerley s'arrête pour écouter, puis donne une pièce au petit singe qui fait la quête. Parvenus au coin de Thompson Street, ils demandent à un passant la maison des Flanagan ; après les avoir examinés avec méfiance, il leur indique le numéro vingt-trois.

Rose Flanagan est petite et menue comme son frère, elle a des yeux vert pâle et des cheveux noirs retenus par un bout de ruban. Quand les policiers lui expliquent le motif de leur venue, elle leur dit que Tommy n'est pas là et qu'elles ne l'ont pas vu depuis la veille au matin.

— On peut entrer un moment ? suggère O'Connor.

Rose scrute la rue, s'assure que personne ne les observe, puis s'efface pour les laisser passer. La mère est assise près du poêle de la cuisine, emmitouflée dans des châles et des couvertures. Son visage est doux et fripé, son regard

1. Célèbre chant militaire gallois.

inexpressif. Elle sourit vaguement aux visiteurs, sans dire bonjour. Les deux hommes s'assoient, déboutonnent leur pardessus et posent leurs chapeaux sur la table.

— Ce sont des policiers, m'man, dit Rose. Ils cherchent notre Tommy.

— Tommy ? On sait pas où il est.

— C'est ce que je viens de leur dire. Il était là hier matin, mais on l'a pas revu depuis.

O'Connor sort calepin et crayon de sa poche.

— Votre frère a-t-il emporté des affaires en partant ? demande-t-il à Rose.

— Non, juste son chien.

— A-t-il pris un sac, une valise ?

— Tommy a pas de valise, répond la mère.

— Il a juste pris le chien, répète Rose. Il a fait quelque chose de mal ?

— On pense qu'il se cache quelque part, mais on ne sait pas où.

— Et pourquoi il se cacherait ?

— Connaissez-vous un nommé Stephen Doyle ?

Rose le regarde avec une expression à la fois amusée et lasse, comme si tout cela n'avait rien de nouveau pour elle. Combien de fois a-t-elle tiré son frère d'embarras ?

— Jamais entendu parler.

— J'connais un Doyle, dans le quartier, intervient la mère. Il est cordonnier.

— Stephen, m'man, dit Rose. Pas Arthur.

La mère secoue la tête.

— Stephen Doyle. Ça m'dit rien.

— Il se peut que Tommy soit en danger, les prévient O'Connor. Hier soir, vers minuit, il est passé à l'hôtel de ville pour nous avertir que ce Doyle le menaçait.

— Vous l'avez vu hier soir ?

— Non, pas nous, un collègue, précise Fazackerley.

— S'il était en danger, pourquoi vous l'avez pas aidé ?

— Il n'a pas laissé d'explications, seulement un

message me donnant rendez-vous aujourd'hui à midi, mais il n'est pas venu.

Rose lui lance un regard pénétrant, soupçonneux.

— Vous êtes un ami à lui ?

O'Connor hésite. Que sait-elle des affaires de son frère ? Est-elle prête à se confier en présence de leur mère ? Il jette un coup d'œil à la cuisine : elle est propre, mais les meubles sont vieillots, de mauvaise facture. Sur la table, l'unique chandelle dégouline de suif, et le feu du poêle est moribond.

— Je vais être franc avec vous, puisque le temps nous est compté. Votre frère nous transmet des informations, appelez ça des secrets, contre rétribution, et je crains qu'il n'ait été démasqué.

— Des secrets ? s'étonne la mère. Ça m'étonnerait. J'vois pas en quoi notre Tommy pourrait être utile à quelqu'un.

— Il ne vous en a peut-être pas parlé, pour vous protéger, mais il est proche de certains membres de la Fraternité.

— Les féniens ? Bien sûr que mon Tommy les fréquente, comme tout le monde ici, mais il fricote pas avec eux.

O'Connor se tourne vers Rose, dont les traits se sont crispés.

— Tommy est pas un indic, affirme-t-elle. Je le saurais.

— Avez-vous une idée d'un endroit où il pourrait se cacher ? A-t-il des amis sur lesquels il puisse compter ? Si nous le trouvons, nous pouvons lui offrir une protection.

Rose soupire.

— Si vous connaissiez mieux mon frère, vous sauriez que c'est le roi de l'embrouille. En général, avec du baratin, il réussit à s'en sortir. Ça sera pas la première fois qu'il disparaît, il revient toujours avec une histoire à dormir debout. C'est un crétin, pour sûr, mais il est pas fou à ce point-là. Ce qu'il a fait ou pas fait, en tout cas, ça s'arrangera sans que la police vienne s'en mêler.

— Il ne s'agit pas d'une embrouille, miss Flanagan. Cette fois-ci, vous ne pourrez rien faire pour lui, j'en ai peur.

— Je sais pas ce que vous a raconté Tommy, Mr O'Connor, enfin à votre place, je prendrais son histoire avec des pincettes. Mon frère est un fieffé menteur.

— Ça, c'est bien vrai, approuve la mère. J'aime pas dire du mal de mon fils, mais il ment comme un arracheur de dents.

Fazackerley renifle. Toujours des complications, avec ces Irlandais.

O'Connor suit de l'ongle du pouce le bord rainuré de la table. Ce que Rose sait, elle le garde pour elle et, si elle est effrayée, elle le cache bien. Elle croit probablement à ce qu'elle leur dit : Tommy a encore fait des siennes, et parler à la police n'arrangera pas la situation, au contraire.

— Vous connaissez le sort que les féniens réservent aux indics ? reprend Fazackerley. Je suppose que vous le savez.

— Oui. Ils les tuent. Mais notre Tommy est pas un traître, je vous l'ai déjà dit.

Elle rougit légèrement, puis sourit pour montrer qu'elle est sûre d'elle, en dépit de ce qu'ils peuvent penser. O'Connor remarque que l'une de ses incisives est ébréchée.

— Un individu qui vend des tuyaux à la police, poursuit Fazackerley, on appelle ça un informateur. Or Tommy…

O'Connor l'interrompt :

— Si vous ne pouvez pas nous aider davantage, miss Flanagan, nous partons. Au cas où vous auriez des nouvelles de votre frère, faites-nous porter un message à l'hôtel de ville. Lieutenant Fazackerley et lieutenant O'Connor.

— O'Connor… C'est vous qu'on a envoyé de Dublin, hein ?

— En effet.

— Votre figure. Qu'est-ce qui vous est arrivé ?

O'Connor hausse les épaules.

— Des petits ennuis à Gaythorn. Deux robustes gaillards qui voulaient un prêt.

Rose s'approche de lui et examine ses contusions. Son haleine sent le bacon, et son cou dégage un léger parfum de lavande.

— J'ai quelque chose pour faire dégonfler ça.

— Ce n'est rien, ça va passer.

— Non, attendez, j'en ai pas pour longtemps.

Elle s'éclipse une minute et revient avec une petite bouteille de verre opaque, avec une étiquette où est écrit « Liniment du Dr Abel ».

— C'est très bon pour les coups et les bleus. Essayez-le.

— Non, merci. Pas maintenant.

Sans l'écouter, elle verse un peu de liquide blanchâtre sur le bout de ses doigts et l'applique avec légèreté sur la joue et la tempe du policier.

— Allez-y, massez. Vous allez voir, ça fait du bien.

Elle veut jouer au plus fin, c'est tout, pense-t-il. Nous montrer qu'elle n'a pas peur de nous. Il masse sa peau meurtrie, qui lui paraît sur le point d'éclater tant elle est mince et fragile.

— Vous voyez, dit Rose, c'est efficace.

— On s'en va ? s'impatiente Fazackerley.

O'Connor lorgne l'étiquette du flacon, qui représente le Dr Abel avec un pince-nez et une longue barbe blanche, vantant tous les bienfaits de son remède.

— À ce que m'a dit Tommy, vous êtes couturière chez les Solomon ?

— Oh, ça, c'est fini. Maintenant je travaille en cuisine, au *Spread Eagle*. C'est mieux payé.

— Si j'ai d'autres questions à vous poser, j'irai vous voir là-bas.

L'idée n'a pas l'air d'enchanter Rose.

— Je pense pas que ce sera la peine. Notre Tommy sera revenu avant.

Une fois dehors, O'Connor ouvre son calepin et le feuillette machinalement. Il hésite, le feuillette à nouveau, pour vérifier des adresses et des dates. Il a cru remarquer un détail bizarre quand il l'a ouvert dans la cuisine des Flanagan, là, il en est sûr : il manque des pages. Cinq ou six, coupées net à la lame de rasoir. Il ne se souvient pas avec exactitude des notes qu'il avait prises, mais les dates de la page précédente et de la suivante peuvent l'aider à deviner.

— Qu'est-ce qui se passe ? demande Fazackerley.

— Il manque des pages à mon calepin. On dirait qu'elles ont été tailladées au rasoir.

— Elles ont dû tomber, plutôt. Retourne tes poches.

— C'est déjà fait.

— Montre voir le calepin ?

O'Connor le lui tend. Son collègue l'ouvre, glisse l'index sur les bords sectionnés et fait la grimace.

— Tu es sûr qu'il n'était pas comme ça avant ?

— Certain. C'est un coup des féniens. Ça ne peut être qu'eux. Ce n'est pas après mon argent qu'ils en avaient. Ils voulaient mon calepin. Ils ont détaché les pages qui les intéressaient, et l'ont remis dans ma poche, pour que je ne m'aperçoive de rien.

— Si c'est un fénien qui t'a attaqué, tu l'aurais identifié, non ? Tu les connais tous, ils ne sont pas si nombreux.

— Ils ont dû embaucher quelqu'un pour faire le travail à leur place.

— Jamais les féniens d'ici n'auraient eu pareille idée.

— Les hommes de Peter Rice, peut-être, mais ce Doyle doit avoir de la ressource.

— Qu'est-ce qu'il y a d'intéressant pour lui, dans ces pages ?

O'Connor se masse le cou.

— Des noms. Trois ou quatre. Je n'en suis pas sûr. Tommy Flanagan, William Mort, Henry Maxwell…

Il s'interrompt brusquement. Il imagine Stephen Doyle, ce sinistre individu marqué par la guerre, animé d'une haine meurtrière, planqué dans un grenier quelque part à Manchester, l'œil rivé sur les feuilles du calepin comme un prêtre sur son bréviaire.

— Dieu tout-puissant, dit Fazackerley. Un traître mort, ça peut passer pour un coup de malchance, mais trois, c'est une autre paire de manches. Même Maybury va dresser l'oreille, s'il entend parler d'un triple homicide.

Chapitre 7

Tommy Flanagan est méconnaissable.

La moitié du visage emportée, et ce qu'il en reste est fracassé, couvert de sang noir, on dirait une pièce de viande calcinée. L'état du cadavre d'Henry Maxwell, allongé à côté sur le sol boueux, ne vaut guère mieux. Devant cette scène insupportable, O'Connor est pris de nausée. Tout de même, ils auraient pu les tuer de manière plus décente, je ne sais pas moi… Au fond, il sait très bien. C'est une marque de mépris suprême envers les traîtres ; tout le monde garde à l'esprit la nature infâme du forfait commis, et du châtiment qu'il entraîne. Pour ces deux-là, pas de veillées mortuaires, ni de parades dans les rues de la ville. Les mères et les veuves qui voudront leur dire adieu garderont en mémoire cette vision de cauchemar.

Un peu à l'écart, le coroner prend des notes, et quatre agents en uniforme attendent, prêts à emporter les corps sur des civières de toile grise. Fazackerley est déjà reparti. O'Connor se dirige vers la berge en partie effondrée de Travis Island, envahie de mauvaises herbes, et contemple les eaux noires et poisseuses de la rivière Irk. Deux hommes sont morts à cause d'une impardonnable négligence de sa part. La honte lui brûle l'estomac, comme s'il avait avalé de l'acide. Si seulement il avait une bouteille de whisky à portée de main… Il se remémore le goût du liquide sur sa langue ; l'alcool est une tanière profonde dans laquelle il pourrait ramper pour trouver refuge. Non, pas une tanière, souviens-toi, Jimmy, un caveau. Il ferme les yeux et songe un instant à offrir une prière aux morts, mais ne le fait pas. La pluie tombe, régulière, d'un ciel assombri, elle tambourine sur la surface visqueuse de l'eau ; une fétide odeur d'immondices monte de la terre détrempée. Quelques minutes plus tard, l'un des agents vient lui annoncer que le tombereau est arrivé, et qu'ils sont prêts à y charger les corps.

À l'hôpital, un prêtre originaire de Belfast, le père Cochran, les attend. O'Connor lui donne le nom et le domicile des défunts et lui explique ce qui s'est passé. Il se propose d'aller annoncer la nouvelle aux familles, mais Cochran rétorque qu'elles préféreront l'entendre de la bouche d'un homme d'Église. Ils descendent dans un sous-sol carrelé de rouge, où l'on a déposé les civières côte à côte. Chaque corps est recouvert d'une couverture souillée de boue. Le prêtre se signe par deux fois, puis s'incline, en soulève un coin et, aussitôt, porte la main à sa bouche.

— Mon Dieu… comment avez-vous fait pour les identifier ?

— En fouillant leurs poches.

— Bon, plus vite ils seront décemment enterrés, mieux ça vaudra. Il n'y a ni gloire ni bonté[1] dans tout cela.

— Pouvez-vous dire à Rose Flanagan que, lorsqu'elle sera prête à me parler, elle sait où me joindre ?

Le père Cochran jette un dernier regard au cadavre, puis repose le drap et se redresse, très pâle.

— Vous pensez qu'elle en aura envie ? Vous croyez que les familles voudront collaborer avec la police ?

— Elles n'ont pas d'autre choix, si elles veulent obtenir justice.

1. Exode, 33:18 : « Moïse dit : "Fais-moi voir ta gloire." L'Éternel répondit : "Je ferai passer devant toi toute ma bonté." »

— Justice ? Quelle justice ? Ce à quoi nous avons assisté le 23 novembre ? Celle qui a fait pendre trois des leurs devant la prison ?

— Ce n'est pas la même chose.

— Vous êtes sûr ?

Silence. La pièce n'est pas chauffée et la seule source de lumière provient d'un étroit soupirail tout en haut d'un mur. La buée qui sort de la bouche du policier flotte comme un voile blanc dans la pénombre.

— Évidemment.

Cochran pince les lèvres et lisse les plis de sa soutane du plat de la main.

— Je crois savoir que vous êtes de Dublin, lieutenant. Puis-je vous demander de quelle paroisse ?

O'Connor le regarde un long moment avant de lui donner une réponse sans appel.

— Non, je ne vous le dirai pas.

Une fois les documents officiels signés, le coroner s'en va. O'Connor quitte l'hôpital et se rend à Ancoats. Il y avait un troisième nom dans son calepin, celui d'un autre informateur, William Mort, un charpentier originaire du comté de Leitrim. Il n'est pas rentré chez lui depuis deux jours et ses proches ignorent où il se trouve. O'Connor veut leur faire part de la découverte des cadavres à Travis Island avant qu'ils ne l'apprennent d'une autre source. Arrivé devant la porte, il frappe, personne ne répond. Voyant un rideau s'écarter à la fenêtre de l'étage, il frappe une seconde fois. Alors qu'il s'éloigne, une voix lui crie de dégager et de ne plus revenir. Un gamin lui lance une pierre, qui le manque de peu. Il se souvient du désespoir qui enserrait son cœur après le décès de Catherine, comme une main glacée venue du fond d'une mare gelée. On garde toujours en mémoire quelque chose des disparus, c'est obligé. Un geste, un mouvement, un détail, même minuscule. C'est un péché de renoncer. Même si le péché est bien le dernier de ses soucis.

Lorsqu'il arrive à l'hôtel de ville, Maybury l'attend.

— On n'a pas encore retrouvé William Mort, lui annonce O'Connor.

— Si vous espériez que je prenne ça pour une bonne nouvelle, c'est raté. Je ne me sens pas transporté de joie.

— Il a peut-être pu prendre le large.

— Dans ce cas, il nous est aussi inutile que les deux autres.

O'Connor ne réagit pas.

— Ne vous laissez pas troubler par votre conscience, lieutenant. Nous n'avons pas une minute à perdre. Venez avec moi.

O'Connor le suit jusqu'à son bureau. Michael Sullivan est là, assis dos au poêle, une tasse de thé en équilibre sur un genou. Quand il aperçoit son oncle, il sourit. O'Connor s'étonne de le voir là.

— On m'a amené ici. Un type en uniforme est venu me chercher chez toi.

Maybury s'assied. O'Connor préfère rester debout.

— J'ai fait venir Michael parce que nous devons mettre la main sur Doyle, explique le commissaire. Votre neveu est la seule personne susceptible de nous aider à remonter jusqu'à lui.

O'Connor serre les dents. Il ne devrait pourtant pas être étonné, depuis le temps qu'il est flic.

— Sans témoin, rien ne nous permet de le relier à ces meurtres. Nous n'avons pas la certitude de son appartenance à la Confrérie des féniens.

— Je ne dis pas le contraire, mais c'est l'avenir qui me préoccupe. La mort de vos indics, si abjecte et scandaleuse soit-elle, m'importe moins que les projets de ce Doyle. Vous m'avez dit récemment qu'il était venu pour semer le trouble.

— Oui, sinon pourquoi serait-il ici ?

— Le vol des pages de votre calepin, suivi de la découverte de cadavres défigurés, nous indique qu'il est habile et impitoyable. Si nous nous contentons d'attendre les bras croisés, qui sait quel carnage il pourrait commettre ? Des féniens morts, c'est déplorable, mais s'il s'en prend aux Anglais, ça n'en finira jamais.

O'Connor fait le tour de la pièce des yeux, comme si la solution à ce dilemme se cachait dans les meubles.

— Nous pourrions faire revenir la troupe, suggère-t-il. Pour protéger les bâtiments publics et patrouiller dans les voies principales de la ville.

— C'est impossible, réplique Maybury. Nous avons besoin de renseignements. Vous le savez.

— On en a discuté avec Mr Maybury, oncle Jimmy, intervient Michael. Je vais à la taverne, je dis que je viens rembourser ma dette de jeu à Daniel Byrne, et que je veux lui remettre l'argent en main propre. Quand je le rencontre, je lui annonce que j'ai bien réfléchi, que je suis prêt à me battre pour la cause, à prendre les armes contre l'ennemi. Je dois arriver à le convaincre.

O'Connor regarde Maybury.

— Vous croyez Doyle assez stupide pour exposer ses plans à un blanc-bec qu'il connaît à peine ? Ça ne tient pas debout.

— Il faudra du temps, insiste Michael, et je ferai tout pour gagner sa confiance.

— Michael est un garçon très persuasif, dit Maybury. Il a du bagout.

— Les féniens ne tarderont pas à établir le lien entre nous deux, remarque O'Connor.

— Nous y avons déjà pensé. Il ne vivra plus chez vous, mais dans un meublé mis à sa disposition. Il prétendra avoir reçu de New York une lettre de crédit : de quoi payer sa dette et lui permettre de subsister une semaine ou deux, le temps de trouver du travail.

— Mr Maybury a promis de payer le loyer et de me donner cent livres de récompense, si tout se passe bien, oncle Jimmy, ajoute Michael. Cent livres, c'est une sacrée somme.

— Je suppose qu'il t'a aussi parlé des deux hommes assassinés parce qu'ils faisaient ce que tu t'apprêtes à faire ?

Michael se tourne vers Maybury, qui répond :

— J'ai informé votre neveu de l'erreur que vous avez commise en notant les noms de vos indics dans votre calepin. Je lui ai promis de ne garder aucune trace écrite de ses faits et gestes, il n'a donc rien à craindre de ce côté-là.

— J'ai pas peur de Doyle, affirme Michael. J'en ai connu des comme lui. Si je garde la tête froide, tout ira bien.

— C'est trop dangereux, persiste O'Connor. Et même si on y arrive, gagner sa confiance prendra des semaines, voire des mois. Et, puisque les indics sont morts, pourquoi attendrait-il pour passer à l'action ? Il se doute que nous le traquons.

— Voilà le problème auquel nous devons nous attaquer, en effet, acquiesce Maybury. Cherchons un moyen d'accélérer l'enquête.

— Ne comptez pas sur moi, dit O'Connor. Je ne suis pas d'accord avec votre tactique.

Maybury appuie son front sur l'extrémité de ses doigts, puis lance à son subordonné un regard las et déçu, avant de se tourner vers Sullivan en souriant.

— Michael, auriez-vous l'obligeance d'aller attendre dans le couloir pendant que je parle à votre oncle ?

Le jeune homme obtempère et referme la porte derrière lui. O'Connor se demande s'il tient ou non à la vie de son neveu par alliance et décide qu'il s'en soucie suffisamment pour ne pas avoir envie de le voir mort, ce qui lui confère un léger avantage sur Maybury.

— Il doit y avoir une autre méthode, avance-t-il.

— Très bien. Dites-moi laquelle, alors.

— Vous ne pouvez pas le forcer.

— Le *forcer* ? Vous ne voyez pas qu'il ronge son frein ?

— Si je l'emmène à la morgue de l'hôpital contempler ce qu'il reste de Flanagan et de Maxwell, il pourrait vite changer d'avis.

Maybury examine la plume de son stylo et le repose.

— Nous pouvons agir avec ou sans vous, O'Connor. Avec, ce serait plus simple, et peut-être un peu moins risqué pour votre neveu.

— Vous espérez que je vais l'encourager ?

— L'encourager, non. Le guider, le conseiller. Vous assurer qu'il ne fait pas de bêtises, qu'il ne prend pas trop de risques. Il est brillant, mais encore très jeune.

— Je ne dirais pas qu'il est brillant.

— Raison de plus pour l'aider.

— On va droit à l'échec. Doyle est trop intelligent, il va le percer à jour.

— Toute intelligence a ses limites. Ce type est un fanatique, ne l'oubliez pas. Sa perception du monde est faussée. Les gens de son espèce sont sensibles à la flatterie, si l'on sait les appâter.

— Je ne vous aiderai pas à faire de Michael un espion. J'ai déjà trop de sang sur les mains.

— Et vous en aurez encore plus si vous laissez Doyle réaliser ses projets. Avez-vous imaginé la situation sous cet angle ? Sans informateurs, nous n'avons aucun moyen de l'empêcher de nuire.

— Je ne peux pas faire ça, monsieur.

O'Connor parle à voix basse, avec retenue. La conscience de ses défaillances lui fait monter une salive amère dans la bouche.

— Vous vous sentez responsable de votre neveu. Je comprends. C'est le fils de votre frère ?

— Non. De ma belle-sœur.

— Je vois. Vous pensez à votre défunte femme. Cela complique votre décision, je suppose.

— Peut-être.

— Rassurez-vous, nous vous donnerons les moyens de le protéger. Et cette épreuve pourrait lui forger le caractère, sait-on jamais. Il m'a confié qu'il aimerait suivre votre exemple et devenir policier.

— C'est un simple employé de banque. Il ignore ce qui l'attend. Il imagine que c'est un jeu.

Maybury, songeur, se laisse aller contre le dossier de son fauteuil. Une longue minute s'écoule avant qu'il reprenne la parole :

— Voyez-vous, O'Connor, le chef de la police, Mr Palin, est extrêmement préoccupé par ce double homicide. Il pense qu'il renvoie une image fâcheuse de la manière dont il organise le maintien de l'ordre à Manchester. D'après lui, c'est vous le responsable, et vous devriez par conséquent être réexpédié à Dublin pour manquement à votre devoir. Sachez que j'ai pris votre défense, arguant que vous teniez là l'occasion de faire amende honorable.

C'est du chantage, ce qui n'a rien d'étonnant de la part de son supérieur. Néanmoins, O'Connor ressent cela comme un abus de pouvoir. S'il est renvoyé à Dublin, c'en est fini de lui.

— Allez-vous vous asseoir, à la fin ? s'impatiente Maybury en lui montrant une chaise.

O'Connor hésite puis obtempère.

— Vous avez commis une erreur, vous en payez le prix, constate Maybury. Ça pourrait être pire.

— Bien, monsieur. Toutefois, j'ai besoin de temps pour exposer à Michael la façon dont nous allons procéder. Et il faudra placer près de la taverne de Riley des guetteurs que les féniens ne peuvent pas reconnaître.

— Je peux faire venir du monde de Bolton. Ça ne devrait pas poser de problèmes.

— Vous avez l'argent ? Les cent livres promises ?

Maybury affiche une expression dubitative.

— Je n'appellerais pas cela une promesse. Plutôt une possibilité.

— Alors, il vous faudra coucher par écrit le montant et la date du paiement.

Maybury le regarde par-dessous, sourcils froncés.

— Vous vous prenez pour son avocat, ma parole ! Ça, c'est nouveau !

O'Connor ne répond pas, mais ne détourne pas les yeux. Un silence glacé emplit l'espace qui les sépare. Au bout de longues secondes, Maybury finit par prendre son stylo.

Chapitre 8

Le lendemain, Michael Sullivan est attablé devant une pinte de porter à moitié vide, dans un coin de la taverne des féniens. Voilà une heure qu'il est arrivé et il trouve déjà le temps long. O'Connor lui a dit et répété : « Tu fais durer ton verre, tu te tais et tu attends. » Interdiction de jouer aux quilles, aux cartes ou aux dominos, et si quelqu'un le salue, il répond par un signe de tête ou un sourire. C'est tout. Une telle contrainte lui déplaît, car ce n'est pas une attitude naturelle. Puisqu'il essaie de se fondre parmi les habitués, pourquoi ne peut-il pas se comporter normalement ? Qui aurait l'idée de rester seul tout un après-midi sans parler à personne ?

Jimmy a beaucoup insisté sur ce point, et l'intonation inquiète et coléreuse de sa voix a fait comprendre à Michael que c'est du sérieux, cette fois. Il feuillette un journal, où l'on décrit des lieux et des gens inconnus de lui, qui arrive de New York. C'est vrai que, en ce moment, il aimerait bien y être, à New York, avec ses amis, mais ce qui est fait est fait et on doit payer pour les plaisirs de la vie, d'une manière ou d'une autre ; voilà pourquoi il est à Manchester, à contempler le fond de son bock d'un air morose, comme le cousin simplet à un repas d'enterrement.

Au bout d'un moment, Jack Riley, le patron, apparaît derrière son comptoir, manches de chemise roulées sur ses avant-bras et gilet déboutonné. C'est un homme maigre, pâle, aux joues mangées par d'épais favoris, et aux cheveux bruns plaqués en arrière. Une dent manquante et un nez de boxeur prouvent que la bagarre ne lui fait pas peur.

Michael boit une gorgée de bière brune tout en étudiant les lieux. Il est un peu plus de midi, trois habitués disputent une partie de dominos près de la cheminée, quatre ou cinq autres discutent en fumant la pipe. « Moins il y a de monde, mieux ce sera », lui a dit Jimmy. Le seul témoin important doit être Riley. Sullivan consulte la pendule, tend le cou pour observer la rue à travers la vitre. Personne en vue. Combien de temps va-t-il devoir encore attendre ? Et s'ils l'avaient oublié ? Si le plan avait changé ? Il lit les nouvelles locales : suicide par empoisonnement à Warrington, agression au couteau à Clitheroe ; à Worsley, procès d'un soldat de première classe, lequel, en état d'ébriété, a déchargé son fusil sur une vache. Sullivan s'ennuie ferme et décide de prendre une autre pinte. Après tout, personne n'est là pour le lui reprocher. Tant qu'il tient son rôle et suit les instructions, quelle importance ? Il termine son verre et se dirige vers le bar. Jack Riley le dévisage.

— Une porter, c'est ça ?

Sullivan acquiesce. Riley emplit le verre.

— Je t'ai déjà vu, non ? Tu serais pas un ami d'Arthur ?

— Je connais pas d'Arthur. Je connais personne ici. J'arrive de New York.

Riley s'appuie sur sa pompe à bière.

— De la famille à Manchester ? Des oncles, des cousins ?

— Non. Pas de famille.

— La plupart des gens qui débarquent ont de la famille. Alors qu'est-ce qui t'amène ?

Sullivan hésite, avant d'expliquer :

— J'avais des ennuis là-bas. Fallait que je m'en aille. Un type m'avait promis une embauche à Liverpool, mais ça s'est pas fait, du coup je suis venu ici chercher du travail.

La porte de la taverne s'ouvre. Un policier entre, matraque à la main et s'arrête pour ôter son casque. Riley fronce les sourcils et grommelle :

— Qu'est-ce qu'il veut, celui-là ?

Sullivan se retourne : c'est Fazackerley, enfin. Leurs regards se croisent un instant. Le lieutenant détourne aussitôt les yeux. Il se dirige vers le comptoir, sans se presser, pour que tout le monde le remarque. Merde, il en a mis du temps !

Fazackerley observe la scène : le tavernier qui soulève le rabat du bar et s'essuie les mains sur un torchon, l'air mécontent, et Sullivan accoudé au comptoir devant une pinte de porter à laquelle il n'a pas encore touché.

— C'est vous, le patron ? s'enquiert le policier.

— Qu'est-ce que ça changerait, si je l'étais ?

— Beaucoup de choses. On a une plainte contre vous.

— Où est Rawes ?

— L'agent Rawes est malade. Je le remplace. Je m'appelle Magee.

— Moi, je parle qu'à Rawes, décrète Riley. Lui et moi, on a un accord.

— Je répète : l'agent Rawes est malade, et c'est à moi que vous avez affaire aujourd'hui. Il paraît que vous ne respectez pas les termes de votre licence, en vendant du gin[1].

Riley pousse un grognement amusé.

— Du gin ? Vous rigolez ?

— C'est une accusation grave qui, si elle se révèle exacte, peut aller jusqu'à la fermeture de votre établissement. Vous allez me suivre au commissariat de Knott Mill.

— Si c'est une blague, elle est mauvaise, gronde Riley.

1. Depuis le Gin Act de 1751, la loi restreignait la vente de gin à certains débits de boissons. Riley n'a le droit de vendre que de la bière.

J'ai jamais vendu une goutte de gin de ma vie. Vous pouvez demander à tout le monde ici. Ils répondront de moi.

Il prend ses clients à témoin :

— Hein, les gars, je dis pas la vérité ?

— Nous avons des témoignages qui affirment le contraire, rétorque le policier.

— Ce sont des mensonges.

— Vous direz ça au juge.

— Pourquoi vous allez pas vérifier dans sa cave ? intervient Sullivan. S'il vend du gin, vous devriez trouver des bouteilles en bas.

Fazackerley se tourne vers lui.

— Je ne suis pas là pour farfouiller dans les caves. Nous avons des témoins.

— Mais puisque le patron vous dit que ce sont des menteurs !

Fazackerley pose ostensiblement sa matraque sur le comptoir.

— Vous êtes qui ?

— Un client, pardi.

— Votre nom ?

— Mon nom a pas d'importance. L'important, c'est que vous descendiez à la cave, comme ça vous saurez qui ment et qui ment pas.

— Je n'ai pas besoin de descendre à la cave pour le savoir. Et si vous ne me donnez pas votre nom, je vous arrête aussi.

Sullivan éclate de rire.

— Moi ? En quel honneur ? J'ai rien à me reprocher ! Ça fait à peine une semaine que je suis à Manchester !

Le policier avance d'un pas.

— Vous, vous êtes américain. Je l'entends à votre accent. Justement, on cherche un Américain qui vient d'arriver à Manchester, un certain Doyle. C'est vous ?

— Non. Je m'appelle pas Doyle.

Fazackerley plisse les yeux.

— Mais vous êtes un de ces féniens, hein ?

Sullivan ne répond pas.

— Si vous êtes pas fénien, qu'est-ce que vous faites dans un repaire de féniens ?

— Tout le monde est bienvenu dans mon établissement, s'agace Riley. Je vérifie pas les convictions politiques d'un client avant de lui servir une pinte.

— Je passais par là, c'est tout, renchérit Sullivan.

Au tour du policier de ricaner. Il sort une paire de menottes de sa poche.

— Vous allez me suivre tous les deux. On y verra plus clair au commissariat.

— Vous êtes borné, ma parole, bougonne Riley. Ce gamin a rien fait de mal.

— Oh, vous répondez de lui ? s'exclame Fazackerley. C'est un copain à vous ?

— Je l'ai jamais vu avant aujourd'hui.

— Ça, c'est vous qui le dites. Moi, je sens qu'il y a anguille sous roche…

Le policier attrape Sullivan par le bras. Celui-ci se rebiffe.

— Me touchez pas !

— Laissez-le tranquille, soupire Riley.

Fazackerley reprend sa matraque sur le comptoir et la pointe lentement d'abord vers Sullivan, puis vers Riley.

— Je sais que vous êtes de mèche, mes lascars. Je ne suis pas stupide. Je le sens.

Sullivan lance à Riley un regard de connivence amusée, du moins l'espère-t-il. Ce dernier secoue la tête.

— J'en ai déjà vu des flics crétins, mais vous, vous détenez le pompon.

— Suivez-moi sans résistance, sinon je siffle pour appeler du renfort. À vous de choisir.

Durant quelques secondes, tout se fige dans la taverne : les joueurs de dominos ont cessé de jouer, les fumeurs de pipe se sont tus, tous suivent la scène en silence. Sullivan, le cœur battant, les tripes nouées, se prépare. Fazackerley repose sa matraque et ouvre les menottes.

— Tes poignets, vite.

— Vous avez pas le droit de m'arrêter !

— Je fais ce que je veux, dit Fazackerley en s'avançant pour lui saisir le bras.

Ils s'affrontent, les yeux dans les yeux, leurs visages se touchent presque. Sullivan respire l'haleine du policier, imprégnée de café, il aperçoit ses poils de nez, il sent l'odeur de naphtaline sur son uniforme. Riley, qui est derrière eux, ne peut pas voir les lèvres de Fazackerley articuler :

— Vas-y. Là. Vite.

Aussitôt, Sullivan lui balance un violent coup de poing en pleine figure. Le policier grogne, recule, trébuche contre la barre du comptoir et tombe lourdement, renversant au passage la pinte de bière qui explose au sol. Sullivan fait un pas en avant, prêt à remettre ça, mais Riley vient s'interposer.

— Ça suffit, souffle-t-il. Ça suffit, nom de Dieu.

Fazackerley se relève. Il a une sérieuse marque rouge sur la pommette, et une goutte de sang perle tout près de son œil. Il agite un index menaçant en direction de Sullivan.

— Toi, tu attends là, petit salopard. Tu as intérêt à ne pas bouger.

Il sort en courant de la taverne et siffle à trois reprises pour alerter ses collègues. Riley regarde Sullivan avec admiration.

— Toi alors, tu caches bien ton jeu !

— Il… il aurait pas dû essayer de me menotter, dit Michael d'une voix rauque.

Les mots ont du mal à sortir de sa gorge, il a la tremblote.

— Bon, c'est pas tout ça, il faut te planquer, et vite. La flicaille va rappliquer de partout.

— Je sors par la porte de service ?

— Non, ils vont y aller directement. Vaut mieux que tu restes ici. J'ai une réserve inutilisée, au sous-sol. J'empilerai des barils de bière vides devant la porte. Ils te trouveront pas.

— Je veux pas vous poser de problème, m'sieur Riley.

— Ça me fait plaisir de t'aider, gamin. J'aime bien les gars qu'ont pas froid aux yeux.

Sullivan passe le reste de la journée barricadé dans la réserve, une pièce nue, sans fenêtre. Il y a un baquet en bois dans un coin, s'il a besoin de se soulager. Riley lui apporte trois bougies, un pichet de bière et une part de tourte au porc, qu'il dévore avec appétit. Ensuite il s'allonge sur le sol d'argile battue et s'endort.

Il se réveille en frissonnant. Où est-il ? Lorsque la mémoire lui revient, il éprouve un mélange de peur et d'excitation. Le plan de Jimmy a fonctionné au-delà de leurs espérances mais, à présent, à lui de se débrouiller seul. Il ressasse tout ce qu'il doit dire ou taire, qui croire, quand s'éclipser. Il sait qu'il approche de Doyle. S'il parvient à inspirer confiance à Riley, le reste suivra. Il ne le craint pas, mais il se demande quelles questions tordues le tavernier pourrait lui poser et quels doutes il pourrait entretenir.

Vers minuit, après le départ des derniers clients, Riley baisse le rideau et descend au sous-sol pour libérer Sullivan. Ils remontent ensemble dans la salle déserte. Riley recharge la cheminée de charbon et fait signe à son protégé de s'asseoir.

— T'as un endroit où dormir ?

— Oui, je loue un lit dans une pension de Pump Street.

Riley fait la moue.

— Pump Street ? Tu pouvais pas trouver mieux ?

— Ben, en attendant d'avoir ma première paie…

— En tout cas, tu lui en as mis une belle à cette grande gueule de Magee. Il est tombé le cul par terre !

— Tu penses qu'ils me cherchent encore ?

— Non, à cette heure-ci, c'est la ronde de nuit. Ils ont pas ton signalement, et à mon avis ils se moquent bien de l'orgueil blessé de l'agent Magee.

— Et cette histoire de gin ?

— Oh, c'est rien. Ses témoins, c'était du pipeau. Les flics me cherchent toujours des poux. Chaque semaine, ils inventent un truc différent. Parce que je suis un Irlandais amoureux de la liberté et, ça, ils apprécient pas du tout.

Sullivan ne réagit pas trop promptement, de peur d'éveiller les soupçons. Il contemple le rougeoiement des boulets de charbon dans l'âtre.

— Moi, tu sais, la politique, j'y connais pas grand-chose. Je lis pas les journaux, mais j'ai entendu parler des trois gars qu'ils ont pendus. C'est pas juste.

— Pas juste ? Des meurtres, voilà ce que c'est ! Trois braves assassinés, trois veuves, des orphelins ! Ça, les Anglais s'en foutent. Tout ce qu'ils veulent, c'est se venger.

— De la mort de ce flic ? C'était quoi, son nom, déjà ?

— Brett. Charles Brett.

— Oui, c'est ça, Brett, dit Michael avec un bref sourire.

« Amical, mais pas trop », c'est le conseil de Jimmy.

Riley le regarde.

— Au fait, j'ai pas eu le temps de te demander ton nom.

— Michael Sullivan. Je suis né à Dublin, Ash Street. On est parti en 56. J'avais huit ans.

— Tu te souviens de l'Irlande ?

— Pas beaucoup.

— Voilà le drame des Irlandais : chassés de leur pays et éparpillés aux quatre vents.

— J'aimerais bien y retourner, seulement il paraît qu'on y trouve pas de travail.

— Parce que ces maudits Anglais pompent toutes nos ressources, voilà pourquoi. Aucune nation ne peut prospérer si sa richesse lui est volée.

— Oui, c'est terrible, acquiesce Sullivan. Je suis d'accord avec toi.

Riley se lève.

— Attends une minute.

Il va dans sa cuisine et revient avec une bouteille de whiskey et deux grands verres, qu'il pose sur la tablette de la cheminée. Il les remplit à moitié et lui en tend un.

— À ta santé, Michael. Dieu sauve l'Irlande !

— À la tienne. Dieu sauve l'Irlande, répète Michael.

Le whiskey lui brûle la langue et lui fait monter les larmes aux yeux. Il inspire à fond et attend que ça passe.

— Merci pour le coup de main. Les flics m'auraient arrêté et, à l'heure qu'il est, je serais en tôle.

— Pas la peine de me remercier. T'as rien fait de mal, tu t'es juste défendu comme un homme, c'est tout. On aurait bien besoin de gars comme toi, dans le coin. Allez, viens t'asseoir.

Dans la cheminée, le feu reprend vie, les boulets craquent et crépitent au milieu d'un monticule de cendre pâle.

— Tu dois te demander ce qui m'amène ici, dit Sullivan. J'ai dit au flic que j'étais là par hasard, bon, c'est pas tout à fait vrai. Pendant la traversée, j'ai rencontré un gars qui s'appelait Byrne. Il m'a dit que je pourrais le trouver à la taverne de Rochdale Road, chez Jack Riley. Je lui dois un peu d'argent, je voulais lui rendre, voilà pourquoi je suis venu.

— Byrne ? Connais pas. À quoi il ressemble ?

— Américain, la trentaine. L'air sérieux, autoritaire, même. Des cheveux noirs, très longs, et des vilaines cicatrices sur une joue.

Riley réfléchit.

— Des cicatrices ?

Sullivan désigne son propre visage.

— Là et là. Profondes.

— Sur quel paquebot vous étiez ?

— Le *Neptune*. On est partis de New York.

Riley boit une gorgée de whiskey.

— Non, je connais aucun Byrne par ici, mais je peux demander autour de moi.

— Je pensais qu'il pourrait m'aider à trouver du travail.

— OK, je vais me renseigner.

Sullivan s'attend à ce que le tavernier ajoute quelque chose, mais l'autre se tait. Un long silence s'installe. Les flammes vacillantes projettent des ombres floues sur le plancher et les murs.

— Il m'a dit qu'il était drapier, mais je l'ai pas vraiment cru. Il avait pas l'air d'un marchand de drap. On aurait plutôt dit un vétéran, avec ses cheveux longs et ses cicatrices. J'en ai vu pas mal traîner à New York, des gars comme ça, depuis la fin de la guerre. Ils savent pas quoi faire, maintenant qu'ils se battent plus. C'est triste.

Les yeux de Riley s'étrécissent. Son attitude a changé. Sullivan craint d'avoir commis une bourde, puis conclut que ça n'a pas d'importance.

— S'il t'a dit qu'il était drapier, pourquoi t'en doutes ? l'interroge Riley. Pourquoi il mentirait ?

— Ben, il avait une drôle d'allure, pour un marchand de drap.

Riley examine le fond de son verre, boit cul sec et le repose.

— Tu cherches quoi, comme travail ?

— N'importe quoi. Rien me fait peur.

— Alors, je peux peut-être t'aider. J'ai beaucoup d'amis. Reste ici ce soir, tu seras en sécurité. Tu dormiras dans le cellier, et on reparle de tout ça demain matin.

Riley monte à l'étage et revient bientôt avec une paillasse

et des couvertures. Il précède Sullivan dans l'escalier qui descend au cellier. Ça sent la bière et le moisi. Il passe un coup de balai sur le sol dallé et étale la paillasse par terre.

— Bon, c'est pas l'hôtel de la reine d'Angleterre, mais c'est pas pire que les puciers de Pump Street.

— Ça me convient très bien. Merci.

Ils se serrent la main et se souhaitent bonne nuit. Riley gravit deux marches, et se retourne.

— Tu dois de l'argent à ce Byrne ?

— Oui, sur le bateau, on jouait au poker pour tuer le temps. Des petites sommes mais, à la longue, en arrivant à Liverpool, je lui devais plusieurs dollars, et je les avais pas sur moi.

— Et il t'a donné cette adresse ?

— Il m'a dit : « Quand tu seras à Manchester, laisse l'argent à la taverne de Jack Riley. »

— Il avait bigrement confiance en toi.

— Je crois plutôt qu'il avait des grands projets, et que quelques dollars comptaient pas trop pour lui.

Riley sourit.

— Le commerce du drap, ça doit rapporter…

— Certainement.

— Sauf s'il mentait.

— Oh, je sais pas. Je peux me tromper.

Jack Riley reste longtemps debout devant la cheminée de la salle. Le vent ronfle dans le conduit, la pluie tambourine sur les vitres. Il réfléchit, fronce les sourcils. Que va-t-il faire de ce gamin ? Après quelques instants d'hésitation, au souvenir du spectacle réjouissant de Magee en train de se relever, furieux, l'uniforme plein de sciure, il décide qu'un garçon comme Sullivan, débordant d'énergie et ne manquant pas de jugeote, mérite d'intégrer la Fraternité.

Chapitre 9

Robert Neill, le maire de Manchester, est un homme aux larges épaules, au cou épais ; il a de petits yeux inquisiteurs et une grande bouche sans lèvres, ce qui lui donne une expression simiesque. Il a fait fortune dans le bâtiment, en construisant à tour de bras des logements de mauvaise qualité à Ancoats et à Hulmes ; d'ailleurs, le maçon transparaît encore sous la redingote noire et l'écharpe en cachemire. Tout le laisse deviner : sa posture, sa démarche impatiente, ses mains puissantes, ses doigts larges aux ongles carrés, aux phalanges épaisses, noueuses, couleur de châtaigne. On croirait que, à tout instant, il va lâcher son stylo à plume ou son verre à pied pour manier la truelle. On ne vient pas à bout d'un gaillard de cet acabit avec un couteau, songe Doyle. Si vous l'approchez de trop près, il risque de vous mettre au tapis avec une double clé de tête. Par conséquent, il faut une arme à feu. Ça prendra davantage de temps et ça coûtera plus cher mais, puisque les traîtres sont hors d'état de nuire, inutile de se précipiter. On peut planifier l'élimination de Neill, soupeser les risques, et choisir le bon moment.

Doyle attend, dans le vieux cab de Skelly, stationné en face de la chapelle des dissidents[1], assez près de

1. Protestants anglais qui, à partir du XVIIe siècle, firent sécession avec l'Église d'Angleterre.

l'intersection de King Street pour surveiller l'entrée de l'hôtel de ville, mais suffisamment loin pour ne pas attirer l'attention. Il est un peu plus de sept heures du soir, et le bureau du maire est encore éclairé. Sans doute invité à dîner en ville ou bien à prononcer un discours, Neill doit soigner sa tenue pour l'occasion. Voilà presque une semaine qu'ils le filent, sans avoir trouvé le moment de la journée propice à l'action. Il faut qu'il soit seul, qu'il n'y ait pas de témoins ; or, excepté les moments qu'il passe dans son coupé de ville pour se rendre ici ou là, le maire est toujours accompagné. Ils pourraient lui tendre une embuscade, mais pour cela il faudrait avoir recours à une équipe de confiance, et Doyle, qui vient juste d'arriver à Manchester, n'a pas encore recruté un tel effectif.

Soudain, Skelly tape sur le toit du cab avec le manche de son fouet. Doyle sort la tête pour voir ce qu'il veut.

— Regarde, il part à pied. C'est lui, j'en mettrais ma main au feu.

Il désigne un homme trapu, coiffé d'un haut-de-forme, qui traverse la rue devant l'hôtel de ville. Il tient un grand parapluie noir incliné pour se protéger des rafales de vent et de la pluie.

— Pourquoi est-il à pied ? dit Doyle. Où est son coupé ?

Skelly répond d'un geste évasif. Doyle descend prestement sur la chaussée. Les charrettes et les omnibus le frôlent, on entend siffler le gaz des lampadaires, des émanations d'égout empoisonnent l'air. Doyle remonte le col de son manteau et plisse les yeux pour mieux s'orienter.

— Tu restes là, ordonne-t-il à Skelly. Guette le coupé, et suis-le si besoin.

Il s'engage dans King Street et distingue une silhouette à environ trente yards devant lui. Il hâte le pas pour s'assurer qu'il s'agit bien du maire. Puis il ralentit l'allure et se réfugie sous une porte cochère. Sa main agrippe son couteau pliant au fond de sa poche de veste ; il l'ouvre, caresse du pouce la courte lame, puis, après réflexion, le referme. Le maire marche en direction de Brown Street et de Spring Gardens. Le pommeau en argent de son parapluie scintille un instant à la lueur d'un réverbère. Il consulte sa montre de gousset et repart. Bon sang de bois, mais où va-t-il ? se demande Doyle, intrigué.

Neill longe la façade illuminée du Queen's Theater, puis tourne dans Milk Street, une rue étroite et mal éclairée. Il s'arrête devant la devanture d'un magasin et lève la tête. Au-dessus de la boutique, l'un des volets est entrouvert, on voit bouger le halo d'une lampe à pétrole. Doyle s'embusque dans une ruelle perpendiculaire pour épier la scène. Si au moins il avait un pistolet, il pourrait tirer là, tout de suite, ni vu ni connu, mais il n'a que son couteau. Il cherche des yeux une arme de fortune, une pièce de bois, une brique, mais n'en voit pas. Neill replie son parapluie et pianote légèrement sur la porte vitrée. Au bout d'un moment, celle-ci s'entrebâille, il ôte son chapeau et entre.

Doyle patiente cinq minutes pour s'assurer que le maire ne ressort pas, puis s'approche du magasin : en vitrine sont exposés des chapeaux, des mouchoirs, des voilettes, et des échantillons de tissu drapés avec goût. L'enseigne de la boutique annonce « Elisabeth Stokes, couturière et modiste ». Il articule à voix basse les cinq mots, comme s'il récitait une courte prière, puis rebrousse chemin et retourne à Cross Street où l'attend Skelly.

— Figure-toi que le maire a une maîtresse, lui dit-il. Elisabeth Stokes, modiste au 12, Milk Street, côté droit de la rue.

Le cocher pousse un discret sifflement et ricane. Son visage buriné est un lacis de fines ridules, et les quelques dents qui lui restent ont une couleur jaunâtre.

— Le vieux cochon…

— Va à Milk Street, retiens l'heure à laquelle il sort de la boutique et vois où il va ensuite. Tu n'oublies rien, hein ?

— J'dirais que c'est dans la poche, patron ?

— En effet.

— Il va enfin payer pour ses péchés.

Doyle se demande ce que Skelly entend par là, puis il se souvient des pendaisons. Skelly est un brave homme, un auxiliaire précieux digne de confiance, mais parfois il se méprend sur l'objectif final.

— Tu as raison.

Le cocher porte deux doigts à son chapeau.

— Note bien l'heure, répète Doyle. L'heure, c'est crucial.

Il monte dans le cab, qui le dépose au bout de Market Street. Il traverse Piccadilly, tourne à droite dans Oldham Street et remonte jusqu'à Ancoats. La pluie fait chatoyer le trottoir et les pavés de la chaussée ; elle dégoutte du bord de son chapeau. Après avoir cherché Peter Rice au *Two Terriers* et au *Cheshire Cheese*, il le trouve au comptoir du *Blacksmith's Arms*, buvant du gin en compagnie de Jack Riley. Son visage rubicond luit de sueur, ses yeux trop écartés brillent encore d'hilarité après une blague de ce dernier. Doyle les salue de loin et va s'asseoir à une table près de la porte.

Rice termine son gin, s'essuie la bouche d'un revers de manche. Il dit quelque chose à Riley, puis s'approche de la table de Doyle et se laisse choir sur un tabouret. L'Américain se penche vers lui et lui rapporte à voix basse ce qu'il vient de voir au 12, Milk Street.

— Il me faut deux pistolets, conclut-il.

Rice détourne les yeux, embarrassé.

— Pas facile de dénicher des armes propres.

— Plus tôt j'en aurai fini, plus vite je repartirai.

— Je connais un type à Birmingham, mais ça risque d'être long. Une semaine, peut-être plus.

Ils discutent encore dix minutes, le temps de s'accorder sur le prix d'achat des armes et de choisir celui qui ira les récupérer à Birmingham, puis Doyle se lève.

— Bon, j'y vais.

— Attends, l'arrête Rice. Jack a une question pour toi.

Il fait signe à Riley de venir les rejoindre. Doyle se rassied. Riley lui parle de la châtaigne qu'a balancée Sullivan à l'agent Magee la veille.

— Ce gamin prétend que vous vous êtes rencontrés pendant la traversée. Tu lui aurais dit qu'il pouvait laisser de l'argent chez moi. C'est vrai ?

— Oui, dit Doyle. Avec un coup dans le nez, c'est un moulin à paroles, mais il n'est pas méchant.

— Tu ne vois pas d'inconvénient à ce que je l'embauche à la tannerie ? hasarde Rice. Jones est tombé malade la semaine dernière, et depuis Neary et Slattery se tapent toute la besogne.

— Vous n'avez personne pour le remplacer ?

— Tu sais, le tannage, c'est dur, ça pue, c'est sale et ça paie moins que les usines ou les filatures. La plupart des gars du coin t'envoient paître quand tu leur proposes une embauche. Sullivan, lui, est prêt à y aller, sans rechigner.

Doyle hausse les épaules.

— Il n'est pas très futé, mais s'il te faut de la main-d'œuvre, embauche-le. Par contre, tiens-moi à l'écart de tout ça. S'il insiste pour me voir, dis-lui, de la part de Mr Byrne, qu'il peut garder l'argent.

— Je l'aime bien, ce p'tit gars, poursuit Riley. Il a peur de rien. C'est pas tous les jours qu'on rencontre des gamins qui ont quelque chose dans le ventre.

Doyle se lève de nouveau et boutonne son manteau.

— Tu ne restes pas boire un verre ? demande Rice.

Sa bouche sourit, mais le ton est sarcastique, narquois.

— Non. Skelly m'attend.

— Qu'est-ce que tu fricotes avec le vieux Skelly ? s'étonne Riley.

— Il vaut mieux que tu ne le saches pas.

— Tu peux te fier à Jack, lui dit Rice. Ce n'est pas un traître.

— Je n'ai pas dit ça. Je dis que moins on est à savoir, mieux ça vaut, c'est tout.

Silence. Autour d'eux, le brouhaha s'amplifie.

— Ils surveillent le maire, explique Rice à Riley. Ils ont prévu de l'abattre, quand l'occasion se présentera.

— Le maire ! s'exclame Riley. Comment vous allez vous y prendre ?

Doyle lance à Rice un regard furibond. Rice conserve une expression sereine, comme s'il n'avait rien dit d'important. Doyle a absolument besoin des pistolets, le moment serait donc malvenu de régler ses comptes.

— Celui qui connaît le plan risque autant que celui qui appuie sur la détente, prévient-il. Mettez-vous bien ça dans la tête. S'ils en pendent un, ils nous pendront tous.

— Je sais garder un secret, riposte Rice, et Jack aussi. Tu peux compter sur nous. On se bat dans le même camp. On est des Irlandais loyaux. Tu fais ton devoir, on fait le nôtre.

Il tend la main à Doyle, qui la regarde sans la serrer.

— On parlera de nos devoirs respectifs quand j'aurai vu les armes, Rice.

Chapitre 10

Le lendemain.

Il est plus de midi quand Rose Flanagan termine son service au *Spread Eagle*. Elle coiffe son bonnet de laine et s'emmitoufle dans un châle épais pour se protéger de l'humidité glaciale de décembre. Elle est partie travailler à l'aube, elle est courbatue, elle a mal à la tête, et l'idée de rentrer chez elle lui donne à la fois envie de hurler et de pleurer. Elle sait qu'elle va y retrouver le visage ravagé de sa mère, les yeux gonflés de larmes, et étouffer dans le brouillard de honte et de chagrin qui emplit la maison depuis la mort de Tommy.

Les voisins l'ignorent. Les enfants cessent de jouer à chat lorsqu'elle sort de chez elle et la sifflent dans la rue. On a brisé leur fenêtre au lance-pierre et écrit des horreurs à la craie sur la façade. Comme si ça ne leur suffisait pas d'assassiner et de défigurer quelqu'un, il faut encore qu'ils pourchassent la famille endeuillée. Il ne reste donc plus aucune délicatesse, aucune compassion dans ce monde ?

Elles doivent quitter Manchester, c'est impératif, mais où aller ? Les dernières lettres des oncles et des cousins installés un peu partout dans le pays ne sont guère encourageantes, depuis qu'ils ont appris les activités de Tommy. La nouvelle s'est vite répandue, et même ceux qui ne sont pas spécialement favorables à la Fraternité ne veulent pas voir leur nom lié à celui d'un traître. Si elle avait compris plus tôt ce qu'il fricotait, elle aurait tenté de l'en dissuader. Elle l'aurait attrapé par le col et secoué comme on le fait avec un enfant désobéissant, parce que c'était ça, son frère : un imprudent qui ne pensait qu'à lui, qui se croyait plus futé que les autres et qui n'aurait jamais imaginé qu'on puisse lui vouloir du mal. La seule solution qui s'offre à elle, c'est de trouver un mari, mais qui voudra d'elle, à présent ? En tout cas, personne à Angel Meadow ni à Ancoats. Épouser un inconnu, un étranger, voilà ce à quoi elle est réduite, à cause de la stupidité cupide de son frère.

Pour un penny, Rose achète à la boulangerie d'en face un petit pain juste sorti du four ; il est encore chaud et son odeur généreuse la réconforte. En sortant du magasin, elle rencontre le policier qui leur a rendu visite avant la mort de Tommy.

— James O'Connor, dit-il en touchant le bord de son chapeau melon. Vous vous souvenez de moi ?

Elle le dévisage, interloquée, puis détourne les yeux.

— Je voulais vous parler, miss Flanagan. En dehors de chez vous.

— J'ai rien à dire à la police. Vous nous avez causé assez d'ennuis. Si vous voyiez dans quel état est ma mère ! Ça m'étonnerait pas que ça la fasse mourir de chagrin.

— Je suis désolé, dit O'Connor. Sincèrement.

— Vous auriez pu empêcher Tommy de faire ça, riposte Rose, amère. Mais vous vouliez pas, je suppose.

— Je ne suis pas allé le chercher. C'est lui qui est venu à moi.

— Vous auriez pu l'obliger à arrêter, s'entête-t-elle.

— Je lui avais dit de faire attention, mais je ne m'attendais pas à ce drame. Personne ne s'y attendait.

Il parle tout bas. Les passants les regardent. Un mitron en tablier enfariné dispose des pains tout chauds en vitrine.

— Qu'est-ce que vous me voulez, à la fin ? soupire Rose.

— Que vous me disiez tout ce que vous savez. Nous recherchons activement les meurtriers de votre frère.

— Tout ce que je sais, c'est qu'il a été assassiné.

— Je connais un endroit discret, pas loin d'ici. Une petite auberge de Thomas Street. Nous pourrions bavarder sans être entendus. J'ai quelques questions à vous poser.

Rose sent encore la chaleur du pain entre ses doigts. Elle n'a rien à dire à ce policier, mais la curiosité l'emporte.

— Vous lui donniez combien, à Tommy, pour ses tuyaux ? demande-t-elle à brûle-pourpoint.

— Pas grand-chose. Cinq, dix shillings, parfois une livre, mais rarement.

— Il a dû tout perdre au jeu.

— Sans doute.

Rose ressent une brève pointe de jalousie, à la pensée de la familiarité de cet homme avec son frère.

— Je serais venu vous voir plus tôt si le prêtre ne s'en était pas mêlé, dit O'Connor.

— Le prêtre ? Il nous a été d'aucun secours. Il était à moitié mort de peur.

— Je pourrais vous aider, si je savais de quoi vous avez besoin.

Elle le regarde. Grand, maigre, il est plutôt bel homme, mais il émane de lui une sorte d'inertie attristée. On dirait que penser lui coûte, que prononcer une phrase exige un grand effort de sa part.

— Vous pouvez pas m'aider. Bon, faut que j'y aille, moi. Ma mère va se tracasser.

Silence. Elle s'attend à ce qu'il argumente, qu'il insiste, mais non.

— J'ai commis une erreur, dit-il enfin. Je l'ignorais, le jour où je suis passé chez vous avec mon collègue. Je m'en suis rendu compte après.

— Quelle erreur ?

— Pas ici, miss Flanagan. C'est trop compliqué.

Laissez-moi vous offrir une tasse de thé. L'endroit est tranquille, propre. Si ça ne vous plaît pas, vous n'êtes pas obligée de rester longtemps.

Rose hésite encore, puis accepte de le suivre. Après tout, même si on la voit avec un flic, quelle importance, désormais ?

Ils s'installent à une table au fond de la salle, près des cuisines. O'Connor lui parle du fameux calepin. Rose ne comprend pas très bien, il réitère ses explications.

— C'était ça, l'erreur, conclut-il.

— Alors, sans cette histoire de pages déchirées, Tommy serait encore en vie ?

— Probablement.

Rose lève les yeux vers la lampe à pétrole accrochée au mur.

— Ils l'auraient retrouvé d'une façon ou d'une autre. Il aurait dû rester loin de vous, se taire, mais il en faisait qu'à sa tête. Il était pas aussi intelligent qu'il croyait, notre Tommy.

Le thé arrive, accompagné d'un pichet de lait et de galettes d'avoine. O'Connor soulève le couvercle de la théière et remue les feuilles.

— Nous avons les moyens de coincer ses assassins, il nous faut juste un peu d'aide. Qu'en disent les gens de votre quartier ?

Elle part d'un rire douloureux.

— Qu'est-ce que j'en sais ! Je suis la dernière au courant ! On refuse de me servir dans les boutiques. Deux fois, on m'a craché dessus. Plus personne m'adresse la parole depuis qu'on sait que Tommy était un indic.

O'Connor n'est pas surpris. Quand on supprime un traître, c'est aussi pour terroriser les vivants.

— Votre frère a-t-il mentionné devant vous le nom de Stephen Doyle ?

— Doyle ? Non. Tommy était membre de la Fraternité,

il en parlait jamais à la maison, et on lui posait pas de questions.

— Pourquoi a-t-il rejoint leurs rangs ? Par conviction ?

— Parce que ça l'amusait, je crois. Et ça lui donnait de l'importance. Il était comme ça.

— Quel âge avait-il ?

— Il avait fêté ses vingt-deux ans en juin. Et vous, quel âge avez-vous ?

— Bientôt trente-cinq.

— Et pas un seul cheveu gris, à ce que je vois !

— Peut-être un ou deux…

Elle paraît plus fatiguée que la première fois qu'il l'avait interrogée, meurtrie, usée par tous ces événements, mais elle a toujours le sens de la repartie, de beaux yeux verts et un joli sourire.

— C'est quoi, cet endroit ? demande-t-elle en détaillant la salle du café.

— Un lieu où l'on ne vend pas d'alcool.

— Vous buvez plus ? Ça fait longtemps ?

— Quelques mois.

Elle grignote sa galette d'avoine, essuie une miette dorée au coin de sa bouche. Elle a des petites dents, des lèvres pâles.

— Comment vous débrouillez-vous financièrement, sans Tommy, miss Flanagan ? Votre salaire vous permet de payer le loyer ?

— À peine. De toute façon, on peut pas rester à Manchester. Plus personne me parle. Même mes amies n'osent pas. J'ai toujours vécu ici et j'ai l'impression d'être une étrangère. Ma pauvre mère passe ses journées au salon à attendre les condoléances des voisins. J'ai beau lui répéter qu'ils viendront pas, elle comprend pas.

— Vous pourriez trouver du travail ailleurs. Liverpool, Glasgow, Birmingham… Vous vous y feriez des amies. Vous recommenceriez une nouvelle vie.

Rose fronce les sourcils.

— On a rien fait de mal, et pourtant on est punies ! C'est pas juste !

La justice, songe O'Connor, est-ce cela qu'elle attend ?

Il se remémore son enfance dans le comté d'Armagh : la maisonnette, le champ pierreux loué par son père, le cochon qu'on engraissait chaque hiver pour pouvoir payer la farine d'avoine l'été. Il avait douze ans quand le paternel avait tué un voisin, Daniel O'Leary au cours d'une dispute à propos d'une parcelle de terre. Jugé coupable d'homicide, Paul O'Connor fut condamné à la déportation en Tasmanie. L'année suivante, sa mère succomba à l'épidémie de suette anglaise[1]. Jimmy et sa sœur Norah partirent vivre à Dublin chez leur tante Ellen, dans son deux-pièces vétuste de Meath Street.

Si Norah souffrait beaucoup de la perte de ses parents, Jimmy, lui, était content, loin de la campagne. Malgré la crasse et la puanteur, il préférait la ville. Pendant deux ans, il fréquenta l'école du quartier où il apprit la grammaire anglaise, l'histoire et quelques notions de latin et de grec. À dix-sept ans, alors qu'il travaillait comme apprenti chez un tailleur, il décida de rejoindre le régiment de fusiliers. Il se rendit à la caserne d'Arbour Hill pour se porter volontaire, mais l'armée ne voulut pas de lui, sans motiver son refus. Sur le chemin du retour, il se demanda si le crime de son père n'avait pas pesé dans la balance, s'il n'y avait pas quelque part sur une étagère un gros dossier au nom de Paul O'Connor, barré à l'encre noire. Cette pensée le plongea dans une grande colère. Le lendemain, il se prit de bec avec un client pendant un essayage et reçut un sérieux avertissement. Une semaine plus tard, la même scène se reproduisit et le patron, furieux, le renvoya.

1. Maladie apparue au XVe siècle en Angleterre, caractérisée par une sueur abondante et fétide et un délire violent. La mort survenait parfois en vingt-quatre heures par syncope respiratoire et cardiaque.

Ensuite, Jimmy s'engagea comme conducteur de haquet pour le brasseur O'Connell's. Un soir d'hiver, il rentrait chez sa tante, encore vêtu de son tablier de grosse toile et chaussé de ses bottes cloutées, quand il rencontra son ancien instituteur, Felix Nugent, originaire du comté de Kerry. À l'époque, celui-ci avait remarqué les capacités de Jimmy et lui avait suggéré de poursuivre ses études à l'Université pontificale de Maynooth afin d'envisager la prêtrise.

Ce soir-là, ils discutèrent longuement. Avant de le quitter, Nugent lui fit part de son regret de le voir gâcher sa vie à charrier des tonneaux de bière, et lui conseilla de changer de voie. Il pouvait l'y aider : son beau-frère était inspecteur de police et, si Jimmy était d'accord, il était prêt à le recommander. O'Connor lui expliqua que l'armée n'avait pas voulu de lui, sans doute à cause du passé de son père. Nugent doutait qu'un tel dossier existât, mais quand bien même, son beau-frère, un homme à l'esprit ouvert, ne chercherait jamais à rendre quelqu'un responsable des erreurs d'autrui.

— Non, ce n'est pas juste, répond-il à Rose. Mais si nous pouvions épingler ce Stephen Doyle, justice serait rendue à votre frère.

— Ce sale bonhomme, vous le coincerez jamais.

— C'est ce que disent les gens, par ici ?

— Je sais pas ce que disent les gens. Ils me parlent plus. C'est la troisième fois que je vous le dis.

O'Connor a un hochement de tête compréhensif et boit une gorgée de thé.

— Même si vous l'arrêtez et que vous le pendez, poursuit Rose, ça sera pas fini pour autant. D'autres prendront la relève.

— C'est ce qu'ils veulent vous faire croire, mais ce n'est pas vrai. On peut en venir à bout, je vous le promets.

— Vous avez pas à me promettre quoi que ce soit. De toute façon, ça m'est égal.

— Vous êtes amère, c'est normal. Je le serais aussi, à votre place.

Elle lui lance un regard noir et, soudain, se met à pleurer. O'Connor connaît la morsure de sa douleur, sa force puissante, sans appel, qui vous submerge comme une vague et, en théorie, il connaît la parade. Il n'ose pas consoler la jeune femme par des mots apaisants et se concentre sur ses propres mains posées sur la table vernie. Rose sursaute, frissonne, sèche ses yeux avec un bout de son châle et renifle.

— Désolée. J'suis idiote. J'dois pas être belle à voir…

Il a l'impression qu'elle s'était volatilisée pendant une minute et qu'elle vient de revenir devant lui. Il lui ressert une tasse de thé.

— Je pourrais vous procurer un peu d'argent. Mes supérieurs savent que Tommy aidait la police. J'irai leur parler.

— Si j'avais cinquante livres, j'ouvrirais une boutique quelque part, avec ma mère.

— Je n'obtiendrai jamais une telle somme, mais je vais essayer. On verra bien ce qu'ils proposeront.

Quelle idée stupide de lui promettre une aide financière. Maybury va lui rire au nez. Pourtant il tient à faire un geste pour elle. Qu'a-t-il d'autre à lui offrir ?

Rose boit son thé à petites gorgées. Elle paraît apaisée, presque contente. Il devine qu'elle commence déjà à échafauder des projets, à réfléchir à la façon dont elle va utiliser l'argent. Certaines personnes ont cette force vitale en eux. Pas lui. Catherine lui maintenait la tête hors de l'eau, et sa mort lui avait infligé une double peine, car elle n'était justement plus là pour l'aider à supporter cette épreuve.

— Je vais leur en parler, répète-t-il. Cela ne signifie pas qu'ils vont accepter. Quand j'aurai du nouveau, je reviendrai vous voir. Je vous attendrai devant le *Spread Eagle*.

— Vous leur direz que Tommy sera pas mort en vain, si on peut obtenir un petit quelque chose.

— Je le leur dirai.

S'ensuit un long silence, qui s'éternise. Rose jette un coup d'œil à la pendule murale, elle doit y aller, sa mère va vraiment s'inquiéter. O'Connor part régler l'addition et, quand il revient, la jeune femme est déjà debout, prête à partir. Ses yeux clairs sont encore rougis d'avoir pleuré.

— Votre pommette est presque guérie, remarque-t-elle.

— Presque. Pas tout à fait.

Au moment de la quitter, il éprouve le besoin urgent de la toucher, d'effleurer son coude ou son épaule, de créer entre eux un contact discret, réconfortant mais, une fois encore, il n'ose pas. Il s'écarte pour la laisser passer. Au moment où elle le frôle, il sent sur ses vêtements et ses mains les odeurs de son travail, savon noir, vinaigre blanc et, aussi, comme un souvenir oublié, le parfum délicat d'une peau féminine.

Chapitre 11

La tannerie de Peter Rice, flanquée d'une triperie et d'une fabrique de colle, est située sur la rive est de l'Irk, juste en amont du Ducie Bridge, dans le quartier surnommé Gibraltar. Michael Sullivan y travaille au tri des peaux brutes.

Celles-ci arrivent dans l'atelier de préparation, faces intérieures ensanglantées et pleines de résidus membraneux, cornes et queue encore attachées. Elles doivent alors être rognées, puis trempées dans un bain de chaux pour faciliter la chute des poils. Débarrassées des chairs qui adhèrent à l'aide d'un écharnoir, elles baigneront dans la fiente de pigeon jusqu'à devenir souples, prêtes à recevoir le tanin. Dans la cour à tanner s'alignent trois rangées de quatre cuves emplies d'eau où macèrent des écorces de chêne broyées. Les peaux passent d'une cuve à l'autre, prenant à chaque trempage une couleur plus foncée, et sont ensuite transportées dans la salle d'égouttage, avant le séchage et le corroyage.

Le travail de Sullivan consiste à remplir et vider les cuves, à broyer les écorces et à pelleter la fiente. Dix heures par jour d'un labeur éreintant, sans parler de l'odeur abominable, pour seulement quinze shillings hebdomadaires et le droit de dormir sur une paillasse dans une cave aux murs moisis. Et pour quel résultat ? Au bout de deux semaines, il n'a pas plus de nouvelles de

Stephen Doyle que le matin où il a franchi le seuil de la taverne des féniens. Pourtant, il a bien écouté tout ce qui se disait, il a même engagé des conversations. En pure perte. Le nom de Doyle n'a pas été mentionné une seule fois. Sullivan ne peut approcher Peter Rice d'assez près et, quand il demande à Riley comment régler sa dette de jeu à Daniel Byrne, le tavernier hausse les épaules et lui dit d'oublier ça. On dirait que l'Américain a disparu, ou qu'il n'a jamais existé.

Sullivan commence à penser que le plan de son oncle a échoué, qu'il doit dire adieu aux cent livres promises par Maybury et chercher d'autres moyens de se renflouer. Toutefois, un matin, tandis qu'il pousse une brouettée d'écorces broyées vers les cuves, il remarque l'absence de Pat Neary, pourtant toujours à pied d'œuvre avant lui. Il interroge Frank Slattery, le contremaître, qui lui apprend que Rice a envoyé Neary faire une course ; il reviendra dans l'après-midi. En fait, Neary ne réapparaît qu'à la tombée de la nuit, petit cigare au bec, un paquet enveloppé de toile huilée sous le bras.

— D'où tu viens ? l'interpelle Sullivan.

L'autre lui répond qu'il a fait un aller et retour à Birmingham en train. Sullivan s'avance, curieux de savoir ce qu'il y a dans le paquet.

— Pas touche ! C'est un secret.

Ils restent un moment à discuter. Peter Rice ouvre la porte de son bureau et crie à Neary de se ramener. Ce dernier y reste un bon quart d'heure et ressort les mains vides. Peu de temps après, Sullivan, qui a terminé sa journée, va se laver au baquet, change de vêtements et quitte la tannerie. Il traverse Ducie Bridge, puis oblique à droite dans Long Millgate. Il fait nuit noire, les becs de gaz sont allumés. Il compte chaque réverbère ; au septième, juste en face du boucher, il s'assure que personne ne l'observe, sort une craie de sa poche, se baisse, feignant de relacer ses bottes, et trace une croix et un numéro sur le mur. Puis il se redresse et revient sur ses pas.

Vers minuit, il rejoint O'Connor au cimetière des indigents, près de la fosse commune. Il fait froid et sec, on n'entend que le gémissement du vent dans les branches et le sifflement lointain des trains quittant Victoria Station. Il lui parle de Patrick Neary et du paquet.

— Gros comment, le paquet ? demande O'Connor.

— Comme ça, à peu près.

Michael joint le geste à la parole, index écartés.

— Ça pourrait être des armes. Tu as vu Rice l'emporter en quittant la tannerie ?

— Euh… non, je crois pas.

— Alors le paquet doit toujours être dans son bureau.

— Ouais.

Michael est fourbu, il préférerait être au chaud près d'un poêle plutôt que debout à grelotter en pleine nuit à deux pas d'une fosse remplie d'ossements humains.

— S'ils achètent des armes, ça veut dire qu'ils vont bientôt passer à l'action. Tu pourrais aller vérifier ?

— Rice garde la clé du bureau dans sa poche de gilet. Je serais obligé de casser un carreau.

— Non, non, surtout pas. Surveille-le, vois ce qu'il fait du paquet et à qui il le donne. S'il s'agit bien d'armes à feu, ça veut dire que Stephen Doyle est derrière tout ça.

— Ça va durer encore combien de temps, Jimmy ?

— Aucune idée. Tu peux renoncer, personne ne t'y oblige.

— Je veux mes cent livres.

O'Connor pousse un soupir las. La lune aux trois quarts pleine projette une résille d'ombres sur leur tête. L'air sent l'humus, les feuilles d'automne en décomposition.

— Tu dois être patient, Michael, même si ça ne se passe pas tout à fait comme prévu. Nous pensions que tu trouverais Doyle, hop ! on le coffrait et on n'en parlait plus. Mais d'autres méthodes sont envisageables.

Sullivan prend un air solennel, voire lugubre. Comme s'il se souvenait soudain de quelque chose de désagréable.

— Tu sais, n'importe qui peut basculer dans ces maudites cuves de tannage et mourir noyé…

— Pas s'il fait attention, affirme O'Connor. Pas s'il s'en tient exactement aux instructions.

Le lendemain, alors que Sullivan extrait des cuves de grandes pelletées d'écorces broyées, une dispute éclate dans l'atelier de préparation. Une minute plus tard, en sort ce grand échalas de Slattery, le contremaître. Il traverse la cour à enjambées furieuses, passe devant les cuves et va frapper à la porte du bureau de Rice. Une discussion s'ensuit, Rice accompagne Slattery à l'atelier. Des cris, des jurons fusent. Sullivan cesse de pelleter et tend l'oreille. Il distingue une troisième voix, celle de Kirkland, l'un des écharneurs, sans saisir le motif de la dispute. Il s'extrait de la cuve, va dehors vider une brouettée d'écorces sur le paillis recouvert de givre et revient dire à Neary d'aller s'occuper du broyeur qui est encore bloqué. Sitôt Neary éloigné, Sullivan fait le tour des cuves en poussant sa brouette et s'arrête près du bureau de Rice. La porte est restée entrebâillée. Il jette un coup d'œil à la ronde : des éclats de voix s'échappent toujours de l'atelier, mais dehors, personne. Il prend son courage à deux mains et se faufile à l'intérieur.

Il fait bon dans la pièce, chauffée par un poêle en fonte. Sullivan ne voit le paquet nulle part : rien dans le seau à charbon, rien sur le bureau, hormis un livre de comptes relié de cuir et un journal replié. Rien sur les étagères, qui croulent sous la paperasse. Il avise un placard, sur lequel est punaisé un almanach et qui déborde de courroies, de lanières, d'échantillons de cuir tanné dans diverses nuances de brun et de noir. Un nouveau coup d'œil par la fenêtre lui confirme que la cour est déserte. Un par un, il ouvre les tiroirs du bureau : y sont mélangés des reçus entourés de ficelle, des plumes de stylo, des morceaux de bougies, un sachet de clous, un trousseau de clés rouillées, des boîtes à tabac vides, un casse-noix, un mètre à ruban, une règle de douze pouces. Le dernier tiroir, le plus profond, est fermé. À l'aide de son couteau pliant, Sullivan tente de le crocheter, impossible, il refuse de céder. Une par une, il essaie les clés du trousseau. La quatrième s'enfonce sans problème, mais refuse de tourner. Il la ressort, retente le coup avec toutes les autres, aucune ne convient, retour à la quatrième, qu'il fait entrer et sortir délicatement pour sentir la bonne encoche. Au bout d'une minute de vaines tentatives, il renonce et cherche des yeux une meilleure cachette à laquelle il n'aurait pas pensé. Ne voyant rien, il revient au tiroir. Il est près d'abandonner quand la clé tourne enfin, la serrure cède.

Apparaît une boîte métallique, fermée par un petit cadenas en cuivre et, juste à côté, une toile huilée contenant deux pistolets flambant neuf. Sullivan en prend un, hume l'odeur de graisse et de métal, le soupèse, apprécie son poids en main, son inclinaison. Il le tient à bout de bras, ferme un œil et regarde à travers le cran de mire le long canon noir bleuté, comme s'il s'apprêtait à tirer. Dès que j'ai ces foutues cent livres, je m'achète un beau pistolet comme ça. Encore plus beau, même. Il contemple l'arme avec envie avant de la reposer. Refermer le tiroir à clé lui prend un certain temps. Il retourne à la fenêtre, d'où il voit les alignements de cuves et l'entrée de l'atelier de corroyage : la cour est toujours déserte. Il imagine ce que dira Jimmy, son étonnement quand il apprendra l'exploit de son neveu.

Sullivan ressort dans le froid juste au moment où, à cinquante pieds vers la gauche, Rice et Slattery quittent l'atelier de préparation. Il saisit les poignées de sa brouette, tourne à angle droit et part en sens opposé, mais le contremaître lui crie de rester où il est. Sullivan pose la brouette et attend.

— Vide tes poches et donne ta casquette, le somme Slattery.

Il s'exécute sans discuter. Peter Rice le dévisage, l'œil dur. Sullivan les sent très en colère, après l'algarade dans l'atelier. De ses poches, ils ne tirent qu'un morceau de craie, deux pièces de monnaie, une boîte d'allumettes et un couteau pliant. Et rien de caché dans la casquette.

— Qu'est-ce que tu foutais là ? s'énerve Rice.

— Je voulais vous parler, Mr Rice, s'excuse Sullivan. C'est tout. La porte était entrouverte, j'ai cru que vous étiez dedans. Je suis pas resté longtemps, quand j'ai vu qu'y avait personne, je suis ressorti aussitôt. J'ai touché à rien, je vous jure.

— Pourquoi t'as pas frappé ?

— J'y ai pas pensé, vu que la porte était ouverte.

— Et de quoi tu voulais parler à Mr Rice ? demande Slattery, soupçonneux. Ici, les questions, c'est à moi qu'on les pose.

Sullivan se masse la nuque.

— Ben… c'est personnel.

Slattery ricane.

— Dis plutôt que t'étais venu voler et, quand tu nous as vus, t'as voulu filer en vitesse.

— Non, m'sieur, c'est pas vrai.

— Toi, tu bouges pas, le somme Rice en entrant dans son bureau.

Sullivan et Slattery restent dehors pendant qu'il fait le tour de la pièce pour vérifier si un objet a disparu ou a été déplacé. Il sort une clé de sa poche de gilet et ouvre le fameux tiroir. Sullivan sent sa gorge se serrer.

— Alors, qu'est-ce qu'y manque ? crie Slattery.

Rice se redresse.

— Rien.

— C'est parce qu'on lui a foutu les jetons, grogne le contremaître.

Rice ressort dans la cour, s'approche du jeune homme et le regarde bien en face.

— Qu'est-ce que tu étais en train de voler, Michael Sullivan ? Réponds !

— Rien, Mr Rice, je le jure. Je voulais vous parler, c'est tout.

— Et de quoi, bon sang ?

Sullivan hésite, baisse les yeux.

— De… de la Fraternité, murmure-t-il. Je voudrais prêter serment.

Surpris, Rice jette un coup d'œil à Slattery, puis reprend d'un ton amusé :

— Pourquoi tu crois que je connais la Fraternité ?

— Jack Riley m'a dit que vous en faisiez partie, tous les deux.

— Et tu as dit à Riley que tu voulais prêter serment ?

— Non, à l'époque ça m'intéressait pas trop. Mais j'ai changé d'avis. Y a plein de vieux journaux dans la cave, là où je dors : *The United Irishman*, *The Nation*. Je les lis, le soir. La Grande Famine, les loyers de fermage exorbitants, l'exil, la rébellion… Ça m'a ouvert les yeux.

Rice gonfle les joues et se tourne vers son contremaître.

— Tu peux y aller, Frank. Je m'occupe de lui.

Ils regardent Slattery se diriger vers l'atelier de corroyage. Le ciel ressemble à une coupole mouchetée de blanc et de gris, une brume légère monte des cuves de tannage. Rice se penche pour ramasser un clou rouillé fiché dans le gravier, l'observe un moment, puis le jette.

— On frappe toujours avant d'entrer, Sullivan. On ne t'a pas appris ça, à New York ?

— Je m'excuse, Mr Rice, je pensais pas à mal.

— Qu'est-ce que tu sais de la Fraternité ?

— Qu'elle se bat pour la libération de l'Irlande.

— Et ça te démange, l'idée de te battre, hein ?

— Je veux aider mon pays, c'est tout. Je veux être utile.

— Ce n'est pas un jeu, Sullivan. Des gens y laissent la vie, assassinés, pendus…

— Je sais.

— Riley dit que t'en as dans le ventre.

— Je vous laisserai pas tomber, j'le jure.

— Si on te demandait de tuer un homme, tu le ferais ?

Sullivan attend un peu, il ne sait pas si Rice est sérieux. Non, manifestement, il ne plaisante pas.

— Oui. J'hésiterais pas.

— Même pas une seconde ?

— Non.

Rice le jauge des pieds à la tête en prenant son temps. Sullivan s'efforce de rester impassible, de ne pas flancher sous ce regard inquisiteur.

— J'en parlerai à Jack, lâche enfin Rice. Je verrai ce qu'il en pense. Retourne travailler.

Sullivan le remercie et reprend la brouette. Il commence à s'éloigner quand Rice le rappelle.

— Jack m'a dit que ta famille est de Dublin, des Liberties, c'est ça ? Je connais un George Sullivan qui vit vers Park Street. Il travaille aux docks de North Wall. Sa femme Martha est une McCord, du village de mon père, dans le comté de Clare. Ce serait un parent ?

— Sans doute mon cousin George, répond aussitôt Sullivan, le fils de ma tante Sheelah. Mon père avait huit frères et sœurs.

— Alors tu n'es pas vraiment un étranger.

— J'ai pas revu George et Martha depuis qu'on est partis à New York, explique Sullivan. J'étais minot, à l'époque. Je sais plus où ils habitent maintenant, conclut-il, prudent.

— Et tu n'as pas de famille, ici, à Manchester, des tantes, des cousins ?

— Ben non, j'ai personne.

Tout en poussant sa brouette sur l'étroit passage qui relie les cuves, Sullivan sent les battements de son cœur reprendre un rythme régulier Un immense soulagement l'envahit. Il est fier de lui, de sa présence d'esprit. S'il est accepté dans les rangs de la Fraternité, il se rapprochera de Stephen Doyle et surtout de ces cent livres tant espérées. Slattery et Rice lui ont fichu une peur bleue mais, au bout du compte, tout s'est bien passé.

Ce soir-là, il retrouve O'Connor près du cimetière des indigents. Il lui parle des deux pistolets et de son projet de rejoindre la Fraternité, puis regagne la cave de Rice. Pendant qu'il délace ses bottes, assis sur la chaise branlante, il s'interroge : a-t-il eu tort d'admettre que George Sullivan était un cousin ? Il réfléchit, passe la langue sur ses lèvres. Doit-il dire à Rice qu'il s'est trompé, que son cousin n'est pas marié à une certaine Martha ? Non, ça ne ferait qu'attirer son attention et il se rendrait suspect à ses yeux. Autant laisser les choses telles qu'elles sont, Rice a certainement d'autres chats à fouetter que de s'intéresser à ce détail mineur. Sullivan rumine cette conclusion jusqu'à se persuader que c'est la bonne, puis il ôte ses bottes et s'allonge sur la paillasse. Il resserre la couverture autour de sa poitrine, de ses épaules et, bercé comme un bébé par les gargouillis méphitiques de la rivière toute proche, sombre aussitôt dans un sommeil sans rêves.

Chapitre 12

Tard dans la nuit.

Tommy Flanagan vient hanter O'Connor dans son sommeil. La moitié de son visage est emportée par le coup de feu, mais un voile noir drape la plaie. Il parle avec une voix de femme. « M'as-tu oublié, dit-il, m'as-tu déjà oublié, James O'Connor ? » Jimmy tente de répondre, sans parvenir à former les mots. Il bave, il grogne, sa langue, devenue énorme, emplit sa bouche. Ils sont attablés face à face, Tommy se lève brusquement, il est nu comme un ver. « Voilà à quoi ressemblent les saints, quand ils montent au ciel. Tu ne le savais pas, Jimmy ? » Son corps est blanc, glabre, lisse, dépourvu de parties génitales. Cette vision emplit O'Connor de désir, cependant lorsqu'il s'approche et soulève le voile, ce n'est pas Jimmy qui apparaît, mais Rose. Pardonne-moi, Rose, pardonne-moi. Je ne savais pas.

Le lendemain matin, dans le bureau de Maybury, un pâle soleil d'hiver pénètre à l'oblique par la fenêtre à guillotine, projetant des rectangles jaunes sur le parquet et les murs. O'Connor sent cette chaleur sur sa cuisse, pareille à celle d'une paume. Il annonce à son supérieur la découverte des armes. Ils discutent de savoir s'ils doivent appréhender Peter Rice séance tenante, ou s'il vaut mieux attendre. S'ils retardent l'interpellation, il est possible que tout nouveau tuyau recueilli par Sullivan leur arrive trop tard ; en revanche, s'ils interviennent sur-le-champ, ils donnent à Doyle une chance de s'échapper. O'Connor est partisan d'une action rapide, qui lui permettrait d'arracher son neveu aux griffes de la Fraternité, Maybury lui, préfère atermoyer. À son avis, s'ils réussissent à déjouer une conspiration et à capturer non seulement Doyle, mais tous les autres, cette victoire sur les féniens permettra de contrebalancer la mauvaise image laissée par les pendaisons du 27 novembre. D'ici là, il multipliera le nombre de patrouilles aux abords de Manchester et postera des agents devant tous les monuments publics. Il rappelle à O'Connor de le tenir informé de l'évolution de la situation, puis sort son stylo à plume et retourne à sa paperasse, signe que l'entretien est terminé.

— Ah, autre chose, monsieur, risque O'Connor. La sœur de Tommy Flanagan…

Maybury pose son stylo.

— Il avait une sœur ?

— Oui, monsieur. Une mère et une sœur, Rose Flanagan. Les voisins leur tournent le dos depuis qu'ils ont appris que Tommy espionnait les féniens. Elles sont punies pour ses péchés et, dans ces quartiers, si les gens vous rejettent, vous ne survivez pas bien longtemps.

— Ça ne leur suffit pas d'avoir tué le frère ?

— Apparemment pas. J'ai vu miss Flanagan hier : elle souhaite quitter Manchester, s'installer dans une ville où personne ne les connaît. Mais elles sont presque sans ressources. Serait-il possible de les aider à changer d'existence, en leur octroyant une petite indemnité ? Si Mr Palin est d'accord, bien entendu.

Maybury fronce les sourcils.

— Nous avons payé Tommy Flanagan pour les renseignements qu'il nous fournissait, n'est-ce pas ?

— Quand ils avaient de la valeur, monsieur, oui.

— Par conséquent, nous ne lui devons plus rien. La sœur sait-elle quelque chose qui pourrait nous être utile ?

— Je ne crois pas, monsieur.

— Dès lors, pourquoi lui donner de l'argent ?

— Ce serait, disons, en guise de compensation, pour la mort de Tommy.

— Lui aviez-vous promis que nous subviendrions aux besoins de sa famille, s'il était tué ?

— Non, monsieur, mais je pense que nous avons l'obligation morale de le faire.

— Je crains que nos notions d'obligation morale divergent, O'Connor. Un commissariat de police n'est pas une œuvre de bienfaisance pour nécessiteux. La meilleure façon d'aider ces femmes est de coincer ses assassins. Voilà notre unique obligation.

— Une somme, même modique, les aiderait énormément. Pourriez-vous évoquer leur situation devant Mr Palin ?

— Écoutez, lieutenant, Palin est très occupé. Il me tiendrait rigueur de lui faire perdre son temps.

O'Connor serre les dents et regarde par la fenêtre en tapotant nerveusement la jambe de son pantalon. Des particules de poussière dansent dans le rai de lumière.

— Que représentent vingt livres, ou même cinquante, pour Mr Palin ? demande-t-il.

Maybury plisse les yeux.

— Qu'est-ce qui vous arrive, O'Connor ? La sœur vous intéresse, c'est ça ?

Il hésite, une seconde de trop.

— Non, monsieur. Pas du tout.

— Ici, en Angleterre, nous payons pour ce genre de plaisir. Je vous suggère de faire de même.

O'Connor comprend qu'il a laissé passer sa chance. Peut-être ne l'a-t-il jamais eue en main.

— Pas du tout, répète-t-il.

Maybury reprend son stylo à plume et le pointe vers la porte.

— Je ne vous retiens pas, O'Connor. Pour un policier, vous êtes un piètre menteur.

O'Connor passe la matinée sur ses dossiers, l'esprit ailleurs. Vers midi, il se rend à Hanging Ditch et attend devant la porte de service du *Spread Eagle*. Quand Rose Flanagan en sort, accompagnée d'une de ses collègues, il s'avance pour la saluer. Elle a une écharpe de laine nouée autour de la tête. Il doit l'appeler par deux fois avant qu'elle se retourne.

— Encore vous, dit-elle.

— Il faut que je vous parle.

L'autre fille de cuisine est petite, noiraude, avec un visage large, des prunelles noires, des sourcils épais. Elle pourrait être italienne, ou grecque.

— C'est Gabriella, dit Rose. La seule amie qui me reste.

O'Connor porte la main à son chapeau.

Rose sourit. Elle a les traits tirés, mais ses yeux clairs pétillent toujours.

— Pourrions-nous aller discuter quelque part ? propose-t-il. Il fait trop froid dehors.

— Oui, mais pas dans votre affreux café.

— Où vous voudrez. À vous de choisir.

Elle le conduit dans un petit salon de thé près de Market Street. La salle est bondée, bruyante et enfumée, ça sent l'oignon frit et le toast brûlé. Ils attendent qu'un serveur ait débarrassé et nettoyé une table pour s'installer. O'Connor n'ose pas engager la conversation, car il voit l'espoir se peindre sur le visage de Rose. Elle s'attend à une bonne nouvelle. Il a honte de s'être avancé, de lui avoir fait une promesse impossible à tenir. Comment le lui annoncer sans la blesser ? Il se jette à l'eau.

— Je… j'ai vu mon supérieur ce matin. Je lui ai parlé

de vos problèmes. Hélas, il refuse de donner l'argent, au prétexte que la police n'est pas responsable de la mort de Tommy.

Rose paraît un peu perdue, puis, lorsqu'elle a assimilé le sens de la phrase, lui lance un regard plein de ressentiment.

— Je suis désolé, s'excuse O'Connor. J'ai cru qu'il compatirait. Il s'avère que je me suis trompé.

— Vous vous trompez beaucoup en ce moment, on dirait.

— C'est vrai, je le reconnais.

— Notre Tommy est mort à cause de vous et nous on paie les pots cassés ! Votre chef, il pense pas qu'on mérite un peu d'aide ?

— Je le lui ai expliqué, il n'a rien voulu entendre. Encore une fois, je suis désolé.

— Vous pouvez pas retourner le voir ? On demande pas grand-chose !

— Si j'étais sûr de lui faire reconsidérer la question, j'irais tout de suite. Mais il est têtu comme une mule. Il ne changera pas d'avis, même si je le pousse dans ses retranchements.

Rose pince les lèvres. Des plaques rouges marbrent ses joues pâles. O'Connor sait qu'il l'a déçue. Au souvenir des paroles méprisantes de Maybury, il ressent une immense colère en pensant à la situation de Rose, et au rôle qu'on lui a fait jouer dans cette affaire.

Il tente de se disculper.

— Ils ne m'écoutent pas. Ils ne m'écoutent jamais. Ils m'ont fait venir de Dublin pour que je leur donne des conseils et ils n'en tiennent aucun compte. Ils font ce qu'ils veulent.

— Vous avez qu'à y repartir, en Irlande, si ça vous plaît pas ici, réplique-t-elle d'un ton cassant. Puisque les Anglais vous écoutent pas, pourquoi vous restez ?

Embarrassé, O'Connor se frotte la bouche du revers

de la main, puis verse un peu de lait au fond de sa tasse encore vide.

— Ma femme est décédée, plus personne ne m'attend là-bas.

Rose le dévisage.

— Mon Dieu. Quel âge elle avait ?

Sa voix a perdu de son mordant. Ils sont revenus au point de départ. Elle monte comme la soupe au lait, et elle oublie vite. Elle est comme ça.

— Vingt-huit ans. On était mariés depuis six ans.

— Des enfants ?

— On a perdu notre fils à neuf mois. Pleurésie. Après, Catherine ne pouvait plus avoir de bébés. Je ne sais pas pourquoi. Elle était peut-être déjà malade, sans qu'on le sache.

— C'est terrible. Je suis désolée.

— Après sa mort, j'ai commencé à boire. Du whisky. J'ai failli perdre mon travail, mais mon chef a eu pitié de moi et m'a envoyé ici. Je ne pourrais pas y retourner, même si je le souhaitais. Ils ne veulent plus de moi.

Elle s'est radoucie et le dévisage avec compassion, comme si elle prenait part à sa peine et, l'espace d'un instant, ce regard lui procure une profonde sensation d'allégresse.

— Alors, on est tous les deux piégés ici, conclut Rose.

— Oui, dit-il. Je suppose que oui.

O'Connor verse le thé et porte la tasse à ses lèvres.

Quand il a appris la mort de son père, poignardé au cours d'une rixe de bar, au sud de Sydney, Jimmy était simple agent de police à Dublin, hébergé dans la caserne de Kevin Street. La lettre, écrite par un magistrat local, expliquait que Paul O'Connor, originaire du comté d'Armagh, et déporté en Tasmanie, avait bénéficié d'une libération conditionnelle et s'était rendu à Melbourne dans l'intention probable d'acheter un terrain agricole. Son assassin, un Irlandais du nom de Dominik Lanigan, avait été arrêté et serait probablement pendu. Les deux hommes, amis de longue date, s'étaient brouillés pour des raisons financières. Quelques menus objets qui pouvaient revêtir valeur sentimentale pour la famille ayant été recueillis dans la pension où vivait Paul O'Connor, le magistrat demandait à son fils James de bien vouloir lui confirmer qu'il était son héritier. Norah, la sœur de Jimmy, s'était mariée et vivait dans une ferme au Québec. O'Connor lui écrivit aussitôt pour lui annoncer la nouvelle. Le même jour, il répondit au magistrat australien pour le remercier et lui dire de mettre les objets aux enchères, afin d'éviter les frais d'envoi en Irlande, et de faire don des fruits de cette vente à une œuvre de charité.

Cette nuit-là, lors d'une ronde dans les rues de Dublin, O'Connor aperçut deux ivrognes qui se bagarraient dans une ruelle, trogne ruisselante de sueur, yeux hébétés, injectés de sang. À plusieurs reprises, il leur ordonna de se calmer, en vain. Lorsqu'il tenta de s'interposer, ils l'injurièrent copieusement. L'un d'eux lui cracha à la figure ; O'Connor leva sa matraque et lui asséna un coup violent sur le crâne. L'homme tomba à genoux en laissant échapper un grognement ; O'Connor le frappa de nouveau, sans raison cette fois, hormis qu'il ne savait comment exprimer d'une autre façon la rage qui le possédait. L'ivrogne bascula sur le côté et resta allongé sur le pavé, inconscient, la tête en sang. O'Connor sortit son sifflet pour appeler du renfort. L'autre poivrot s'enfuit sans demander son reste. Aucun témoin n'ayant assisté à la scène, il pourrait toujours dire qu'il avait été attaqué, et personne n'aurait jamais su la vérité. Il s'accroupit et posa ses doigts sur la bouche de l'homme à terre, pour vérifier qu'il respirait. Au bout d'un moment, il sentit de l'air sous sa paume. Du sang coulait encore de la plaie au cuir chevelu et la puanteur que dégageait le corps de l'ivrogne était irrespirable. O'Connor pensa à son père, se vidant de son sang dans la sciure d'un bar de Nouvelles-Galles du Sud, et sa colère retomba subitement. Pourquoi diable avait-il frappé cet inconnu avec une telle violence ? Quel genre d'individu était-il pour avoir agi de la sorte ?

La pluie frappe les vitres embuées du salon de thé. Dehors les passants semblent être les ombres floues d'eux-mêmes, des âmes sans corps, égarées, à la dérive. À l'intérieur, ça rit, ça bavarde, les saucisses grésillent dans l'huile crépitante. Des serveurs se déhanchent adroitement entre les tables, tenant à bout de bras assiettes et théières.

— J'ai un peu d'argent de côté, si ça peut vous dépanner, dit O'Connor. Pas cinquante livres, c'est sûr, plutôt dix. Elles sont à vous.

— Je peux pas accepter, Mr O'Connor. Je vous connais à peine.

— Appelez-moi James. Ou plutôt Jimmy.

— D'accord, Jimmy. Alors appelez-moi Rose.

Il acquiesce d'un signe de tête.

— L'argent est là pour vous, si vous en avez besoin.

— Ma mère me serine : « Trouve-toi un mari, on aura plus de problèmes. » Je lui répète qu'aucun Irlandais de Manchester ne voudra de moi, après ce qu'a fait Tommy. Vous vous imaginez épouser la sœur d'un traître ? Un vrai fardeau, voilà ce que j'suis devenue. Une réprouvée.

— Je ne crois pas, murmure-t-il.

— Oh que si ! Vous verriez comment on me regarde, maintenant.

Son franc-parler le surprend toujours. Il a tant de choses à lui dire, mais n'en a ni la force ni le courage.

— Ma mère a été mariée à seize ans, dit-il pour donner le change, et ma grand-mère à quinze. Autres temps, autres mœurs.

— Oui, bien sûr. J'ai beau lui répéter qu'on vit plus dans une ferme au fin fond du comté de Fermanagh, ma mère veut rien entendre.

Ils terminent leur tasse de thé, O'Connor va régler l'addition et rejoint Rose dehors. Il fait de plus en plus froid et il ne va pas tarder à tomber des cordes. Il lui propose de la raccompagner chez elle, mais elle lui rétorque qu'elle a déjà assez d'ennuis comme ça.

— Vous croyez que vous arriverez à coincer le type qui a tué notre Tommy ?

— Oui, je pense qu'on finira par l'avoir, mais quand, ça, je ne peux rien vous promettre.

— J'espère que vous l'attraperez avant qu'une autre mère perde son fils et une sœur son frère.

— Je l'espère aussi.

Elle remet l'écharpe sur sa tête et lui adresse un petit sourire. Ils se serrent la main et se disent au revoir. Après son départ, alors qu'il marche vers l'hôtel de ville, O'Connor se souvient de son rêve et sent sa poitrine se serrer.

Chapitre 13

Jack Riley a passé un peigne mouillé dans ses cheveux, et boutonné sa chemise jusqu'au cou. Il récite avec lenteur et componction chaque ligne du serment fénien, qu'il fait répéter à Sullivan. La main droite de Michael est posée sur une bible à la couverture usée. Chaque fois qu'il oublie ou bute sur un mot, ils recommencent depuis le début.

Ils sont chez Riley, qui loge au-dessus de la taverne. En bas, dans la salle, Slattery, Rice et les autres les attendent en descendant des pintes. Leurs voix rocailleuses montent à travers les lattes du plancher.

— Que Dieu m'en soit témoin, conclut Riley.

— Que Dieu m'en soit témoin.

Riley sourit. Ils échangent une poignée de main. Seul ce qu'on peut toucher et goûter est réel, songe Michael pour se rassurer, le reste, c'est juste des mots. Ils s'étreignent. Riley est maigre, anguleux, ses vêtements sentent la cendre de charbon.

— Et maintenant, on va fêter ça ! s'exclame-t-il.

Les patriotes étant censés prêter allégeance à la Fraternité dans le plus grand secret, Sullivan ne reçoit pas d'ovation, pas de claques viriles dans le dos. Mais tous sont au courant de la cérémonie qui s'est déroulée à l'étage. Riley lui sert une bière et le remercie de s'être engagé à combattre pour une Irlande libre. Slattery vient lui serrer la main.

— Je savais que ce gamin en avait dans le ventre ! triomphe Riley. Quand j'ai vu ce flic le cul par terre, juste là ! Dommage que vous ayez loupé ça !

Michael boit la moitié de sa pinte d'un trait ; aussitôt il se sent revigoré. Il observe les hommes présents et frémit en pensant à ce qu'ils lui feraient s'ils apprenaient la vérité. Il prend un risque énorme, il le sait, et il est trop tard pour revenir en arrière. Il doit s'extraire de ce bourbier, d'une manière ou d'une autre.

— La Fraternité a subi des revers, enchaîne Riley avec emphase, mais elle ne mourra jamais, car l'amour de la liberté est une chose sacrée ! Même si les Anglais sont puissants, leurs mensonges n'égaleront jamais notre vérité.

— Un jour on finira par les avoir, ces fils de chiennes ! approuve énergiquement Slattery.

Michael termine sa pinte, la pose sur le comptoir.

— Jack, tous tes clients font partie de l'organisation ?

— Tous, sans exception ! répond Riley. Des gars sûrs et courageux. Viens, suis-moi.

Il remplit le verre de Sullivan à la pompe et le conduit à la table de Peter Rice. Ce dernier lui désigne une chaise et lui présente ses compagnons, qui le saluent d'un signe de tête et poursuivent leurs conversations. Sullivan mémorise leur nom, au cas où Jimmy les lui demanderait : Bryce, Costello, McArdle, Devine. Ils discutent d'un combat de boxe professionnel, d'un cheval à vendre, de l'arrestation d'un boucher qui écoulait de la viande avariée. Rien sur Doyle, rien sur les armes, rien sur un complot. Quand Rice se lève pour aller au bar, Michael se tourne vers son voisin, Willy Devine, un type à la barbe sale et aux yeux chassieux.

— Il se prépare quelque chose, non ?

Devine fait craquer son cou, et plonge un regard morne dans son verre à moitié vide, comme si la mousse piquetée pouvait, à l'instar de feuilles de thé ou d'entrailles de corbeau, révéler une vérité profonde.

— On écoute pas les rumeurs, bougonne-t-il.

— T'as entendu parler de rien, alors ?

Devine porte à ses lèvres un index jauni par la nicotine et adresse un clin d'œil à Sullivan.

— De rien du tout, chérie, ironise-t-il, et toi non plus.

Rice revient avec un plateau chargé de bières et en tend une à Sullivan.

— Ton Yankee, là, il veut savoir si on a un plan, lui dit Devine.

Michael boit une gorgée, et pose aussitôt le verre pour qu'on ne voie pas sa main trembler.

Rice se rembrunit.

— On ne parle pas de nos plans pour le moment. C'est comme ça. Tu le sais, Willy.

— Tu peux pas lui filer un p'tit indice, Pete ? Il meurt d'envie de savoir, le gamin.

Rice se rassied et quête du regard l'approbation des autres.

— Je pourrais.

Il se tourne vers Sullivan.

— Par quoi tu veux que je commence ?

— Pourquoi ? Y a plusieurs plans ?

— Ça, tu peux l'dire ! plastronne Devine. Tu crois qu'on en a qu'un ?

— Ben… celui que vous voulez.

Michael est content d'avoir lié conversation avec ce Willy. Au diable la timidité ! Si vous montrez votre faiblesse, les gens sentent que vous avez peur et l'utilisent contre vous.

— On attaque par le plus important, déclare Rice. Willy, d'après toi, c'est lequel ?

— Pour moi, ils sont tous formidables, mais c'lui que j'préfère, c'est liquider cette salope de reine.

— Tu as raison, dit Rice. On va empoisonner la reine, en mettant un truc dans son sherry. Qu'est-ce que t'en penses, mon gars ?

— La reine ? s'étrangle Michael.
— En personne.
— Seigneur Dieu.
— C'est un bon plan, non ? renchérit Devine.
— Et c'est pour quand ?
Rice réfléchit.
— D'abord on doit se procurer le poison, ensuite on descend à Londres, alors ça va prendre un peu de temps. Mais bientôt, j'espère.
— Euh... comment vous comptez vous approcher de la reine ? Elle doit avoir tout un tas de gardes autour d'elle !
— Grâce à son majordome, explique Rice. Son homme de confiance. C'est un gars de Kilkenny, Seamus O'Malone. Évidemment, il a changé de nom, il se fait appeler Brown[1].
— Et il a perdu son accent. Maintenant, il cause comme le prince de Galles, remarque Devine.
— Du poison, c'est tout ? s'étonne Sullivan. Pas d'armes à feu ?
— Pour la reine, le poison, ça suffit. Et c'est juste une mise en bouche, hein les gars ?
Autour de la table, les féniens acquiescent à l'unisson. Michael se souvient des pistolets dans le tiroir de Rice.
— Vous vous foutez de moi, hein ? C'est pas des craques que vous me racontez là ?
Rice fronce les sourcils, croise les bras sur sa bedaine, écluse une longue gorgée de bière et se lèche les babines.
— Ce sont des plans secrets. Tout le monde n'a pas le droit de les connaître.
— Tu d'vrais t'estimer chanceux qu'on te mette dans la confidence, dit Devine.
— Merci de me faire confiance. Alors d'abord la reine, et après ?
Rice interroge Devine du regard.

1. En réalité, John Brown (1826-1883), le favori de la reine Victoria, était écossais.

— Après la reine… c'est au tour du prince de Galles[1], bien sûr, répond celui-ci. On le fait prisonnier et on réclame une rançon.

— Oui, renchérit Rice. Et dès qu'on en a fini avec lui, on vole les joyaux de la Couronne, hein, Willy ? Ensuite on brûle Dublin Castle…

Il s'interrompt.

— Après, je me rappelle plus très bien… À toi, Willy, tu as meilleure mémoire que moi.

— Ah ça oui ! On enfonce un tisonnier brûlant dans le cul du Premier ministre. Tu l'avais oubliée, celle-là ?

Devine marque une pause et tire la langue. Tous explosent de rire. Visages congestionnés et luisants, bouches grandes ouvertes, dents abîmées, ils ricanent et grimacent comme des macaques. Michael réalise enfin qu'ils se moquent de lui.

— Un tisonnier dans le cul ! brame Rice, hilare. Je me disais bien que j'en avais oublié une !

Ils tapent du plat de la main sur la table comme si c'était la meilleure qu'ils aient jamais entendue.

— Vous m'avez eu, les gars, admet Sullivan une fois le brouhaha dissipé. Pour sûr, vous m'avez bien eu.

C'est pas grave. Qu'ils se fichent de moi. Vaut mieux passer pour un clown que pour un traître. Rice lui assène une amicale bourrade dans le dos et se penche vers lui. Son haleine dégage une odeur d'oignon cru, sa large trogne à la barbe hérissée fait penser au cul d'un verrat.

— On blague toujours avec les nouveaux. Le prends pas mal, petit. Allez, finis ta bière, je t'offre la suivante.

McArdle a sorti son crincrin, Willy Devine se lève et exécute une gigue lourdaude au milieu de la salle, les autres l'encouragent en battant la mesure et en frappant du pied en rythme. Quand il a fini de faire l'idiot, c'est

1. Fils de la reine Victoria, célèbre pour ses frasques. On le surnommait Dirty Bertie (Bertie le cochon) ou Tum-Tum (Gros Bide).

au tour de Bryce de se lever ; il entonne *The Croppy Boy*[1] d'une belle voix de baryton. Ensuite, Peter Rice, passablement ivre mais encore capable de tenir la note, fredonne *As I Roved Out*.

— À toi, Sullivan ! braillent-ils en chœur dès que Rice se rassoit.

Michael tente de refuser, mais rien n'y fait. Alors il se lève et, la main posée sur le comptoir, concentré, les yeux mi-clos, il chante *The Rose of Tralee*. Au début, sa voix tremblote un peu puis, petit à petit, elle se renforce, se raffermit et lorsqu'elle s'éteint sur « Mary, the rose of Tralee », il est plutôt content de lui ou, du moins, fier de ne pas s'être ridiculisé. Sa grand-mère lui avait appris cette ballade, à Dublin. Un étau de tristesse lui enserre le cœur. Il se prend à rêver d'un ailleurs où aucune menace mortelle ne planerait au-dessus de lui.

Jack Riley, appuyé sur son comptoir, un verre de whiskey à la main, surveille sa salle comme un seigneur son domaine. Sullivan le remercie et s'apprête à s'en aller, mais Riley ne l'entend pas de cette oreille. Il lui lance un regard de reproche.

— Tu vas pas t'en sortir comme ça, gamin ! La nuit est encore jeune. Tiens, assieds-toi sur ce tabouret, je te sers une goutte de ce bon Bushmills.

Docile, Michael s'assied et vide son verre. Aussitôt le tavernier le ressert. Le whiskey, ajouté aux six ou sept pintes de porter que Michael a déjà bues, a raison de sa lucidité. Il perd le fil du monologue de Riley, qui discourt sur l'hypocrisie du clergé irlandais et la lâcheté des réformateurs de Westminster. Au prix d'un terrible effort, il se redresse.

1. Chanson écrite en 1845 en hommage aux morts de la Grande Rebellion de 1798.

As I Roved Out est une ode mélancolique à un amour perdu, et *The Rose of Tralee* est l'une des plus célèbres ballades irlandaises.

— C'est vrai, Jack, commente-t-il d'une voix pâteuse, j'comprends c'que tu veux dire. Merde, c'est bien vrai.

Ils finissent la bouteille et Riley descend en chercher une autre au cellier. Michael en profite pour se traîner dans la cour. Il déboutonne tant bien que mal sa braguette et pisse maladroitement contre un mur. Une vapeur grise monte du sol, tiède et odorante. Le croissant de lune argenté lui fait penser qu'à Paris, à New York ou à Dublin, d'autres êtres humains contemplent le même spectacle. À cette pensée, les larmes lui montent aux yeux, tandis qu'il réfléchit à la beauté de ce vaste monde.

Quand il revient dans la salle, la bouteille est déjà passée de main en main. Riley porte un toast aux martyrs du 23 novembre.

— Que ces trois braves reposent en paix ! Tant qu'il restera un souffle de vie dans nos misérables corps, nous nous souviendrons de leur sacrifice ! Dieu sauve l'Irlande !

— Dieu sauve l'Irlande !

Tous lèvent leur verre et avalent leur whiskey cul sec. Riley entonne *A Nation Once Again* et les autres reprennent le refrain en chœur ; tête renversée, ils braillent vers le plafond enfumé : « Que l'Irlande, longtemps une province, redevienne une nation ! » Le bruit est assourdissant. Sullivan sent sourdre en lui une émotion chaude et féroce, proche de la terreur et – peut-être – de l'amour.

La nuit n'en finit pas, un à un les féniens quittent la taverne. Seuls demeurent Riley et Sullivan, attablés devant une bouteille de Bushmills presque vidée, sous un nuage bleu-gris de fumée de tabac. Riley soliloque toujours, bien que sa voix ait nettement perdu de sa fermeté. Parfois, il oublie ce qu'il vient de dire, ce qui l'oblige à revenir en arrière ou à demander à Sullivan de le lui remémorer.

— Tu parlais… des gars… qu'ont été pendus, lui rappelle Michael à grand-peine.

Hébété, le cerveau engourdi par l'alcool, mi-endormi,

mi-éveillé, la bouche entrouverte, dans une sorte d'état second, il doit loucher pour accommoder sa vision.

— Ouais… des bons gars, ces trois-là, ça j'te l'dis, fiers et courageux. Massacrés comme des bêtes, comme du bétail qu'on mène à l'abattoir. Tu m'comprends, Michael ? Hein, tu m'comprends ?

Il lui lance un regard sauvage. Ses lèvres sont frangées de salive blanchâtre et il cligne des yeux, paupières rougies. Il larmoie et halète comme s'il venait de courir un mile.

— J'comprends, Jack. Bien sûr que j'comprends.

Riley tend la main au milieu des verres et des bouteilles, lui empoigne l'avant-bras et le serre avec force.

— T'as prêté serment, ce soir. Maintenant, t'es des nôtres et, quand viendra l'heure du combat, on s'tiendra côte à côte, comme des frères, hein, Michael ?

Sullivan acquiesce d'un signe de tête, puis s'ébroue. Il doit continuer à jouer le jeu. Surtout ne pas faiblir.

— Et l'ordre viendra bientôt ?

— On l'sait jamais à l'avance. Mais j'vais te dire un truc…

Riley lui lâche le bras et s'affale contre le dossier de sa chaise.

— Y se trame quelque chose, en c'moment même. Quelque chose de gros.

— Vous m'avez d'jà fait la blague tout à l'heure.

— Là, c'est pas une blague, Michael.

— Ah ? Alors c'est la reine ou c'est le prince de Galles ?

— Plus près de nous. Ici, à Manchester.

— Et c'est qui ?

Riley s'essuie le nez sur sa manche et boit une gorgée de whiskey.

— En principe, j'ai l'droit d'le dire à personne.

— J'ai prêté serment, réplique Sullivan.

— Je sais, je sais.

Riley fait aller et venir son verre sur la table, tel un médium traçant une à une les lettres d'un nom.

— Te sens pas obligé de m'le dire, Jack, si ça t'gêne.

Riley se penche en avant.

— Et puis merde, j'te l'dis. C'est le maire. Ils vont descendre le maire de Manchester. Il fréquente une putain cachée quelque part dans Milk Street et c'est là qu'ils vont s'occuper de lui. Ils sont allés chercher les armes à Birmingham. La mort de nos martyrs sera vengée.

Riley s'interrompt. Sullivan perçoit le bruit de son propre souffle, saccadé, oppressé, dans l'air saturé de sueur.

— Le maire… en personne, halète Riley. Qu'est-ce que tu dis d'ça ?

— Ils vont y arriver ?

— Sûr et certain. Les indics sont morts, sans eux la police peut rien savoir. Rien pourra les en empêcher.

Sullivan sait que Jack ne ment pas, il le devine au son de sa voix, empreint d'exaltation et de fierté.

— Le maire… ça, c'est l'gros lot, murmure-t-il.

— Tu l'as dit. Si on tue le maire, on sème la terreur. Les Anglais vont s'demander qui sera l'prochain sur la liste.

— Et ils comptent l'abattre à bout portant ?

— En plein cœur.

Riley pointe l'index et le majeur vers la poitrine de Sullivan.

— Pan pan ! Comme ça !

Michael est pris de nausée. Il écarte les coudes sur la table et pose le front sur ses mains ; sa bouche s'emplit de bile, une de ses oreilles se met à sonner bizarrement. Il frissonne, tout son corps est glacé.

Riley incline la tête et l'observe.

— Ça va pas, gamin ? T'es malade ?

— Ouais, j'crois que j'vais vomir.

— Faut qu't'ailles prendre l'air.

Sullivan se lève et se dirige vers la porte en titubant. Il fait nuit noire, la rue est déserte. Des petits tas de crottin constellent la chaussée pavée, une odeur de cendre mêlée d'urine imprègne l'air. Il pose les mains sur ses cuisses, pousse un ou deux grognements et rend tripes et boyaux, éclaboussant le trottoir d'une lie boueuse de bière et de whiskey. La sueur coule sur ses tempes, sa gorge est en feu. Autour de lui, les maisons tanguent et oscillent comme des bateaux dans la tempête. Au-dessus, le ciel tourbillonne, maelström liquide, ondoyant. D'une main, Sullivan s'appuie contre le mur de la taverne, priant pour qu'il soit solide et que ses forces lui reviennent. Mais la fermeté n'est pas au rendez-vous. Il suffoque durant de longues secondes, puis vomit à nouveau.

Riley sort pour voir comment va son protégé.

— Bon sang ! T'es dans un sale état.

Sullivan crache et se redresse.

— Ça va aller.

— T'as une gueule de déterré.

— Ça va aller, j'te dis.

Riley lui propose de rester dormir à l'étage, sur un matelas, mais Michael décline son offre, affirmant qu'une bonne marche lui éclaircira les idées. Riley le serre dans ses bras maigres et osseux. Ils échangent une vigoureuse poignée de main et se séparent.

En arrivant en vue d'Angel Street, au lieu de tourner à droite vers la rivière Irk et la tannerie, il continue sur Shude Hill en avançant un pied après l'autre, prudent comme un chat errant. Il chancelle, mais il tient debout. Les airs patriotiques résonnent encore dans sa tête ; en fermant les paupières, il voit les collines, les prés verdoyants de son enfance, il imagine les jeunes rebelles de 1798 brandissant des piques étincelantes. Il tourne à gauche dans High Street, traverse Market Street, remonte Fountain Street, Cooper Street. Du vomi macule ses bottes et les revers de son pantalon. Sa gorge est endolorie, la lumière des becs de gaz lui brûle les yeux. Il doit à tout prix rejoindre son oncle Jimmy, cette nuit ça va barder, mais il est perdu. Il tente de s'orienter. Tout droit, et puis à gauche après le pont ? Quel pont, d'ailleurs ? Non, j'irai plus vite en prenant le chemin de halage.

Il descend pesamment les hauts degrés de pierre qui mènent au canal. Quand Jimmy va apprendre la nouvelle, il ne va pas en revenir. Tuer le maire ? Ils en sont bien capables, ces maudits féniens ! Des fous furieux, sans pitié. Rien ne les arrête. Comme il regrette d'avoir prêté serment, la main sur le livre saint ! Michael n'est guère croyant, mais tout de même. Il pourrait peut-être faire pénitence pour expier sa faute ? Des prières ? Il faudra qu'il pose la question à un prêtre. Le chemin de halage est étroit, grossièrement empierré. En principe, les barges circulent jour et nuit, mais il n'en voit aucune. Il règne un silence de mort, l'eau est noire, lisse comme l'asphalte. Michael est si fatigué qu'il pourrait se coucher en boule par terre et s'endormir là, sur-le-champ, s'il ne faisait pas si froid et s'il n'avait pas une mission à accomplir. Oui, Jimmy n'en reviendra pas. Michael bâille, se gratte une fesse en se demandant s'il ne s'est pas trompé de direction. Il fait demi-tour, repart à pas lents. Chaque enjambée exige un effort surhumain. S'il ne reste pas concentré, il risque de se casser la figure.

En arrivant à l'écluse, il décide de gagner l'autre berge afin de se retrouver du bon côté du canal. Il y a un garde-corps en bois pour s'agripper, il pourra franchir sans problème les poutres à manœuvrer. Il attrape le garde-corps et se hisse au-dessus des portes. Sous lui, l'eau qui jaillit des vannes avec fracas bouillonne dans le bief. Debout en équilibre contre le vent glacé, Michael se sent raide et vulnérable. Il lève le pied droit, le laisse pendre dans le vide deux ou trois secondes, le repose. Il songe à faire demi-tour, puis se reprend. Si tout va bien, en quatre ou cinq enjambées, il devrait arriver sur l'autre bord, et le plus tôt sera le mieux. L'eau noire du canal se métamorphose en écume blanche lorsqu'elle passe en bas des portes de l'écluse. Elle gronde comme les roues d'un char à bancs. Oui, quatre ou cinq enjambées, et je suis de l'autre côté. Les deux premières ne posent aucun problème, mais au point médian où les deux portes se rejoignent, le garde-corps s'arrête, et Michael n'a plus rien pour se retenir. Il hésite, et cette hésitation causera sa chute. Il fait un pas en avant, son pied dérape et quitte la poutre. Il tente désespérément de rattraper le garde-corps de l'autre côté, mais le manque, il est trop loin.

Alors qu'il bascule dans les eaux noires du canal, il pousse un cri. Ce n'est pas un appel à l'aide, juste le hurlement de panique d'un animal blessé ou d'un enfant s'éveillant d'un cauchemar.

Chapitre 14

Le lendemain soir, dix heures et quart.

Neary et Doyle attendent dans le vieux cab de Skelly au bout de Milk Street. Au-dehors, le froid est mordant, une brume bistre nappe l'air poisseux qui charrie une odeur végétale, proche des exhalaisons d'une tourbière. Voilà trois semaines qu'ils surveillent les allées et venues du maire, dont ils connaissent désormais la routine : le mercredi ou le jeudi, il quitte l'hôtel de ville vers neuf heures du soir, toujours à pied, reste avec sa maîtresse jusqu'à minuit, puis revient le sourire aux lèvres à King Street, d'où sa calèche le ramène chez lui. C'est sur le chemin du retour à King Street qu'ils l'abattront, quand il passera sous le réverbère à l'angle de Marble Street. Deux coups de feu, Neary de face, Doyle dans le dos. Un coup chacun devrait suffire mais, au besoin, ils ont cinq autres balles dans le barillet. Ils se seront fondus dans l'obscurité avant que l'alarme soit donnée.

Les pistolets sont des Tranter à détente unique, six coups, calibre 8. Pas neufs, mais propres et en bon état. Doyle apprécie les colts pour leur précision de tir, toutefois les officiers de cavalerie nordistes déclaraient que le Tranter était le meilleur pistolet au monde, et ces gars-là s'y connaissaient. Il a chargé les deux avant de partir ; cependant, par précaution il arme les chiens et, du pouce, fait tourner les barillets, puis en tend un à Neary.

— Bon, il n'y a plus qu'à attendre.

Neary pose le pistolet à côté de lui et regarde par la vitre du cab le paysage à moitié masqué par le brouillard.

— Si on allait se rincer le gosier au pub de Fountain Street ? suggère-t-il. Pendant que le maire profite de son dernier plaisir sur terre.

— On ne bouge pas d'ici, répond Doyle. Hors de question qu'on nous remarque.

— OK. Comme tu voudras.

Doyle se rencogne dans l'angle du cab et ferme les yeux. Il ne craint pas ce qui risque d'arriver cette nuit. La guerre lui a appris qu'il est vain d'espérer ou de s'alarmer : le chaos est au cœur de toute chose, noir insondable, et le mieux que l'on puisse faire, c'est de lui donner forme humaine et de s'y tenir. Dans le feu de l'action, l'esprit se vide, on oublie qui on est. Voilà la vraie raison, la raison profonde de son engagement : il ne se bat pas pour une cause, ni pour la gloire, mais pour ces instants, brefs ou interminables où, lui, Stephen Doyle, au mépris du danger, s'adapte à la démesure d'un monde cruel.

Quand il a débarqué en Amérique, il n'avait que treize ans, ses parents et ses trois frères étaient morts du typhus. Il était descendu du paquebot à Philadelphie avec deux dollars en poche, un itinéraire dessiné à la main, suivi d'une longue liste de recommandations dressée par son oncle Fergus. Celui-ci, après une dizaine d'années passées au fond des mines de Pennsylvanie, avait économisé suffisamment pour acheter une ferme en rondins entourée des terres fertiles et bien irriguées de la Lebanon Valley, à vingt miles au nord-ouest de Harrisburg. Moutons et vaches pâturaient dans la plaine herbeuse, plus haut, maïs, blé et seigle étaient cultivés à flanc de coteau. Célibataire, Fergus louait, en lieu et place d'une épouse, les services d'un Polonais nommé Lazlo et d'une Hollandaise, Anna, une grande femme maigre et silencieuse qui s'occupait de la cuisine, du ménage et du ravaudage. Elle dormait sur un lit de camp près du fourneau. La ferme comportait deux pièces et une cheminée. La grange attenante, en bardeaux, abritait le poulailler et la soue.

Une partie des terres était boisée. Doyle avait pour tâche d'éclaircir les bosquets de gommiers et de bouleaux pour créer davantage de parcelles à cultiver. Le matin, il partait avec une cognée et une scie, et revenait le soir couvert de sciure et de terre, fourbu, éreinté, l'œil éteint. Après le dîner, Fergus lisait la gazette de Harrisburg à voix haute, Lazlo chantait des complaintes dans une langue connue de lui seul en s'accompagnant à l'accordéon. Si, les premiers mois, le jeune Stephen s'était montré anxieux et craintif dans cet environnement si différent de l'Irlande, très vite il s'adapta à sa nouvelle vie. Il prit ses marques et de l'assurance. Parfois il rêvait de sa famille, mais il oubliait ses rêves, et le sentiment de perte ou de tristesse ne durait jamais longtemps.

À quinze ans, il commença à voir Anna la Hollandaise avec d'autres yeux. En la regardant travailler, il imaginait ses formes sous ses jupons, la saveur et l'odeur de sa peau. Chaque fois qu'il en avait l'occasion, il restait assis à la table de la cuisine pour lui parler, lui poser des questions sur sa vie. Elle avait été mariée et avait eu un enfant, le mari l'avait quittée et l'enfant était mort jeune. Il se rendit compte qu'elle avait plus du double de son âge, pourtant cette pensée ne le décourageait pas. Il aimait la tension de son cou pâle, de ses bras, les muscles qui affleuraient sous la peau à chacun de ses mouvements. Le soir, allongé sur son lit, il pensait à ce corps féminin avant de s'endormir. Il se voyait le toucher et recevoir ses caresses. Anna lui disait qu'il était trop intelligent pour rester à la ferme, qu'il devait aller chercher du travail à Harrisburg ou à Philadelphie. Puisqu'il aimait le bois, il pourrait y apprendre un métier, devenir tonnelier ou charron. Elle disait aussi que l'oncle Fergus était un menteur qui ne tenait pas ses promesses et qu'il ne fallait jamais croire ce qu'il disait. « Si j'étais un homme, Stephen, je me construirais une jolie maison entourée d'un grand mur, et je vivrais là toute seule. Ça, ce serait la belle vie. »

Par une soirée suffocante du mois d'août, sans un souffle de vent, Stephen, incapable de trouver le sommeil, sortit de la grange pour aller boire de l'eau à la cuisine. Anna dormait sur son lit de camp, près du fourneau. Sa chemise de nuit était remontée sur ses cuisses, il voyait la forme et le rouge sombre de ses tétons sous la mousseline humide de transpiration. Après avoir bu une louchée d'eau, il resta là à la contempler. Du bois montaient les stridulations des grillons et les ululements sporadiques des petits-ducs. Anna avait la tête tournée vers le mur, bras et jambes écartés. Il se pencha pour repousser l'ourlet de la chemise afin de mieux voir la touffe frisottée entre ses cuisses, puis déboutonna sa braguette et se masturba. Anna marmonnait dans son sommeil, elle avait roulé sur le côté et remonté ses genoux sous sa poitrine. La plante de ses pieds nus pressant le plancher poussiéreux, Stephen haletait, poussait des gémissements rauques, espérant que la femme ouvre les yeux, qu'elle le regarde, qu'elle admire son érection, mais elle dormait profondément. Il n'osa pas la toucher, ni la réveiller. Après avoir joui, il s'essuya avec un torchon et regagna la grange. En traversant la cour, il aperçut son oncle debout sous le porche, moitié dans l'ombre, moitié éclairé par la lueur argentée de la lune, qui l'observait fixement.

Le lendemain matin, Fergus débarqua comme une furie dans le bois où son neveu abattait un arbre. Au milieu des débris de troncs sciés et de souches arrachées, il le roua de coups, ahanant et grognant comme un vieillard qui pousse pour déféquer. Stephen comprenait la situation sans pouvoir mettre des mots sur ce qui lui arrivait : on lui faisait violemment ravaler son désir à coups de poing, comme on enfonce un rivet dans un rail à coups de marteau. Le soir, à l'heure du dîner, Anna remarqua le sang séché et les contusions sur son visage et s'inquiéta. Il lui répondit que ce n'était rien et, quand elle lui effleura le bras, par compassion, il la repoussa méchamment. Il n'éprouvait plus de désir pour cette femme qui aurait pu être sa mère, la vue même de son corps lui répugnait. Cette nuit-là, il fit son baluchon et quitta la ferme sans un regard en arrière. Il marcha cinq miles jusqu'au croisement de deux routes et attendit l'aube et le passage des chariots des colons qui faisaient route vers l'Ouest.

Il resta l'automne et l'hiver suivants à Harrisburg, travaillant sur les voies ferrées ; le printemps le vit partir vers le nord, le long de la Susquehenna Valley, jusque dans l'État de New York. Jamais il ne s'attardait longtemps au même endroit. Pendant quatre ans, il dormit dans des galetas avec des Chinois et des juifs, tête-bêche sous des draps puants ; il se livrait à la débauche et se saoulait dès qu'il avait un dollar en poche. S'il n'avait plus rien, il chapardait ou se passait de nourriture. Il travaillait sur les quais à houille parmi des Grecs et des Polonais, à débarder du charbon, ou sur les étangs gelés, à casser la glace destinée aux chambres froides des magasins. Il travaillait dans les tunnels et creusait des tranchées de chemin de fer, traînait et hissait des rails et des traverses en toutes saisons, dans la froideur de la nuit ou la fournaise du jour. Il vit des hommes écrasés sous des rochers, déchiquetés par des machines, poignardés dans des rixes de taverne, rossés et détroussés au fond d'une ruelle. Mais rien de tout cela ne l'effrayait ni ne le troublait. Il ne possédait que ses bottes et ses vieilles frusques, il n'avait pas d'amis. Quand il parlait, ses yeux gris papillonnaient, sa voix était basse et hésitante, comme si elle allait chercher très loin des mots hors de sa portée.

Le sergent recruteur d'Albany offrait un verre de bière fraîche et vingt-cinq dollars, à qui acceptait de s'engager pour trois ans. D'après lui, si ces traîtres de sudistes gagnaient la guerre, la nation tout entière retournerait à l'état sauvage et à l'ignorance ; sa grandeur durement acquise serait perdue. Puis, tout sourire, il pointa l'index en direction de Doyle. Ce jeune à l'allure audacieuse ferait une excellente recrue. Serait-il le premier à venir jusqu'à sa table signer son engagement ?

Doyle ne s'intéressait ni à la politique, ni aux armes, ni à la guerre et ne portait pas spécialement les Nègres dans son cœur. En revanche, la prestance du sergent recruteur, sa moustache cirée et sa redingote à boutons dorés lui plaisaient bien. Quant aux vingt-cinq dollars, c'était plus d'argent qu'il n'en avait jamais possédé de sa vie.

On leur donna des bottes et des uniformes neufs avant de les expédier vers le sud par le train dans un camp d'entraînement. Chaque matin, ils avaient droit à trois heures d'exercices et de manœuvres : une centaine de jeunes gens marchant au pas comme des animaux dressés, des machines bien huilées obéissant aux commandements, garde-à-vous, demi-tour gauche, repos, demi-tour droite, rompez les rangs. Doyle n'en voyait pas l'utilité, mais il obéissait aux ordres, heureux de dormir au chaud et de manger à sa faim. Il pensait rester à l'armée aussi longtemps que cette vie lui conviendrait et la quitter dès qu'il en aurait assez. Il écoutait les plus âgés raconter leurs batailles sans leur accorder aucun crédit. Tous des vantards, pensait-il. Il avait déjà vu des hommes se battre et du sang couler, pourquoi cette fois, serait-ce différent ?

Toutefois, en décembre 1862, la terrible bataille de Fredericksburg le fit changer d'avis. Il comprit ce qu'était la guerre quand sa brigade se lança au pas de course sous un déluge de balles à l'assaut du long mur de pierre des Marye's Heights derrière lequel les Sudistes s'étaient établis. Dans les deux camps, les soldats tombaient comme des mouches, certains s'affaissaient sans bruit, d'autres hurlaient de terreur et de douleur, pareils à des bêtes à l'abattoir. Doyle ne se sentait plus lui-même : il était partout et nulle part en même temps, à l'intérieur de son corps, hors de son corps, dans celui, muet, des cadavres, dans les cris et les imprécations des vivants, dans le fracas des obus qui explosaient au-dessus de lui, dans la terre piétinée et imbibée de sang, sous ses pieds. Il n'avait pas de mots pour décrire cet état : Vision ? Mirage ? Lorsque la bataille s'acheva sur leur défaite, il était vivant, mais n'en éprouva aucun soulagement, plutôt de l'accablement et de la tristesse face à la perte de cet état hallucinatoire.

Par la suite, il fut promu lieutenant, puis capitaine. Il obéissait aux règles de l'armée comme un moine à celles de son ordre, car la discipline est une façon de conjurer la réalité. En mai 1863, il survécut à la bataille de Chancellorsville, puis à celle de Gettysburg en juillet de la même année, et même à l'Angle Sanglant de Spotsylvania, en mai 1864, l'un des combats les plus atroces de la guerre de Sécession. Et lorsque au mois de juin commença le siège de Petersburg, qui devait durer neuf mois, Stephen Doyle était le soldat survivant ayant servi le plus longtemps l'armée de l'Union. Son uniforme bleu à moitié déchiré était fané, les semelles de ses bottes tenaient avec du fil de fer et les années d'errance de sa jeunesse orpheline n'étaient plus qu'un lointain souvenir.

Tiré de sa somnolence par la cloche d'une église qui sonne onze heures, Doyle se redresse. Neary lui sourit, avec un signe de tête, comme on accueille un voyageur.

— Le brouillard s'est épaissi, lui annonce-t-il. On y voit pas à dix pieds.

Doyle en a la confirmation en regardant par la vitre, mais ça ne semble pas l'émouvoir. Il consulte sa montre de gousset.

— Dis à Skelly de bouger un peu. Il nous déposera à Picadilly et on reviendra à pied.

Neary ouvre la portière et donne les instructions au

cocher. Celui-ci pousse son cheval de la voix. Le cab s'ébranle dans un grincement de harnais. Quelques minutes plus tard, il tourne dans Mosley Street, longe les banques, les boutiques, les entrepôts de coton. Le brouillard les enserre, des cabs en émergent pour y disparaître aussitôt, des silhouettes floues s'animent un bref instant, comme des ombres sur les parois d'une caverne.

Doyle jette un coup d'œil à son compagnon : Neary a un visage allongé, une mâchoire carrée, des orbites creuses. Il n'a pas l'esprit vif, mais il est loyal. Doyle sait qu'il peut compter sur lui. Rice, Riley et les autres se comportent comme des gamins irresponsables. Ils éclusent des litres de stout et de whiskey en bramant leurs ballades larmoyantes, et rêvent de voir un bataillon de paysans irlandais franchir les Wicklow Mountains, armés de fourches et de faux. Or neuf mois auparavant, en mars, Doyle se trouvait justement dans ces collines avec les rebelles, sur Tallaght Hill. Un soir, à minuit, une centaine de ces hardis combattants avaient lâché leurs pistolets et décampé comme des lapins à la vue d'une demi-douzaine de policiers. Il sait que ce rêve ne vaut pas grand-chose. Les Anglais ne seront pas battus sur le terrain, quiconque possédant une once de bon sens vous le dira ; en revanche on peut les faire saigner et souffrir, si l'on s'y prend bien. Lorsque l'hémorragie deviendra trop forte et la douleur insupportable, ils plieront et cette guerre d'usure prendra fin ; elle aura été gagnée, non par des apôtres ou des prédicateurs, mais par des hommes de l'ombre comme Patrick Neary, lesquels, sans rechigner ni se plaindre, accomplissent les basses besognes qui leur sont assignées.

Ils font encore un tour du quartier, puis Skelly gare son cab près des marches de l'hôpital. Doyle et Neary repartent à pied vers Milk Street, tête baissée, col relevé. Ce brouillard est une bénédiction, songe Doyle. Il étouffera le bruit des détonations et désorientera les éventuels témoins. Le temps que les flics comprennent qu'un meurtre a été commis, les auteurs du crime seront loin.

O'Connor est assis à sa place habituelle au *Commercial*, le journal du soir étalé devant lui. Il a l'esprit ailleurs. Rose Flanagan a occupé ses pensées par intermittence, presque toute la journée. Il regrette de lui avoir proposé une aide financière. Il a parlé trop vite. Si elle la lui réclame, il tiendra sa promesse, bien sûr, mais comment interprétera-t-elle son geste ? Comme celui d'une personne désireuse d'aider une femme dans la peine et le besoin ? Ou celui d'un homme auquel elle se sentira redevable ? Quel type d'attachement implique ce genre de cadeau ? O'Connor passe la main sur son front et boit une gorgée de boisson à la salsepareille. À l'avenir, il se montrera plus prudent, il tiendra sa langue avant de faire des promesses inconsidérées.

Quelques instants plus tard, la clochette de la porte retentit. Frank Malone, un collègue de son service, entre et fait le tour de la salle du regard. Il repère O'Connor dans un coin et fonce vers lui. C'est un type enjoué, bavard et assez imbu de sa personne. Prétentieux, diraient certains, mais O'Connor a connu pire.

— Chaque fois que je mets les pieds dans un endroit comme celui-ci, j'ai envie de picoler, déclare Malone en riant. Ça ne loupe jamais.

Il sort de sa poche une enveloppe.

— Tiens, c'est pour toi. Elle est arrivée cet après-midi, du poste de police de Knott Mill. Fazackerley a pensé que tu voudrais en prendre connaissance sans délai.

L'enveloppe est cachetée. O'Connor la déchire et déplie le papier qui se trouve à l'intérieur. Il le lit une première fois, le relit derechef, pour être sûr.

— Mauvaise nouvelle ? s'enquiert Malone.

— Ils gardent un de mes informateurs en cellule de dégrisement. Ils l'ont repêché cette nuit, ivre mort, dans le canal de Rochdale. Le garçon a dessaoulé et leur a appris que les féniens projettent d'assassiner le maire de Manchester. Ça doit avoir lieu dans Milk Street, mais quand, mystère.

— Où a-t-il appris tout ça ? s'étonne Malone.

— Le message ne le dit pas.

— Milk Street ? Une petite rue, quelques vieilles maisons et un magasin de chapeaux. Le maire n'a aucune raison de passer par là. Ça ne tient pas debout.

— Il a peut-être mal compris le nom de la rue.

— S'il était saoul au point de tomber dans le canal, ton indic a pu rêver toute cette histoire.

— Il faut absolument que je lui parle. Allons à Knott Mill.

O'Connor glisse l'enveloppe dans sa poche, se lève et va ranger le journal sur son présentoir. Chaque fois qu'ils se rencontrent près du cimetière des indigents, il répète à Michael de se montrer prudent, de ne pas attirer l'attention sur lui, mais ce gosse n'écoute rien. La police fluviale repêche régulièrement des cadavres dans le canal. Il aurait pu se noyer. À cet âge-là, la mort n'a aucune réalité, c'est juste une idée, non, moins qu'une idée, un mot, un son. Vous pouvez les prévenir autant que vous voulez, c'est comme si vous pissiez dans un violon. Si mon fils David avait vécu, songe O'Connor en allant régler sa note au comptoir, voilà ce qu'aurait été ma vie de père : une peur constante, agaçante, l'impression qu'une part essentielle de votre existence est vécue ailleurs, loin de vous, en cachette, par quelqu'un que vous aimez mais en qui vous n'avez pas forcément confiance. Bien sûr, ce n'est pas de l'amour paternel qu'il éprouve à l'égard de Michael ; il irait même jusqu'à dire qu'il ne l'apprécie guère. Ce garçon est un parfait idiot assorti d'un jean-foutre, mais ils sont liés, désormais, qu'ils le veuillent ou non, jusqu'à la fin de cette affaire.

— Tu verras, reprend Malone, quand ils ont un coup

dans le nez, les féniens se vantent de leurs exploits, mais neuf fois sur dix, c'est du vent. Tu le sais aussi bien que moi.

— Nous sommes loin de Milk Street ? demande O'Connor.

— Cinq minutes, peut-être moins. C'est sur notre route.

— Alors on s'y arrêtera en chemin.

Dehors, le brouillard a une couleur d'eau de vaisselle et l'aspect grumeleux du porridge. L'air est chargé des miasmes pestilentiels des abattoirs, des fabriques de colle et des tanneries. Arrivés dans Milk Street, ils font halte sous un réverbère. Malone avait raison : quelques petites maisons aux volets clos et la boutique d'une modiste. Aucun mouvement, aucun son, aucun bruit, rien d'anormal apparemment. Ils s'apprêtent à repartir lorsqu'ils entendent deux sifflements rapides, un peu comme les trilles d'un oiseau, mais plus sonores.

— Peut-être des monte-en-l'air, chuchote Malone. Avec cette purée de pois…

— Tu vois quelque chose ?

— Non. Rien du tout.

En effet, le brouillard se dresse devant eux comme une gigantesque muraille. Si cela se trouve, le maire dort à poings fermés dans sa résidence de Higher Broughton, pendant que deux policiers grelottent dans une rue déserte, l'oreille tendue vers les bruits nocturnes.

— Des rats qui couinent. Ou une bagarre de chats.

Malone ne répond pas. Il scrute les ténèbres, par-dessus l'épaule de son collègue.

— Il y a un type debout dans l'embrasure d'une porte, là-bas, chuchote-t-il. Je viens de le voir bouger.

— Il est tout seul ?

— Pour l'instant, je n'en vois qu'un.

O'Connor se retourne.

— Police ! crie-t-il. Sortez d'où vous êtes !

Aucune réponse. Malone a peut-être eu la berlue.

— On sait que vous êtes là ! braille celui-ci. Montrez-vous !

Ils attendent. Sans doute un clochard ou un poivrot réfugié sous le porche. Machinalement, O'Connor vérifie qu'il a bien une paire de menottes sur lui. Malone fait un pas en avant, mais l'homme émerge déjà de l'ombre. Il se tient voûté contre la froidure, coiffé d'un chapeau melon, les mains enfoncées dans les poches de son manteau de tweed élimé.

— Votre nom ? demande Malone. Qui êtes-vous ?

Sous le bord recourbé du chapeau, les yeux de l'inconnu brillent d'un éclat sauvage. Ses lèvres sont entrouvertes, comme s'il allait parler, mais auparavant il regarde à droite, à gauche, pour se laisser le temps de réfléchir.

— James Harrison. Je suis en visite à Manchester.

— Et pourquoi vous cachiez-vous ?

— Je ne me cachais pas. J'attendais.

— Vous attendiez quoi ?

— Quelqu'un.

Pause.

— Une femme. Annie Quelque chose. Elle est tous les soirs au *Swan*.

Malone se tourne vers O'Connor.

— Annie Smith. Tout le monde la connaît.

Soudain, O'Connor se fige : la moustache, les cheveux longs, les cicatrices sur la joue, c'est l'homme qui discutait avec Tommy Flanagan le jour de la parade funèbre. Un grand froid lui noue les tripes.

— Je vous ai déjà vu. Vous ne vous appelez pas Harrison.

— Vous faites erreur. James Harrison, pour vous servir. Je suis drapier à New York.

— Les mains en l'air, lui ordonne O'Connor. Nous allons fouiller vos poches.

L'homme ne bouge pas. Il lance à Malone un regard

perplexe et interrogateur, comme si, des deux policiers, Malone était celui à qui il pouvait faire entendre raison.

— C'est un délit d'être dans la rue à cette heure-ci ?

— Vous mentez. Nous allons vous fouiller, répète O'Connor.

— Je n'ai rien dans les poches.

— Alors montrez-nous vos mains.

L'homme ne bouge toujours pas.

Malone se tourne à nouveau vers O'Connor. Une partie de son visage est masquée, l'autre à peine éclairée par la lueur du bec de gaz auréolée de brouillard. L'obscurité les encercle comme une eau noire autour d'un écueil.

— Tu le connais ? murmure-t-il.

— C'est Doyle, répond O'Connor entre ses dents.

— Tu es sûr ?

O'Connor hoche la tête. Il note que les mains de Doyle n'ont pas quitté les poches de son manteau.

— D'autres policiers sont postés au bout de la rue, ment-il. Vous ne pouvez pas vous échapper.

— Je suis marchand de drap et je m'appelle Harrison, récite Doyle d'un ton morne et moqueur qui prouve qu'il en a assez de jouer la comédie.

— Bon, on arrête ce cirque, là, décrète Malone.

Il sort ses menottes et attrape le bras de Doyle. Celui-ci se dégage brutalement, pivote, sa main droite jaillit de sa poche. Le cylindre d'acier et le canon du Tranter accrochent la lumière jaune du réverbère. O'Connor devine qu'il est trop tard, l'action a été instinctive, suscitée par la fureur ou le besoin de tuer. Un éclair fuse, en même temps qu'un bruit assourdissant. Malone pousse un grognement et se plie en deux, le souffle coupé, il se recroqueville sur lui-même, ses mains tâtent son ventre, cherchant à comprimer la plaie d'où s'écoule le sang.

Alors que le policier s'affaisse en gémissant sur le trottoir, Doyle appuie la gueule encore fumante du pistolet sur le front de O'Connor. Des ombres torsadées tournoient autour d'eux, guirlande de brouillard qui festonne l'air immobile de la nuit. Voilà la mort, songe-t-il. Pas seulement son instrument ou son image, pas son écho ou son avant-goût, mais elle-même, infecte et puante. Elle se presse, brûlante, contre son visage et sa poitrine. Encore un pouce, et il fondra dans son rugissement.

Les pupilles de Doyle ne sont plus que deux trous noirs dans la nuit.

— Quel fils de pute nous a donnés ? aboie-t-il. Je veux son nom !

— Personne. Nous passions là par hasard.

— Je peux vous descendre là, tout de suite. Je n'hésiterai pas.

— Je sais.

— Alors dites-moi qui nous a trahis.

Malone se tord de douleur sur le pavé boueux, il halète et vagit comme un nouveau-né. O'Connor entend une fenêtre à guillotine se soulever en grinçant quelque part derrière eux, une porte s'ouvrir.

— Vous devriez filer pendant qu'il est encore temps, conseille-t-il à Doyle.

— Son nom, ou je te tue.

— Vous n'en réchapperez pas. Il est trop tard.

— Je te le demande une dernière fois. Ensuite je te tue.

Il presse un peu plus le canon du pistolet contre le front du policier. Tout ce que nous connaîtrons jamais, c'est cet instant précis, unique. Les ténèbres nous donnent la vie, les ténèbres nous la reprennent, et qu'est-ce qui nous garde vivant, si ce n'est la peur, la peur pure et abjecte ?

— Qui est le traître ? répète Doyle.

— C'est Rice, articule O'Connor. Peter Rice, c'est lui qui vous a trahi.

Doyle pince les lèvres, ses traits se contractent, mais il ne dit rien. Et il n'abaisse pas son arme. J'avais une chance de m'en sortir, elle est passée.

— Peter Rice.

Ce n'est pas une question, mais un écho, comme si Doyle voulait entendre le nom émis par sa propre voix.

— Il m'a parlé de votre projet d'assassiner le maire. Il m'a tout dit.

Un long coup de sifflet retentit de Market Street, puis un second. Doyle lance un bref coup d'œil dans cette direction et ordonne :

— Les menottes, là, par terre. Tu en passes une à ton poignet et une à celui de ton copain. Vite.

O'Connor obéit. La main de Malone est couverte de sang, un sang noir et poisseux. Il est à demi conscient, ses yeux sont révulsés.

— La clé, dit Doyle, quand les bracelets de fer sont refermés.

— Vous serez pendu pour ça. J'y veillerai, répond O'Connor en la lui remettant.

— Oh non. Seuls les imbéciles se font pendre. Et je ne suis pas un imbécile.

Il rempoche le Tranter, fait demi-tour et s'éloigne à pas lents, d'une démarche naturelle, comme si cet endroit et ce moment étaient ordinaires, ni meilleurs ni pires que d'autres. Il tourne au coin de la rue. Le brouillard, sale et granuleux comme du vieux bois, s'ouvre pour le recevoir et se referme derrière lui.

Chapitre 15

Quand les coups résonnent à la porte du rez-de-chaussée, Henry Dixon dort dans son lit avec Victor, le bull-terrier acheté à Flanagan, étalé de tout son long contre lui.

— J'arrive ! crie-t-il en enfilant ses bottes.

Il monte ouvrir et reconnaît un des hommes de Doyle, dont il a oublié le nom.

— T'as vu l'heure qu'il est ?

Par-dessus l'épaule du visiteur, il aperçoit Doyle blême, furieux, debout devant le cab de Skelly. Sa main tient un pistolet qui repose sur sa cuisse. Neary lui annonce qu'ils réquisitionnent sa planque sous le viaduc, pour la nuit. Ils lui donneront un souverain s'il les y emmène.

— Le pistolet, il sert à quoi ? demande Dixon, effrayé.

Neary renifle.

— Y a des choses qu'il vaut mieux pas savoir.

Dixon réfléchit.

— Et le souverain, je peux le voir ?

Neary sort la pièce d'or de sa poche.

— Bon, deux minutes, je vais chercher les clés.

Dixon redescend dans sa chambre au sous-sol, s'habille en vitesse et décroche un trousseau de clés du clou en laiton. Victor soupire dans son sommeil, s'agite en gémissant. Dixon pose une main apaisante sur son flanc et murmure des mots affectueux dans son oreille veloutée.

Ils montent dans le cab et traversent bientôt le terrain

accidenté et marécageux à l'endroit où le viaduc franchit le Bolton Canal. C'est une telle purée de pois que Skelly doit souvent retenir son cheval pour se repérer et s'assurer qu'ils ne s'écartent pas du chemin. Arrivés devant la planque, les trois hommes descendent du cab. Neary craque une allumette pour éclairer Dixon pendant qu'il ouvre le cadenas. L'intérieur de l'arche, sombre et glacial, ressemble à une caverne. Près de l'entrée, un établi parsemé d'outils rouillés, un poêle en fonte, une table, quelques vieux fauteuils dont le crin s'échappe par endroits. Plus loin, un monceau poussiéreux d'ossements d'animaux d'abattoir et un fatras de planches, de carcasses de meubles. L'eau de pluie ruisselle des fissures dans la voûte de briques jusqu'au sol bétonné. Dixon essuie la poussière sur le verre d'une lampe à paraffine et allume la mèche.

— Faut planquer le cab dans l'arche d'à côté, leur dit-il. Si vous le laissez dehors, on le verra du quai à charbon dès qu'il fera jour. Et j'ai pas de fourrage pour le cheval. Je vais en chercher aux écuries, pas loin.

— Toi, tu ne bouges pas, ordonne Doyle. Skelly s'occupera du canasson.

— C'est tranquille ici, se défend Dixon. Personne vous trouvera, si vous voulez pas qu'on vous trouve.

Doyle a toujours son pistolet à la main. Il l'examine sous toutes les coutures, comme s'il s'appliquait à en évaluer le prix sur le marché, et finit par le rempocher.

— On a eu un petit problème. Ce soir, un type s'est fait tirer dessus.

— L'un d'entre vous ?

— Non. Un flic. Il a toutes les chances d'y rester.

Dixon reste un instant bouche bée.

— Un flic ? Vous… vous pouvez pas rester ici si vous avez descendu un flic. On finira tous pendus.

Doyle demeure impassible. À la lueur de la lampe, le

blanc de ses yeux luit comme de l'ivoire poli. Son ombre grossie, démesurée, se dessine sur la voûte de l'arche.

— Rien que deux nuits. Je te paierai, bien sûr, et plus tu nous aideras, moins on s'attardera.

Dixon se frotte la nuque, soudain renfrogné.

— C'est pas mes histoires, ça. J'suis pas des vôtres, moi.

— Si tu te tiens à carreau et que tu fais ce que je te dis, on sera vite partis. Tu pourras oublier ce qui s'est passé.

— J'suis pas un tueur, moi.

— Personne ne te demande de tuer qui que ce soit.

Dixon quête du regard l'aide de Neary, mais celui-ci reste de marbre.

— Vous êtes malades, tous autant que vous êtes.

Doyle vient placer sa main sur son épaule.

— Tu vas m'écouter. J'ai un travail pour toi : j'ai un ami, Peter Rice, qui possède une tannerie près du Scotland Bridge. Demain matin, tu partiras à sa recherche. Je te dirai où, et à qui parler. Dès que tu l'auras localisé, tu reviens me le dire, et nous, on s'occupe du reste.

— Je repère le type et je reviens ? C'est tout ?

— Oui. Ah, autre chose : si par hasard il te venait l'idée d'aller voir la police au lieu d'aller repérer Rice…

— Jamais de la vie ! Tu me prends pour qui ?

— Au cas où, sache que l'homme qu'on a détroussé l'autre soir, c'est un flic en civil, James O'Connor. À la seconde où il te reconnaîtra, tu seras arrêté pour complicité de meurtre. Toi, tu sais que tu n'es pas des nôtres, mais les juges ne le verront pas de cet œil-là.

La main de Doyle s'appuie plus lourdement sur l'épaule du malheureux Dixon, qui bredouille :

— On… on a dépouillé un flic ?

— J'aurais pu te le dire, mais je n'en voyais pas l'intérêt.

Pendant que Neary aide Skelly à déplacer le cab et le cheval, Doyle ramasse des bouts de cageots et allume le poêle. Skelly et Neary reviennent avec des couvertures et une bouteille de whiskey. Ils s'installent dans les fauteuils défoncés, se passent la bouteille et la boivent jusqu'à la dernière goutte. Skelly leur chante une chanson et ne tarde pas à s'assoupir. Peu après minuit, Dixon s'endort à son tour. Lorsqu'il rouvre les yeux, la lampe à paraffine brûle encore, Neary ronfle, Doyle, debout devant l'établi, trie une boîte de clous rouillés, mettant à part ceux qui peuvent encore servir.

— T'es vraiment un drôle de zig, remarque Dixon. Les flics doivent remuer ciel et terre pour te retrouver, et toi, tu tries des clous. N'importe quel type normal se serait fait la malle depuis longtemps.

Doyle se tourne vers lui.

— Je suis un soldat. On m'a confié une mission. J'irai jusqu'au bout.

— Moi, je pourrais jamais être soldat. Marcher au pas, suivre des ordres, faudrait me payer cher, et encore.

— Tu crois que voler te rend libre ?

— Bah, j'ai jamais réfléchi à ça. Je fais ce que je veux, c'est tout.

Ils entendent un grondement lointain qui se rapproche. Au-dessus d'eux, un train roule sur le viaduc. Toute la structure vibre dans l'obscurité. Skelly marmonne, jure et gigote dans son sommeil.

— Alors tu suis tes instincts, c'est ça ? observe Doyle. Tu vas où ils t'emmènent et tu te moques des conséquences ?

— Quelque chose comme ça, oui.

— Je vois… Moi aussi, je pensais comme toi, avant. Mais j'ai changé. La guerre m'a changé. Elle m'a beaucoup appris.

— Quoi, par exemple ?

— Que la vie d'un homme n'est rien. Qu'elle disparaît en un clin d'œil.

Il retourne à l'établi, s'empare d'un clou courbé, tape

deux fois dessus pour le redresser, l'examine et le place dans la pile des récupérables.

— Sérieusement, tu devrais partir, insiste Dixon. S'ils t'attrapent, ils te pendront.

Cette fois, Doyle ne daigne même pas le regarder. Il prend un autre clou, l'étudie à la lumière de la lampe. Son haleine dessine des formes macabres dans l'air glacial.

— S'ils me pendent, quelqu'un me remplacera. Quelqu'un qui se souviendra de moi, de qui j'étais et qui saura pourquoi j'étais là. Il y aura toujours quelqu'un.

Chapitre 16

Le lendemain matin.

Une trentaine de féniens sont en garde à vue dans les cellules du poste de police de Swan Street, et une quinzaine d'autres à Livesey Street. O'Connor, appelé à Swan Street, compulse la liste des noms. Manquent à l'appel Neary et Skelly. Sa main tremble tandis qu'il tourne les pages du registre. Quelqu'un lui propose un cognac, il refuse et réclame du thé. La menotte sciée est toujours dans sa poche, le devant de sa chemise et une manche de son manteau sont imprégnés du sang de Malone. Il regrette de ne pas être resté à son chevet. Il étouffe à la pensée de le savoir souffrir seul, sans personne pour s'occuper de lui ou le réconforter. Il consulte la pendule murale et se promet de repartir à l'hôpital dans l'heure qui suit.

— On a commencé l'interrogatoire des suspects, annonce Fazackerley. Jusqu'à présent, ça n'a rien donné.

— Peter Rice. Si quelqu'un sait quelque chose, c'est lui.

— Oui, c'est ce qu'on se disait aussi.

— Où est Michael Sullivan ?

— Dans la cellule numéro trois. Lorsqu'ils l'ont amené, il jurait comme un charretier, mais crois-moi, je l'ai calmé.

— On l'y laisse languir encore un moment, pour voir ce qu'il peut apprendre des autres.

O'Connor boit une gorgée de thé et regarde autour de

lui. Ses collègues l'observent fixement avant de détourner les yeux. Il devine leur colère et leur peur, les questions qui leur brûlent les lèvres mais qu'ils n'osent pas formuler tout haut.

— Ils pensent que c'est ma faute, c'est ça ? demande-t-il à Fazackerley.

— Mais non, pourquoi ils penseraient ça ?

— Maybury est arrivé ?

— Oui. Il s'est installé en haut, à l'infirmerie. Je t'y conduis.

Ils entrent dans une petite pièce meublée de trois chaises, d'une table, d'une armoire à pharmacie et d'un lavabo surmonté d'un miroir. Maybury leur fait signe de s'asseoir.

— On est allés chercher Peter Rice. Il sera là d'un moment à l'autre. Lieutenant, vous lui répéterez ce que vous avez dit à Doyle. Pour qu'il se mette à table, il faudra lui flanquer la frousse de sa vie. Vous pensez pouvoir y arriver ?

— Je ferai de mon mieux, dit O'Connor. Je crois savoir que Rice et Doyle ne s'entendent pas. Ils se méfient l'un de l'autre, mais de là à ce que Rice imagine que Doyle est capable de le tuer… D'ailleurs, il ignore peut-être où il se cache. Doyle doit être loin, à l'heure qu'il est, sans doute en route pour la France.

— Ne m'aviez-vous pas dit qu'il resterait à Manchester jusqu'à ce qu'il retrouve celui qui l'a trahi ?

— C'est probable. Je n'en suis plus tout à fait certain. Je peux me tromper. Depuis qu'ils ont abattu Flanagan et Maxwell, je ne fais qu'émettre des hypothèses.

Maybury ouvre de grands yeux, s'agite, agacé et se tourne vers Fazackerley :

— « C'est probable », « Je peux me tromper » ! Je rêve ! On se mord la queue, là, vous êtes d'accord avec moi ?

O'Connor regarde par la fenêtre le ciel matinal couleur de poussière et de cendre. Malone agonise, Flanagan et

Maxwell ne sont plus de ce monde. J'aurai leur mort sur la conscience jusqu'à la fin de mes jours. À ce compte-là, peu m'importe ce que Maybury va encore me coller sur le dos.

— Si vous n'avez pas besoin de moi, monsieur, le travail m'attend.

Le visage de Maybury s'assombrit.

— Vous resterez ici jusqu'à ce que je vous donne l'ordre de partir, inspecteur.

— L'agression d'hier soir nous a tous sonnés, monsieur, intervient Fazackerley, voulant bien faire. Malone va peut-être mourir, c'est normal que le lieutenant soit à cran.

— Je suis très calme, merci, riposte O'Connor.

S'ensuit un silence crispé. On frappe à la porte et Peter Rice apparaît, menotté, accompagné d'un policier.

— Nom, prénom, adresse, profession ? demande Maybury.

Il note les réponses avec lenteur, comme s'il s'agissait de révélations de la plus haute importance.

— Où étiez-vous hier soir ?

— Chez moi, pardi ! Dans mon lit, avec ma légitime. Stephen Doyle, vous dites ? Jamais entendu parler. Mais je connais un Willy Doyle, du Donegal, si ça peut vous aider.

Maybury marque une pause quelque peu théâtrale, avant de poursuivre :

— Nous savons très bien qui vous êtes, Rice. Et nous savons très bien que vous mentez. Alors s'il vous reste un tant soit peu de bon sens, écoutez ce que le lieutenant O'Connor va vous dire. Votre vie pourrait en dépendre.

Rice est calme, détendu, voire indifférent. Il bâille à s'en décrocher la mâchoire, révélant une langue pâteuse. Il pointe un index court et épais, bruni par la liqueur de tannage, en direction de O'Connor.

— C'est quoi, ce sang sur votre chemise ?

— Celui de Frank Malone.

La réponse du policier provoque un sourire mystérieux,

comme si Rice la connaissait déjà et qu'il voulait juste en avoir confirmation.

— C'est terrible, dit-il. Votre collègue n'a pas eu de chance.

— Il ne s'agit pas de manque de chance, mais d'un homicide volontaire. Et le problème, c'est que vous risquez d'être la prochaine victime sur la liste.

Rice fronce les sourcils, déconcerté.

— Moi ? Pourquoi ?

— Votre copain Doyle a pointé un pistolet sur mon front en exigeant le nom du traître qui l'a dénoncé. Et vous savez ce que j'ai fait, Peter ?

O'Connor se lève, de manière à lui faire face. Il sent son haleine chargée de tabac, et l'odeur rance de son corps.

— Je lui ai donné votre nom.

D'abord un silence, puis Rice ricane.

— C'te bonne blague. Je ne connais pas de Stephen Doyle. Donc votre Doyle me connaît pas. Je suis un honnête tanneur, moi. Pourquoi vous avez donné mon nom à un tueur de ces féniens ? Ça me dépasse.

— C'est curieux, objecte O'Connor, parce que, quand j'ai prononcé votre nom, il a paru satisfait. J'avais à l'évidence résolu un problème qui le turlupinait. Il aurait pu m'abattre séance tenante, mais il m'a laissé la vie sauve, comme s'il savait que j'avais dit la vérité. Alors, réfléchissez bien.

Il observe Rice attentivement : sous ses airs bravaches, il décèle les prémices du doute.

— Pourquoi un fénien croirait un flic, d'abord ? se rebiffe Rice.

— Vous le savez, Peter : c'est parce que je suis le flic irlandais auquel viennent se confier les traîtres. Je suis celui qui sait.

Rice secoue la tête.

— Je ne comprends rien à votre histoire. Rien du tout.

— Dites-nous où se cache Doyle, intervient Maybury.

C'est la seule façon de sauver votre peau. Si on ne le coince pas, il s'en prendra à vous, vous le savez très bien.

Rice serre les dents.

— Je ne suis pas un mouchard, moi. Je ne l'ai jamais été et ce n'est pas aujourd'hui que je vais commencer.

— Il m'a aussi semblé très en colère quand je lui ai donné votre nom, insiste O'Connor. C'était son grand projet, hein, d'assassiner le maire de Manchester ? Puisque son plan a échoué, il doit rejeter la faute sur quelqu'un. À mon avis, vous ne parviendrez pas à le convaincre de votre bonne foi. Ce n'est pas son genre, de se montrer indulgent avec les traîtres. Dites-nous où il se cache, et vous aurez la vie sauve.

Rice caresse sa mâchoire pas rasée depuis la veille, lève les yeux au plafond, renifle, et répond, goguenard :

— Vous aviez fait les mêmes promesses à Flanagan, je parie ? Vous vous étiez engagé à le protéger s'il vous disait ce que vous vouliez savoir ? Et voilà où ça l'a mené, ce pauvre Tommy : battu à mort et une balle dans la tête pour l'achever, d'après ce que je sais.

Il nous provoque. Surtout, ne pas réagir.

Maybury fixe le plateau de son bureau, mâchoires serrées. La bouche de Rice s'élargit dans une sorte de grimace qui se veut un sourire.

— Vous êtes peut-être très intelligent à votre façon, O'Connor, et vous savez contenter vos seigneurs et maîtres, mais vous êtes bien le dernier à qui j'irais confier un secret.

O'Connor regarde le sol, serre les dents pour maîtriser la rage qui monte en lui. Il s'apprête tout de même à riposter, mais Maybury l'arrête d'un geste.

— Nous reparlerons de tout cela une autre fois, Mr Rice. Vous aurez très vite de nos nouvelles.

— Vous savez où me trouver. Je suis toute la journée à la tannerie, quartier Gibraltar, près de la fabrique de colle. Vous demandez à n'importe qui. Tout le monde me connaît.

Fazackerley dit à l'agent de raccompagner le prévenu en cellule de garde à vue et de faire monter Michael Sullivan. Sitôt le bruit des pas éteint, Maybury laisse éclater une bordée de jurons.

Sullivan est pâle, échevelé. Un côté de son visage est salement amoché, et une manche de sa veste déchirée. Il traîne encore sur lui les relents nauséabonds des eaux du canal. Maybury lui offre une chaise, il s'assoit prudemment, bâille et se frotte les yeux avec ses poings.

— Avez-vous besoin d'un médecin ?

Sullivan hausse les épaules.

— Ça va passer, j'me débrouillerai.

Maybury envoie l'agent chercher du thé, puis prend son stylo à plume.

— Michael, pouvez-vous nous expliquer comment vous avez appris le projet d'assassinat du maire ?

Sullivan décrit sa soirée à la taverne et les confidences de Jack Riley.

— J'allais à George Street pour tout raconter à Jimmy, quand j'suis tombé dans le canal. Ma tête a heurté la porte de l'écluse, précise-t-il en montrant son visage. Si quelqu'un ne m'avait pas entendu crier, je me serais noyé.

— Pourquoi n'avez-vous pas tout de suite parlé aux policiers de Knott Mill de ce projet d'assassinat ? l'interroge Maybury.

— Après l'accident, j'avais pas les idées claires, j'étais gelé, j'arrivais pas à penser. Le matin en me réveillant, je me suis souvenu de tout et c'est là que j'ai demandé à prévenir Jimmy. Au début, ils ont pas voulu m'écouter, mais je leur ai dit qu'ils auraient de sérieux ennuis, si le maire était tué parce qu'ils avaient pas envoyé le message au lieutenant O'Connor. Ils ont fini par changer d'avis.

— Si ce message m'était parvenu à temps, nous aurions

pu tendre un piège à Doyle, remarque O'Connor. On les aurait attendus en force à Milk Street.

— Nos collègues de Knott Mill ont commis l'erreur de ne pas marquer « Urgent » sur la note, soupire Fazackerley. Bon, ça arrive à tout le monde de se tromper.

Maybury esquisse une grimace dépitée.

— À part Jack Riley, combien de féniens étaient au courant du projet de Doyle ? demande-t-il à Sullivan.

— Je sais pas exactement. Ça avait l'air très secret. Les trois ou quatre meneurs, je suppose. Rice, Devine, Costello, McArdle.

— Charlie McArdle ? Il était là lui aussi ?

— Ouais, ils y étaient tous, à la taverne, sauf Doyle, Neary et Skelly, le cocher. Eux, on les a pas vus de la soirée.

— Si Riley vous a parlé du plan de Doyle, c'est que vous avez toute sa confiance, constate Maybury. En sortant d'ici, vous irez lui tirer les vers du nez. Le plus tôt sera le mieux. Je veux savoir qui d'autre est impliqué dans le complot, et où ils se cachent. Le temps presse.

Sullivan a un mouvement de refus.

— Ah non, pas question ! C'est fini pour moi, l'espionnage, Mr Maybury. J'ai fait tout ce que vous m'avez demandé. Si vous avez pas coincé Doyle, j'y suis pour rien.

Maybury le regarde longuement.

— Oui, vous avez fait du bon travail, Michael. Mais ce n'est pas fini.

— Pour moi, si. C'est trop dangereux. J'arrête. Ces types sont des tueurs. J'ai passé toute la soirée avec eux dans la taverne, croyez-moi, ça se voyait dans leurs yeux.

— Et vos cent livres ? Elles ne vous intéressent plus ? riposte Maybury. Vous ne les aurez pas tant que Stephen Doyle ne sera pas sous les verrous.

— Oh, je les ai pas oubliées. Mais une fois mort, je pourrai pas les dépenser.

Maybury, exaspéré, se tourne vers O'Connor.

— Remettez-lui les idées en place, bon sang ! Malone est en train de mourir à l'hôpital, ce n'est pas le moment de renoncer !

O'Connor regarde son neveu, assis sur sa chaise, bras croisés sur la poitrine, muscles contractés, visage fermé, menton belliqueux. Il le revoit à Dublin, accroché au dos de son frère quand ils jouaient dans la rue, riant et hurlant comme deux beaux diables.

— Michael a raison, monsieur. C'est trop dangereux. Il est trop jeune. La chance lui a permis de survivre, mais la chance ne dure pas éternellement. S'il préfère en rester là, je pense que nous devons respecter son choix.

— Avez-vous un autre espion dans le milieu fénien, inspecteur ? Un homme susceptible de nous renseigner sur leurs futurs méfaits ?

— Non, monsieur.

— Aucun ?

— Aucun.

— Dans ce cas, votre neveu doit nous aider. Il y a des assassins en liberté, la ville est en ébullition. Seul Michael a la possibilité de nous rapporter quels sont les projets de l'ennemi. C'est maintenant que nous avons le plus besoin de lui.

— Vous pouvez pas m'obliger à continuer, se rebiffe Sullivan. J'ai rempli mon contrat.

— Nous ne pouvons pas le contraindre, monsieur, insiste O'Connor. Il est libre de faire ce qu'il veut.

Maybury se gratte pensivement la joue. Il ouvre une chemise cartonnée posée sur son bureau, en sort une feuille qu'il examine quelques secondes avant de la tendre à O'Connor.

— Il n'est pas aussi libre que vous le pensez, lieutenant. Ceci est un télégramme du département de police de New York : votre cher neveu est recherché pour détournement de fonds. Mille dollars à l'Elling Brother Bank où il travaillait comme caissier adjoint. Ils pensaient qu'il avait trouvé refuge à Dublin. Ils ignoraient qu'il était à Manchester. Ma demande de renseignements est tombée à pic.

O'Connor prend le télégramme, le lit de bout en bout et le passe à Fazackerley. Il se sent plus honteux qu'en colère, comme si c'était lui, et non Michael, qui venait d'être démasqué, lui dont les mensonges stupides se révélaient au grand jour.

Celui-ci lève les yeux vers le plafond, prêt à entendre les remontrances de son oncle.

— On peut savoir ce que tu as fait de ces mille dollars ? s'écrie O'Connor hors de lui. Comment les as-tu dépensés ?

— Aux courses. Et au poker, aussi. J'ai pas eu de chance, c'est tout.

Fazackerley pose le télégramme sur le bureau et Maybury le range dans la chemise.

— Nos collègues de New York exigent que je vous expédie là-bas pour y être jugé. Je leur ai répondu que vous collaboriez avec la police de Manchester sur une affaire très sensible, et que vous nous êtes indispensable. Toutefois, si vous refusez de travailler pour nous, si votre décision est prise, comme elle paraît l'être, je n'ai plus de raison valable de ne pas satisfaire à leur requête.

— Vous m'avez piégé, rétorque Sullivan d'un ton maussade. Vous me mettez le dos au mur. J'ai pas le choix.

— Nous devons savoir où se cache Doyle. À vous de le découvrir. Si vous réussissez et que nous l'arrêtons, vous aurez vos cent livres et j'interviendrai auprès de mes collègues américains pour que l'accusation de détournement de fonds soit abandonnée. Vous pourrez rentrer à New York sans être inquiété. Mais je ne vous promets rien, évidemment. Qu'en pensez-vous ?

Michael lance à son oncle un regard éperdu, implorant.

Ce n'est qu'un gosse. Un sale gosse qui imagine que le monde a été créé pour son plaisir et son confort et qui s'aperçoit trop tard, avec effarement, qu'il s'est trompé.

— Qu'est-ce que je fais, Jimmy ? Je continue ou pas ?

— Je t'avais prévenu, Michael. Je t'avais dit que c'était dangereux.

— Oui, je sais. T'avais raison.

— Je ne peux pas t'aider. À toi de faire ton choix.

Plus tard, O'Connor retourne à l'hôpital voir Malone, en passant par Tib Street, une rue commerçante où des marchands de quatre-saisons vendent des navets, des oignons, ou du poisson en saumure. Il a la migraine et un goût acide dans la gorge, des brûlures d'estomac, sans doute. Lorsqu'il s'est engagé dans la police, à Dublin, il pensait tenir l'occasion de faire table rase d'un passé chaotique, d'effacer le souvenir du crime commis par son père, et de repartir de zéro. Aujourd'hui, il se demande s'il ne cherchait pas tout bonnement à fuir ce qu'il est en réalité. Il a beau se répéter que ce n'est pas vrai, il est en proie à un terrible abattement.

Quand il arrive à l'hôpital, l'étroit lit de camp est vide, Malone est mort. Une infirmière lui dit que le corps a été descendu à la morgue, au sous-sol. O'Connor reste un moment dans le couloir, rongé de remords, les bras ballants. À ce moment, un homme trapu, en tenue de travail, se présente à lui : Alfred Patterson, beau-frère de Frank Malone. Il vient juste d'arriver d'Ashton par le train. Ils échangent une poignée de main. Patterson semble plus surpris qu'attristé par la nouvelle de la mort de son beau-frère. Il tient à voir la dépouille, sinon, à son retour chez lui, sa femme ne le croira pas. Un brancardier leur indique la direction de la morgue. Ils descendent l'escalier et se retrouvent dans une pièce blanchie à la chaux, glaciale, dépourvue de fenêtre. Les cadavres sont allongés sur des planches de bois superposées, fixées aux murs. Ils découvrent celui de Malone, tout en bas, sous le corps d'une femme maigre, aux cheveux gris, à la peau jaunâtre, la figure couverte d'hématomes. Patterson s'accroupit, puis se relève en grimaçant.

— Oui, c'est bien lui. On était pas très copains tous les deux, je l'aimais pas beaucoup, le Malone. Il faisait un peu trop le fiérot, à mon goût, mais ma femme, ça va lui fiche un coup.

— Il n'aurait pas dû être là quand le coup de feu est parti.

Patterson hausse les épaules.

— Ce sont des choses qui arrivent. On choisit pas sa fin, pas plus qu'on choisit son commencement.

En attendant dans une pièce voisine que le certificat de décès soit établi et signé, Patterson parle de son métier. Il est menuisier. Tout au long de l'année, il scie, rabote, plante des clous, pose des planchers, installe des portes et des fenêtres. Il n'est question que de tire-fonds, de charnières, de châssis, de vantaux, de différence de densité entre le chêne et le pin. O'Connor entend les mots, sans vraiment écouter. Le froid de la morgue l'a pénétré jusqu'à la moelle, et la vue du visage cireux de Malone, seul, rigide, oublié, lui a retourné l'estomac. Il se sent déboussolé : va-t-il parvenir à surmonter les heures, les semaines à venir ? Elles ne finiront jamais, comme une tâche qu'on ne peut abandonner, mais qu'on n'achèvera pas.

Une fois tous les papiers en ordre, il accompagne Patterson à la gare de London Road. Ils longent la file des cabs en attente de clients. Des nuages noirs zigzaguent dans le ciel, chassés par des bourrasques de vent. Le panneau d'affichage annonce le prochain train pour Ashton dans une demi-heure. Les deux hommes s'installent au café *Albion*. L'établissement est bondé et l'air sent la laine mouillée. O'Connor commande une bouteille de stout et un sandwich au jambon pour Patterson, et un soda au gingembre pour lui. Le sandwich paraît bien piteux, mais

Patterson le déclare délicieux. En dépit du côté lugubre de sa mission, il est d'humeur joyeuse, heureux d'avoir eu une bonne excuse pour lâcher ses outils une journée, et trouvé une oreille vierge dans laquelle déverser ses histoires.

— J'connais quelques Irlandais à Ashton, des maçons.

Il plisse le front, cherchant à se remémorer les noms.

— Patrick Devlin ? Peter O'Toole ? Vous les connaissez ?

O'Connor secoue la tête.

— John McDonell ?

— Non plus.

— Pourtant ils parlent tous comme vous ! s'étonne Patterson.

O'Connor jette un coup d'œil à la grosse horloge.

— Vous prendrez autre chose, avant de partir ?

— Bougez pas, c'est ma tournée, dit Patterson en se levant.

Il va au bar et revient avec deux ballons de cognac. Il s'assied, pose un verre devant le policier et lève le sien.

— À ce pauvre Frank Malone. Qu'il repose en paix et que le Seigneur lui pardonne ses péchés.

— Merci, dit O'Connor, je ne bois pas.

Patterson sourit.

— Allez, juste un p'tit, en souvenir de Frank.

O'Connor contemple le disque brun clair de l'alcool dans le verre, se détachant sur le bois plus foncé de la table. Il le porte à son nez, le hume. Le parfum est comme une grande porte s'ouvrant à la volée devant lui. Depuis combien de temps ? Depuis combien de temps, et tout ça pour quoi ?

— À Frank, répète-t-il.

Il boit une gorgée et aussitôt vide le verre d'un trait. Il ressent une brûlure dans la bouche, puis dans la gorge et soudain le monde autour de lui devient plus sonore et plus brillant.

Chapitre 17

La pièce est froide, sale, une odeur de viande séchée et d'abats venant de la boucherie O'Shaughnessy's monte entre les lattes du plancher. Riley est déjà là, assis près de l'âtre éteint. Il tire sur sa pipe comme si rien ne s'était passé. Un exemplaire du *Manchester Times* est posé sur la table, pas même ouvert. Peter Rice ôte son chapeau, va jusqu'à la fenêtre et écarte légèrement le rideau de mousseline.

— Que font les autres ? demande-t-il.

— Une dizaine est encore en garde à vue à Swan Street. Quelques-uns sont rentrés chez eux, trois ou quatre sont à la recherche de Doyle.

— Aucune trace de Neary, ni du cab de Skelly ?

— Non.

— Ça veut dire que, s'ils n'ont pas quitté Manchester, ils se cachent de nous.

— Si tu veux mon avis, ils sont déjà loin.

Rice lâche le rideau et revient au milieu de la pièce, visage dur, fermé.

— Doyle en a pas après toi, le rassure Riley. Il serait pas assez fêlé pour croire Jimmy O'Connor. Il a pas la moindre preuve.

Rice considère la chaise vide, mais ne s'assied pas.

— Doyle est persuadé que Manchester est un nid d'espions. Je me rappelle, dès son arrivée, il a tout de suite suggéré qu'il y avait des traîtres parmi nous.

— Ces Ricains pensent connaître notre boulot mieux que nous, maugrée Riley. Sinon pourquoi ils auraient envoyé un type comme Doyle nous dire comment on doit s'y prendre ?

— Bon, sa méthode a marché avec Flanagan et Maxwell, mais là, avec le maire, il a visé trop haut. Il enrage d'avoir échoué et il veut faire porter le chapeau à quelqu'un. Je sais comment ça marche.

— On peut pas essayer de descendre le maire et s'en sortir facilement. Je lui aurais dit, s'il me l'avait demandé.

— Jack, tu te souviens quand il est venu nous retrouver au *Blacksmith's*, pas plus tard que la semaine dernière ? Il nous regardait de haut, il nous prenait pour des moins que rien. Il croyait tout savoir, Doyle. Il se trompait, et maintenant il y a un flic à la morgue, et c'est nous qui allons payer pour lui. Tu verras, d'ici peu, un pauvre bougre va se balancer au bout d'une corde. Du moment que c'est un Irlandais, tout le monde sera content.

— Tu devrais aller à Glasgow voir Murphy, suggère Riley. Laisse-le régler le problème, c'est lui le chef, après tout.

— Oui, c'est peut-être une bonne idée.

Ils demeurent un moment silencieux. En bas dans la rue, un chien aboie, des voix étouffées montent de la boucherie. Rice ouvre le journal. Les conclusions du coroner s'étalent sur deux colonnes en première page : le lieutenant Francis Malone, de la division E, marchait dans Milk Street aux environs de minuit, quand il est tombé par hasard sur un homme connu comme étant un dangereux fénien recherché par la police de Manchester. Alors que le policier tentait courageusement de l'arrêter, l'individu, nommé Stephen Doyle, lui a tiré dans le ventre avant de s'enfuir.

Aucune allusion à O'Connor, pas plus qu'au maire et à

sa maîtresse. Le drame est décrit comme le dernier d'une série d'atrocités commises par les républicains irlandais, toujours à la poursuite de leurs objectifs insensés et chimériques.

— Si on retrouve Doyle avant les roussins, on pourrait essayer de lui faire entendre raison, dit Riley.

— S'il ne veut pas qu'on le trouve, on ne le trouvera pas, remarque Rice.

— C'est vrai, il est intelligent. Et violent, par-dessus le marché.

— N'empêche que ce soir je dormirai chez moi, dans mon lit, déclare Rice après réflexion. Je n'ai pas l'intention de me terrer comme un froussard.

— Et t'as pas à le faire. Dieu m'en soit témoin, t'es le meilleur d'entre nous, y a pas de raison que tu sois accusé d'une chose pareille.

Rice hoche la tête et finit par s'asseoir. Il sort sa pipe, tapote le fourneau sur la table.

— On se gèle ici. Il n'y a pas moyen d'allumer du feu et d'avoir du thé ?

— Je descends à la boucherie, dit Riley. D'habitude, la planque est chauffée avant qu'on arrive.

Il revient quelques minutes plus tard avec un seau de charbon et une brassée de petit bois.

— On va nous apporter du thé. Le commis est parti chercher le lait.

Riley dispose le petit bois, le charbon, craque une allumette. Un serpentin de fumée pointe entre les boulets de charbon, suivi de minuscules langues de flammes orange qui ne produisent encore aucune chaleur, mais bientôt le petit bois crépite sur la grille. Rice se frictionne les cuisses et se laisse aller contre le dossier de la chaise.

— Quelqu'un a parlé, Jack, sinon qu'est-ce que foutait O'Connor à minuit dans Milk Street ? Si on savait qui a bavé, on pourrait convaincre Doyle que ce n'est pas moi.

Mains sur les genoux, Riley observe son feu.

— Oui, ça permettrait d'arranger les choses, convient-il.

— Qui était au courant du projet, à part Doyle, Neary et nous deux ? Tu en as parlé à quelqu'un ? Tu as entendu des rumeurs ?

— Les gens causent quand ils ont un coup dans le nez, tu le sais aussi bien que moi, Pete. Impossible de les en empêcher. Mais ce sont tous des braves types, jamais un seul nous trahirait.

— Réfléchis quand même, on sait jamais.

Riley grimace, gêné. Il aurait préféré garder ça pour lui.

— Ce jeune qui travaille chez toi, à la tannerie, Michael Sullivan… Le soir où il a prêté serment, ça se pourrait que je lui aie vaguement parlé du plan de Doyle, juste quelques mots pour qu'il se sente intégré à la Fraternité. Mais ça peut pas être lui.

— Et pourquoi ?

— C'est qu'un gamin. Il vient juste d'arriver. Pourquoi il irait raconter ça ?

— Il y avait quelqu'un d'autre avec vous, qui aurait pu surprendre la conversation, ou vous étiez seuls ?

— Non, on était que tous les deux. Mais y a toujours des rumeurs, c'est normal, Pete.

Rice fronce les sourcils et regarde ailleurs.

— On ne parle pas à n'importe qui, Jack. Tu connais les règles, bon sang.

— Michael, c'est un brave petit. Et il aime pas les flics. Si tu avais vu le marron qu'il a filé à ce Magee…

— Qu'est-ce qu'on sait d'autre sur lui ?

— Euh… Il a eu des ennuis à New York et il a préféré partir loin. Il lui reste un frère à Brooklyn, sinon sa famille vit à Dublin, dans le quartier des Liberties.

— Oui, vers The Coombe. Son cousin, George Sullivan, a épousé une fille du village de mon père, Martha McCord. Il me l'a dit. On connaît qui, dans le coin ?

Riley réfléchit.

— La famille de Tom MacRae vit dans Cork Street, c'est pas loin de The Coombe.

— Alors, demande à Tom de se renseigner sur les Sullivan.

— Il trouvera rien. Michael est un gars honnête, Pete. Si j'avais eu le moindre doute, je l'aurais pas hébergé. Je sais pas qui a bavassé, mais je te promets que c'est pas lui.

Le commis leur apporte du thé, deux tasses et un pichet de lait. Riley lui prend le plateau des mains et le pose sur la table.

— Tu sais, dit Rice, songeur, ce matin, après leur interrogatoire à la noix, quand Maybury et O'Connor m'ont renvoyé en cellule de garde à vue, ils ont fait monter Sullivan. Juste après moi. Pourquoi ils s'intéressent tellement à lui, d'après toi ?

Riley hausse les épaules.

— C'est juste une coïncidence, rien de plus. Allez, bois.

Il lui tend une tasse de thé fumant. Rice se lève, souffle dessus, sirote deux gorgées, la repose sur la tablette de la cheminée. Il tend ses mains devant le feu.

— Va quand même voir MacRae, lui conseille-t-il. Maintenant. Tâche d'apprendre quelque chose sur Sullivan. Ça ne coûte rien.

Chapitre 18

O'Connor regarde Alfred Patterson s'éloigner d'un pas tranquille sur le quai. Il s'assure qu'il est bien monté dans le train et retourne à l'intérieur de l'*Albion*. Le barman, cheveux noirs gominés, manches de chemise retroussées, tablier amidonné, hausse un sourcil dans sa direction. O'Connor passe sa langue sur ses lèvres et lui désigne l'alignement de bouteilles de cognac. Un petit verre ne me fera pas de mal, surtout après le cauchemar que je viens de vivre. J'ai besoin de quelque chose pour me calmer les nerfs, c'est tout. Celui qui me le refuserait serait bien cruel.

Sa main tremble légèrement quand il lève le verre. La pestilence écœurante de la morgue imprègne encore ses narines ; lorsqu'il ferme les yeux, le corps sans vie de Malone se dessine, pantin désarticulé allongé sur une planche. C'est la solitude de la mort qui l'effraie le plus. Pas la douleur mais l'abandon. Voir les détails des lieux familiers s'estomper, savoir les gens partis à jamais, c'est ça l'horreur, pas la fourche de Lucifer ni les feux de l'enfer. C'est blasphémer, bien sûr, d'affirmer que vous pouvez comprendre ces mystères, mais cette cruauté l'a toujours frappé. Même si penser cela n'a aucun sens, il le ressent ainsi.

Il prend un autre cognac, paie et s'en va. La nouvelle de la mort de Malone doit être connue de tous, à l'heure qu'il est. La presse du soir s'en fera l'écho, on en débattra dans le courrier des lecteurs, dans les couloirs, dans les salons, dans les bars, des discours énergiques seront prononcés au Parlement. Combien de temps en parlera-t-on ? Une semaine, un mois, un an ? Et puis un autre drame, plus terrible, chassera celui-là. Nous marchons tous dans la même cage d'écureuil[1]. Nous pensons avancer, mais nous ne faisons que tourner en rond.

Il s'arrête au *Feathers*, au *Brunswick*, au pub de Foutain Street pour boire d'autres verres et n'arrive à l'hôtel de ville qu'en fin d'après-midi. La nuit est déjà tombée, la pleine lune ressemble à un fruit blet se découpant sur le fond noir du ciel. Son humeur n'est plus la même. Sa fatigue, sa morosité se sont envolées, une énergie nouvelle monte en lui, fébrile et belliqueuse. Il se remémore toutes les offenses, toutes les injures subies depuis son arrivée à Manchester, et il se dit qu'il est victime de l'ignorance et des préjugés de ces maudits Anglais. Si le monde tournait rond, selon la raison et le bon sens, je serais reconnu et récompensé à ma juste valeur. Au lieu de cela, on me rabaisse et on me dénigre.

Le bureau bruit des rumeurs les plus diverses. Selon certains, Doyle aurait été vu au sud de Manchester, vers Burnley, et sur la côte ouest, à Southport ; un individu correspondant à son signalement vient d'être appréhendé encore plus au sud, à Crewe. D'aucuns pensent qu'il se cache encore en ville, d'autres qu'il s'est déjà enfui à l'étranger, déguisé en prêtre ou en valet, peut-être dissimulé dans un tonneau. Fazackerley lui annonce que, depuis minuit, les descentes de police se multiplient à Ancoats ; évidemment, aucun des Irlandais interrogés n'a la moindre idée de l'endroit où se cache Doyle.

1. Roue en bois qui servait à mouvoir un engin de levage, dans laquelle plusieurs hommes marchaient pour la faire tourner. C'était aussi une sorte d'escalier perpétuel sur lequel les détenus étaient contraints de marcher jusqu'à épuisement, un châtiment aboli en Angleterre en 1898.

— Et toi, où t'étais planqué ? On t'a cherché toute la journée.

O'Connor balaie la question d'un geste évasif.

— J'étais occupé.

Fazackerley se penche vers lui, renifle à deux reprises et fronce le nez.

— Ah, non, pas ça ! dit-il en reculant. Pas ça, Jimmy. Pas maintenant !

— Juste deux ou trois petits verres, c'est tout. Tu ne vas pas me le reprocher, tout de même !

— Je ne te reproche rien, Jimmy. J'imagine que j'aurais fait pareil, si j'avais été à ta place la nuit dernière. Mais tu ne peux pas rester ici dans cet état. Tu connais le règlement. Rentre chez toi, mets-toi au lit et reviens demain matin. Si on coince Doyle, j'enverrai quelqu'un te prévenir. D'ailleurs, je parie qu'on fera chou blanc, ce soir.

O'Connor ne réagit pas aux conseils de son collègue. L'air égaré, le regard absent, il soliloque :

— Il a tué Malone, après j'ai cru qu'il allait me tuer moi aussi. Il a appuyé son pistolet brûlant sur mon front, j'ai cru que c'en était fini de moi. Dieu m'en soit témoin, j'ai cru que j'étais mort. J'ai déjà eu peur dans ma vie, non, là, ce n'était pas de la peur, c'était autre chose. Je n'ai pas de mots pour décrire ce que j'ai ressenti. Peut-être qu'il n'y en a pas.

— Toute cette affaire est malsaine, dit Fazackerley. Je le sais. Je le sens. Nous le sentons tous. Mais le moment est mal venu de faiblir, on a du pain sur la planche.

O'Connor se reprend et cligne des yeux. Il n'a pas du tout envie de rentrer chez lui. L'idée d'être allongé seul sur son lit avec ses incessantes idées noires le terrifie.

— Où est Rice ? demande-t-il. Vous l'avez fait suivre, comme prévu ?

— Oui. Il est avec Jack Riley, dans leur planque au-dessus de la boucherie de Tib Street. On a posté Barton en face, chez l'apothicaire, avec l'ordre de garder l'œil ouvert, au cas où Doyle se montrerait, ce dont je doute fort.

— Je pourrais aller tenir compagnie à Barton. Qu'est-ce que tu en penses ?

— Pas besoin d'être deux, Jimmy. Allez, va dormir. On reparle de tout ça demain matin.

O'Connor se tourne vers la fenêtre. Franklin, l'allumeur de réverbères, remonte King Street, courbé sous le poids de son échelle et de sa perche. J'en ai assez d'être mis à l'écart, de ne jamais être pris au sérieux. Il lance à Fazackerley un regard haineux, comme s'il était à l'origine de tous ses malheurs.

— Frank Malone serait peut-être encore de ce monde, si vous m'aviez fait porter à temps le message de Michael ! Dieu tout-puissant, ce gamin risque sa vie, et quand il vous donne ce que vous lui demandez, vous vous en foutez !

Il a haussé le ton, il crie presque, il fait de grands gestes désordonnés. Sanders, qui écrit un rapport, assis à son bureau, pose son stylo et lève les yeux vers Fazackerley. Ce dernier le regarde et en appelle à son indulgence :

— Jimmy est bouleversé, Sanders, je comprends, c'est pas grave.

— Il pourrait te montrer davantage de respect, grommelle Sanders.

Fazackerley tapote O'Connor sur l'épaule et lui sourit.

— Allez, Jimmy…

O'Connor se dégage brutalement. Ça fait trop longtemps que je me laisse marcher sur les pieds. Ça suffit. Des mots cinglants, acerbes, vont sortir de sa bouche, il le sent. Il se tourne vers Sanders et aboie :

— Tu sais quoi de cette affaire, d'abord ?

— Je sais que Frank Malone est à la morgue, parce qu'il s'est pris une balle tirée par un fénien. Toi, t'étais avec lui et tu t'en sors sans une égratignure. Voilà ce que je sais. Vous autres bâtards d'Irlandais, vous vous serrez les coudes, en fait.

O'Connor inspire à pleins poumons. Sa bouche s'emplit de salive amère, il transpire alors que la pièce est glaciale. Le menton rentré dans la poitrine, tel un instituteur apostrophant un cancre, il éructe :

— Nom de Dieu, j'en ai connu dans ma vie des connards bornés, mais toi, tu es le roi.

Un instant sans voix, Sanders se lève d'un bond, saute sur O'Connor et le saisit à la gorge. S'ensuit une bataille de chiffonniers, ils grognent, ils ahanent, les talons de leurs bottes raclent le plancher nu, jusqu'à ce que des collègues interviennent pour les séparer. Ils repoussent Sanders sur une chaise et l'y maintiennent, pendant que Fazackerley entraîne O'Connor hors de la pièce.

— Je sais, Jimmy, Sanders est un gros con, mais toi, depuis quelque temps, tu fous ta merde. Alors rentre te coucher, et reviens quand tu seras dans ton état normal.

O'Connor n'a pas la moindre intention de s'excuser. Au contraire, il est heureux d'avoir dit tout haut ce qu'il pense, de s'être affranchi du mensonge et de l'hypocrisie.

— Doyle n'est pas loin. J'en suis sûr. Il n'abandonnera pas la partie.

— Laisse-nous faire, Jimmy. On s'occupe de lui.

— Je l'ai vu, en chair et en os. J'ai senti son souffle. Il m'a parlé, comme moi je te parle, là, tout près.

— Et c'est pour ça que tu crois le comprendre ?

— C'est un homme, pas si différent de nous.

— Pour l'amour du Ciel, chuchote Fazackerley, il vaut mieux que les autres ne t'entendent pas dire ça.

— Je me fous de ce qu'ils pensent ! C'est fini pour moi, ici. Tu le sais.

Fazackerley lui lâche le bras.

— Tu prends tout trop à cœur, Jimmy. Tu ne peux pas rester comme ça toute ta vie.

— Tu veux dire que je l'ai bien cherché ? Que tout est ma faute ?

— Je n'ai jamais dit ça.

O'Connor se détourne. On entend la pluie frapper les carreaux et chuinter le gaz de la lampe accrochée au mur.

— Vous allez perdre du temps et il sera trop tard. Doyle aura filé. J'en suis certain.

— On verra, Jimmy.

Ils sortent ensemble dans la rue. Fazackerley hèle un fiacre et dit au cocher de conduire son collègue au 7, George Street. Cinq minutes plus tard, O'Connor se penche par la vitre et lui crie de s'arrêter. Il règle la course et poursuit sa route à pied. Il fait froid. La pluie incessante recouvre les pavés boueux et les murs noircis de fumée d'un vernis terne. Il boit un cognac à l'*Unicorn*, puis se dirige vers Tib Street. L'alcool lui a éclairci les idées et donné des forces et une énergie nouvelle. À partir de ce soir, je suis ma propre voie, je n'écoute plus les conseils des autres. Je me débarrasse de la selle qui m'encombre et du mors qui me retient. Je fais ce que je veux, enfin.

En arrivant à l'angle de Whittle Street et de Tib Street, il cherche l'agent Barton. Il l'aperçoit derrière la vitrine de la pharmacie, à demi dissimulé derrière des piles de savon, des flacons d'huile capillaire et des cartons poussiéreux de sel d'Epsom.

— Relève de la garde ! annonce-t-il d'un ton léger. Tu peux rentrer chez toi.

Barton ne pose pas de questions. Il est jeune marié et certainement pressé de regagner son foyer.

— Rien à signaler ?

— Non, rien. Riley est parti depuis longtemps. Rice est toujours là-haut.

— Seul ?

— A priori, oui.

— Je récupère ton arme, hasarde O'Connor, supposant que Barton en a une.

L'agent la lui tend. O'Connor vérifie qu'elle est chargée avant de l'empocher.

— Ils n'ont pas besoin de toi à King Street d'ici demain matin, ajoute-t-il. Fazackerley est au courant.

— On a pas mis la main sur Doyle ? s'enquiert Barton.

— Non, mais ça ne devrait pas tarder. Nous contrôlons la situation.

Après le départ de Barton, O'Connor ôte son manteau et s'assoit sur la chaise. Pendant une heure, il ne quitte pas des yeux l'immeuble d'en face. Au-dessus de la boucherie, une pièce est éclairée. Rien ne bouge. Il se retourne : debout derrière son comptoir, l'apothicaire, un bonhomme à l'air blasé, aux cheveux gris ébouriffés, prépare, à l'aide d'une petite presse manuelle, des comprimés dont il remplit ensuite des flacons.

— Avez-vous déjà vu un homme se faire abattre à bout portant ? lui demande O'Connor.

L'apothicaire fronce les sourcils, surpris.

— Non, jamais. Et j'espère que ça ne m'arrivera pas.

— Il se peut que Doyle se rende sans riposter. C'est possible.

— Ou alors il ne viendra pas. Votre collègue, Barton, m'a dit que le fénien était déjà loin. Il pense que cela est une diversion et que l'action se passe ailleurs.

— Doyle va venir, affirme O'Connor. J'en suis sûr.

— Il vous l'a promis ? ricane l'apothicaire.

— C'est une intuition.

— Une intuition… laissons cela aux fillettes, voulez-vous ?

— Il viendra, répète O'Connor, obstiné. Et vous serez mon témoin.

L'apothicaire désigne la chaise.

— Tiens, je devrais vous la louer. Six pence de l'heure, ça vous va ?

— N'hésitez pas à les réclamer à mon supérieur.

Mr Palin, le chef de la police de Manchester. Un monsieur charmant, très cordial. Généreux, aussi.

— On parie ?

O'Connor sourit. L'apothicaire reprend sa tâche. Quelques instants plus tard, le carillon de la porte retentit. Entre une jeune femme, une ouvrière vêtue d'une robe bleue usée, un foulard autour de la tête. Elle réclame un remède contre une migraine tenace. L'apothicaire lui pose quelques questions, puis verse une potion dans une bouteille et lui réclame un shilling. Dès qu'elle est partie, O'Connor se lève de sa chaise, enfile son manteau et son chapeau. Il ressent le besoin de bouger. La chaleur mêlée à l'odeur des produits pharmaceutiques lui soulève le cœur.

— Je sors faire un tour, dit-il. Je vais prendre l'air.

Chapitre 19

O'Connor ne voit donc pas Jack Riley remonter dans la planque au-dessus de la boucherie. Neuf heures viennent de sonner. Peter Rice ronfle, bouche ouverte, sur une chaise près de la cheminée, au milieu d'assiettes sales, de journaux et de tasses de thé. Riley doit le secouer pour le réveiller. Il lui explique ce que lui a appris Tom MacRae. Rice l'écoute, s'ébroue, et lui demande de répéter ce qu'il vient de dire. Plus lentement.

— Tu en es sûr ? demande-t-il quand Riley a terminé.

— J'ai confiance en MacRae. Il a aucune raison de me mentir.

— Si c'est la vérité, on s'est fait rouler dans la farine.

Riley esquisse une grimace.

— J'arrive pas à y croire. Franchement, c'est pas croyable.

— Et où il est, maintenant ?

— On sait pas. J'ai mis des gars sur le coup. Dès qu'ils le trouvent, ils nous l'amènent à la tannerie.

Rice rallume sa pipe en jurant.

— Putain, c'est pas possible !

— Je sais, Pete. Moi aussi, je suis tombé des nues.

— Tu n'aurais pas dû lui faire confiance, Jack. Un gamin surgi de nulle part qui déboule dans ta taverne, et toi, tu l'héberges ! Qu'est-ce qui t'a pris, bordel ?

— Tu l'aurais vu filer un pain à ce Magee. Impressionnant. Ça nous a rapprochés.

— Nom de Dieu, Jack, tu te rends compte de ce que tu as fait ?

— C'est peut-être une coïncidence. On sait jamais.

— Le *neveu* de Jimmy O'Connor ? Une coïncidence ? Jamais de la vie ! Pas après ce qui s'est passé hier soir avec Doyle.

— Bon, qu'est-ce qu'on décide ?

Rice se lève et arpente la pièce de long en large, en lâchant de petits nuages de fumée bleue. Il se gratte furieusement le crâne, comme s'il avait des poux.

— Quelqu'un surveille O'Connor ? Si Sullivan soupçonne qu'on est au courant, il foncera le lui dire.

— Qu'est-ce que tu veux qu'il soupçonne ? C'est trop tôt.

— Aucun signe de Doyle et de Neary ?

— Non, rien. Ils sont déjà loin, si tu veux mon avis.

Rice lance à Riley un regard furibond.

— Non, tu peux te le garder. C'est toi qui as vendu la mèche. Alors, pardonne-moi, Jack, mais je me fous de ton opinion.

Riley hausse les épaules et prend un air contrit.

— Il nous a tous roulés, ce petit saligaud. Il est rusé, c'est moi qui te le dis.

Rice se rassoit. Il époussette la cendre collée à son bas de pantalon.

— Les flics doivent nous prendre pour des crétins, s'ils envoient un gamin nous espionner.

— Ils ont eu de la chance, c'est tout. C'est un peu par hasard que Sullivan a eu vent du plan.

— Je n'aime pas les traîtres, dit Rice. Il n'y a rien que je déteste plus. L'ennemi, c'est l'ennemi, on sait à qui on a affaire. Mais un traître, c'est sournois, c'est un mal qui vous ronge de l'intérieur, et quand on se rend compte de sa gravité, il est trop tard.

— Des sales faux-jetons.

— On doit découvrir ce qu'il sait et ce qu'il leur a dit, ensuite on leur fera payer cher de nous avoir infiltrés.

— Les gars lui mettront bientôt la main dessus, j'en suis sûr. Il doit être quelque part en train de se piquer le nez.

Rice réfléchit. Il se mordille la lèvre inférieure.

— Alors on va à la tannerie et on attend. Je veux être là quand ils vont le ramener, ce salopard.

Ils quittent la boucherie par la porte de service, Riley en tête, traversent la cour, poussent le portail et sortent dans l'allée plongée dans l'obscurité. Rice bute sur un caillou et râle. Riley l'attend.

— On prend un cab à New Cross ? Ça nous fera gagner du temps.

— Non, on marche, décrète Rice. J'ai passé toute la journée assis sur une putain de chaise.

Ils descendent Angel Street, avec, à droite, le parc d'Angel Meadow, quand une voix appelle Rice par son nom, de l'autre côté du muret. Les deux hommes échangent un regard inquiet.

— Qui est là ? crie Rice.

Pas de réponse. Le vent fait craquer les branches nues des bouleaux. La tour carrée de l'église St Michael se dresse, gris pâle, contre la noirceur du ciel strié de nuages. Ils aperçoivent la première ligne sinueuse des pierres tombales, mais pas au-delà.

— Putain, on y voit rien, peste Riley.

— Qui va là ? répète Rice.

Au bout d'un moment, Patrick Neary sort de l'ombre.

— C'est moi, Pete.

— Où est Doyle ? demande aussitôt Rice. Il est avec toi ? Il est revenu ?

— Non, mais je t'emmène le voir. Il veut te parler.

Neary fait un pas vers eux et sort ses mains de ses poches. Il est seul et n'a pas d'arme.

— De quoi il veut discuter ?

— Il a besoin de toi pour s'enfuir. Les roussins sont partout. Ils sont comme fous, depuis la nuit dernière.

— Et il s'imagine que c'est moi qui ai mouchardé.

— C'est pas ça le plus important pour lui. Il cherche une planque sûre. Il a pas envie de pendre au bout d'une corde.

— Dis-lui quand même que ce n'est pas moi, et qu'on a le nom de celui qui l'a trahi. On vient de l'apprendre.

Neary ne répond pas.

— Pourquoi vous avez pas fichu le camp ? demande Riley. Vous auriez déjà pu embarquer pour Dublin.

— Les choses ont pas tourné comme on voulait.

Riley ricane.

— Fallait vous y attendre. Essayer de zigouiller le maire et descendre un flic à la place…

— Si Doyle a besoin d'aide, il n'a qu'à venir à la tannerie, dit Rice. On y allait, justement.

Neary secoue la tête.

— Trop dangereux. Y a des roussins à tous les coins de rue. J'ai pris un sacré risque en venant ici, moi.

— Alors, dis-nous où il est, et on ira le voir demain.

— J'peux pas faire ça, Pete, tu l'sais bien.

— Dans ce cas, on en reste là. Désolé.

— Il veut juste te parler, Pete.

— Eh bien, qu'il vienne à la tannerie ! Je l'attends là-bas.

Là-dessus, Rice lui tourne le dos et s'éloigne, Riley sur les talons.

— T'as bien fait, Pete, chuchote ce dernier. Ça sentait le piège à plein nez. Ce Neary, il m'a jamais inspiré confiance.

— Tu crois qu'il nous suit ? murmure Rice.

Riley scrute les alentours.

— Il fait trop sombre. Je le vois plus.

— D'après toi, comment il a su qu'on allait passer par là ? l'interroge Rice. T'y as pensé, Jack ?

Riley se creuse la tête.

— Comment il a su… Je sais pas.

— Parce qu'il nous surveillait, pardi !

Riley s'immobilise, bouche bée, mais Rice le tire par la manche.

— Viens, vite, on se dépêche.

Quelques secondes plus tard, un cab stoppe juste devant eux ; un inconnu, maigre, vêtu de noir, en descend et regarde autour de lui. Puis, paisiblement, il sort un pistolet de sa poche.

— On ne bouge plus.

— T'es qui, bordel ? s'exclame Riley.

L'homme en noir n'a pas le loisir de répondre. Surgi des ténèbres, Neary assène un coup de gourdin sur la nuque de Riley. Le tavernier tombe à genoux en grognant, Neary se penche et le frappe à nouveau. L'homme au pistolet dit à Rice de lever les mains en l'air, Neary lui passe des menottes, ils lui fourrent un sac de jute sur la tête et le poussent à l'intérieur du cab. Tout a été très vite, il n'y a aucun témoin ; Riley gît face contre terre, inconscient, son sang coule sur le trottoir. Alors que le cab s'éloigne, un chat feule dans les buissons. La cloche de St Michael sonne pesamment dix heures du soir.

Chapitre 20

Pendant ce temps.

L'*Old Fleece* est situé juste à côté de la pharmacie, au coin de la rue. O'Connor commande au barman une bière blonde et un petit verre de rhum. Je ne reste que quelques minutes, c'est tellement assommant de surveiller une planque, un peu d'alcool fera passer le temps plus vite.

Il avale le rhum en deux traits, emporte sa pinte et va s'asseoir à une table. Plusieurs minutes durant, il observe le feu, les petites flammes orange qui se faufilent entre les boulets noirs, puis il boit sa bière avec lenteur, se lèche les lèvres. S'il ferme les yeux, le monde disparaît complètement, mais quand il les rouvre, tout revient avec violence, les couleurs, les bruits, pareils à d'énormes vagues s'abattant par-dessus une digue. À la table voisine, des hommes discutent du prix du lard fumé. Il boit encore deux goulées de bière, constate que son verre est vide et se sent soudain seul, abandonné.

Il remarque, debout au comptoir, une jeune femme qui parle au barman. Tous les deux rient de bon cœur. Ses joues rondes brillent dans la lumière, ses quinquets noisette sont gais, lumineux. O'Connor va au bar rapporter sa pinte vide.

— Je vous en sers une autre ? demande le barman.

— Non merci, je dois y aller.

La femme se tourne vers lui et lui sourit, comme s'ils se connaissaient déjà.

— Une de plus, ça va pas te faire de mal, va. Enfin à moi, ça m'en a jamais fait.

— Faut dire que t'es un exemple à suivre, plaisante le barman.

Elle lui tire la langue, avant de poser une main légère sur l'avant-bras de O'Connor.

— Allez, remets ça. Je suis sûre que tu la mérites.

— Je préférerais un rhum.

Pendant que le barman se retourne pour attraper la bouteille, O'Connor se penche sur le verre de la jeune femme et hume son contenu.

— Et un autre gin, s'il vous plaît.

Elle lui sourit de nouveau.

— Merci.

Elle a un visage large, presque carré, et un regard pétillant. Elle fait à peu près la même taille que Catherine, mais plus ronde aux hanches et aux épaules. Les manches courtes de son corsage montrent des avant-bras constellés de taches de rousseur, couverts d'un léger duvet blond. Le barman les sert et s'éloigne.

— Je m'appelle Mary. T'es jamais venu ici, hein ?

— Non, c'est la première fois.

— Ça fait plaisir de voir une bonne tête ! C'est pas tous les jours !

Ses cheveux bruns ondulés sont retenus par un peigne de bois, révélant de jolies oreilles ornées de créoles en argent. Une petite cicatrice en forme de U zèbre son menton. Quand elle prend son verre, O'Connor remarque que ses ongles ne sont pas nets. Il se moque bien de ce qu'elle fait. Elle est jolie, mais déjà un peu flétrie et usée ; en revanche, son expression est moins éteinte, moins désespérée que celle de la plupart des racoleuses.

— Tu travailles à la filature ? lui demande-t-elle. Ici,

la plupart des clients viennent de la filature ou du marché de Smithfield.

— Ni l'un ni l'autre. Je suis policier.

Elle ouvre de grands yeux.

— Tu… Vous cherchez un criminel ? C'est ça ?

— Non. Plus maintenant. Je me repose de mes travaux[1].

— Alors vous êtes comme tout le monde ici.

Elle parvient à lui arracher un sourire.

— C'est possible.

— Vous avez l'air triste, mais je connais un moyen de vous dérider.

— Pas triste, dit-il, juste fatigué.

— Vous travaillez trop.

Elle a raison. C'est vrai, je travaille trop. Et pour quel résultat ? Il y aura toujours des criminels. Si Doyle est pris ou abattu, un autre prendra sa place. Le monde n'a pas d'ordre réel et durable, pas de loi universelle, juste une répétition sans fin de luttes contradictoires. Pourquoi ne pas faire un pas de côté, accepter d'être un homme, aussi simple et stupide que ses semblables, qui se débat dans le noir, trouvant son plaisir où il peut ? Il n'y a pas de honte à être humain.

Il lève son verre et ils trinquent. Elle le dévisage sans aucune gêne, devinant en lui un grand manque tapi au plus profond, et qu'elle serait chargée de combler.

Plusieurs verres de rhum et de gin plus tard, Mary l'emmène dans son meublé de Diggle Court. Elle allume une bougie, recharge le poêle à charbon, puis se déshabille et se glisse sous les couvertures. Ses gestes sont gais et insouciants, et sa peau, dans la lueur fragile de la flamme, paraît diaphane, immaculée. O'Connor s'allonge près d'elle sur le mince matelas. Elle l'enlace et, dès qu'il la pénètre, il a la sensation d'échapper au temps ; les limites

1. Apocalypse, 14:13 : « … afin qu'ils se reposent de leurs travaux, car leurs œuvres les suivent ».

entre passé, présent et futur se dissolvent et ne demeure qu'un moment incertain et silencieux. Quand il revient à la réalité, à la surface brute et terne de son propre corps, il se sent mal à l'aise, honteux, comme s'il avait trahi un serment solennel. Mary lui caresse le bras et lui dit de se détendre. Elle l'embrasse sur la joue et lui sourit.

— Je sais pas à quoi tu penses, mais oublie.

— Je ne peux pas.

— Tu es ici. Maintenant. Avec moi. Tout va bien.

— Je sais, je sais…

Elle a des épaules douces, rondes, des petits seins aux pointes sombres. Il faudrait des années pour tout lui raconter.

— Tu peux rester dormir, si tu veux. Je ressors pas, cette nuit.

— Tu as quelque chose à boire ?

— Non, mais si tu me donnes l'argent, je descends à l'épicerie.

— J'y vais.

O'Connor se lève et s'habille. Dehors, la pluie tombe, régulière, pareille au ronron continu d'une prière marmonnée. On entend grincer des essieux mal graissés et, au loin, les jappements d'un chien sans doute enchaîné. Lorsque la clochette de sa porte tinte, l'épicier, qui somnolait derrière son comptoir, se lève. Il traverse sa boutique d'un pas traînant, gratte son crâne chauve en marmonnant des paroles inintelligibles. O'Connor lui achète une bouteille de gin, la moitié d'une miche de pain, du beurre, un morceau de fromage et un peu de tabac.

— Je vous mets tout ensemble ou vous préférez la bouteille à part ?

— À part, s'il vous plaît.

O'Connor la glisse dans sa poche, paie la note et retourne au meublé, les courses enveloppées dans du papier marron sous le bras. Mary, sur le lit, n'a pas bougé. Elle lui sourit.

— Tu viens te recoucher ?

— Une minute, j'arrive.

La bougie brûle encore et le poêle rougeoie, le reste de la pièce est plongé dans la pénombre. O'Connor sort son couteau pliant, coupe deux tranches de pain, les enduit de beurre, en tend une à Mary. Puis lui offre la moitié de la part de fromage.

— Merci. J'ai presque pas mangé de la journée.

Elle replie la tartine, mord dedans, la mâche avidement. O'Connor débouche la bouteille de gin et boit au goulot. La brûlure de l'alcool le fait tousser. Il la passe à Mary, qui à son tour avale une gorgée avant de la lui rendre. Du revers de la main, elle chasse les miettes beurrées de sa bouche, repousse une mèche de cheveux derrière son oreille. Il remarque un gros hématome violacé, presque noir, en haut de son bras.

— Ça fait mal ?

Elle hausse les épaules.

— C'est rien. Un client qui se contrôlait plus.

Il coupe deux autres tranches de pain et y étale une généreuse couche de beurre.

— Mon Dieu, dit-elle, le roi et la reine de la nuit, c'est nous, hein ?

— Si on veut.

Il se déshabille et entre dans le lit. Le corps de Mary est tiède et odorant ; il l'embrasse à pleine bouche et retrouve le parfum du gin sur sa langue. Oubliés Tib Street, la boutique de l'apothicaire, et même Stephen Doyle. La petite pièce est devenue son seul monde, l'univers dans sa totalité ; tout ce qui lui est extérieur, les maisons, les gens, la terre obscure et sans fin, le ciel qui pleure, n'a pas davantage de substance qu'un rêve.

— Tu te sens mieux ? Tu avais l'air si malheureux tout à l'heure. Tu pensais à autre chose.

— Oui, ça va. L'alcool guérit tous les maux, non ?

— Tu l'as dit, acquiesce-t-elle. Le gin guérit tout.

Il descend entre ses cuisses, elle appuie sur sa tête,

gémit de plaisir, puis s'étire, et vient sur lui pour l'enfourcher. La seconde fois est comme la première, mais plus facile, plus familière, telle l'union de vieux amants qui se comprennent et s'acceptent. Plus tard, ils finissent la bouteille de gin et s'endorment, leurs membres pâles entrecroisés comme des rameaux d'osier.

Chapitre 21

O'Connor est réveillé par le carillon des cloches d'usines. Il boit deux grandes goulées d'eau au pichet, puis s'habille. Il s'apprête à partir, Mary bouge dans le lit, il lui touche la main et lui dit de se rendormir. Dehors, la pluie a cessé, mais il souffle un vent d'ouest chargé d'humidité. Il a l'esprit embrumé et l'estomac barbouillé. Au lieu de rentrer chez lui ou d'aller tout droit à l'hôtel de ville, il se rend aux bains publics de Miller Street ; il paie six pence pour un bain et un rasage.

Allongé dans la grande baignoire en cuivre, remplie d'une eau si chaude qu'elle le brûle presque, il se sent un homme neuf. On dirait qu'une partie de lui-même, négligée ou effacée par le temps, reprend vie. C'est ma chair, ce sont mes os. Regarde-toi, Jimmy !

En sortant, il achète un quart de rhum au *Lower Turk's Head* et se rend à pied au *Spread Eagle*, l'hôtel où travaille Rose Flanagan. Il remet un message au réceptionniste afin qu'il le lui transmette, puis commande un pot de café et s'installe dans un fauteuil en l'attendant. Il verse le rhum dans le café et, après l'avoir bu, ne tarde pas à s'endormir. Il rêve qu'il va être puni pour avoir commis un grave délit, mais il en ignore la nature. Au moment où le juge abat son marteau, il se réveille en sursaut. Une main lui tape sur l'épaule. C'est Rose debout devant lui, pâle, sévère. Ses yeux vert clair, brillants, le transpercent.

— Vous devriez pas venir me déranger pendant que je travaille. Qu'est-ce qu'il va dire, le patron, s'il apprend que la police est venue me poser des questions ? Qu'est-ce qui y a de si important, d'abord ?

— Je ne peux pas en parler ici. Mais ne vous inquiétez pas. Je vous attendrai au salon de thé, près de Market Street.

O'Connor s'y rend directement. Il songe à Mary, à son odeur, à la douceur de sa peau. Mon Dieu, que penserait Rose de lui, si elle savait ? À Dublin, tous les samedis soir, après avoir bu au *Crown*, ses collègues se rendaient à la maison close de Duke Street, tenue par Mrs Gleeson. Malgré leur insistance, jamais il ne les y avait accompagnés, même avant son mariage. Il préférait retourner à la caserne lire un livre ou briquer ses bottes. Les autres se moquaient de lui et lui demandaient s'il s'entraînait pour entrer dans les ordres. Il se croyait peut-être meilleur qu'eux, ou bien il avait peur, tout simplement. Il était si jeune, à l'époque, son esprit débordait de pensées et de sentiments inexplicables. À présent, il a vieilli et tout est clair : les mystères insondables, les vérités cachées n'existent pas. Il doit accepter avec reconnaissance la bonté qu'on lui offre.

Dès qu'elle arrive, Rose le dévisage avec impatience.

— Qu'est-ce que vous aviez à me dire de si important ? Ça pouvait pas attendre que j'aie fini mon travail ?

— Je quitte la police, lui annonce-t-il sans préambule. Je vais donner ma démission. Ce métier ne me convient plus, je ne suis plus fait pour ça. Je voulais que vous soyez la première à l'entendre.

— C'est pas à cause de ce qui est arrivé à notre Tommy, j'espère ? C'est pas votre faute, je vous l'ai déjà dit. Faut pas vous croire responsable.

— Non, ce n'est pas à cause de Tommy, Rose.

Elle le dévisage avec attention. Elle sent qu'il a changé,

elle le voit dans son regard plus doux et dans ses gestes moins assurés.

— Vous en avez assez, c'est ça ?

— Savez-vous qu'un policier a été assassiné, avant-hier soir ? Un collègue à moi, Frank Malone. C'est arrivé dans Milk Street.

— Bien sûr que je suis au courant ! Les journaux parlent que de ça !

— J'y étais moi aussi, avec Malone.

Il lui montre les taches de sang sur la manche de son manteau. Rose ouvre de grands yeux.

— Vous auriez pu vous faire tuer !

— J'ai failli. L'individu a pressé son pistolet sur mon front, mais il n'a pas appuyé sur la détente. C'est un coup de chance que je sois encore en vie.

Il remue son thé, Rose voit bien que sa main tremble. Elle sent son haleine alcoolisée et devine ce qui a dû se passer. Elle est touchée de le voir diminué, vulnérable, alors que, jusque-là, il essayait face à elle de prendre un air sévère et sûr de lui.

— Vous vous demandez pourquoi je vous ai dérangée dans votre travail pour vous dire tout ça, alors que ça ne change rien à ce qui est arrivé.

— C'est une chose terrible, de voir un homme assassiné devant vous.

— Rose, la dernière fois que nous avons parlé, j'ai eu l'impression que je pouvais vous faire confiance. Vous avez perdu votre frère, j'ai perdu ma femme, vous allez me dire, ce n'est pas pareil, bien sûr, je comprends, mais au fond il n'y a pas grande différence.

Rose hausse les épaules, sourit, mais reste sur ses gardes.

— On y peut rien. C'est le destin. Faut supporter la souffrance, c'est tout. Ma mère me dit ça tous les jours, et elle a raison.

— Oui, mais on n'est pas obligé de souffrir seul, si on peut faire autrement, vous ne croyez pas ?

— Si, bien sûr. On peut partager les ennuis, ironise-t-elle.

Ils s'observent un long moment sans rien dire, puis O'Connor détourne le regard vers la rue. Il pleut, la clarté du dehors éclaire à peine l'intérieur de la salle.

— Qu'est-ce que vous allez devenir, si vous donnez votre démission ? demande Rose. Vous irez où ?

Il secoue la tête, comme si elle avait posé la mauvaise question.

— Je regrette de ne pas avoir pu vous procurer ces cinquante livres. J'aurais voulu faire davantage.

— Ça a pas d'importance. On se débrouillera, de toute façon. On a l'habitude.

O'Connor se frotte l'arête du nez, soucieux.

— Je peux vous aider d'une autre manière, Rose, si vous m'y autorisez. Il y a d'autres moyens. Une meilleure façon de nous entraider, si nous le voulons, vous ne voyez pas ?

Il prend sa main, posée sur la table, la garde un moment serrée dans la sienne, puis la relâche.

Rose fixe sa tasse de thé à moitié vide. Deux plaques rouges sont apparues sur ses joues. Elle relève les yeux vers lui sans répondre. O'Connor craint d'avoir commis une bourde, de s'être mépris sur un détail crucial. Il n'a jamais su y faire avec les femmes, sauf avec Catherine, et encore, même avec elle il était maladroit, distrait, étourdi. La plupart du temps, il interprétait de travers ce qu'elle lui disait.

— Je… je parlais de mariage.

— J'avais compris.

Gênée, Rose évite son regard. Elle se demande pourquoi elle est à ce point prise au dépourvu par cette proposition. Pourquoi ne l'a-t-elle pas pressentie ? Pourquoi ne s'y est-elle pas préparée ?

— Que pensez-vous de moi, Rose ? Soyez franche.

Elle s'octroie quelques secondes de réflexion, puis sourit.

— C'est pas une question à poser aux gens, ça.

— Je vous en prie, c'est important.

— Vous êtes gentil, intelligent, et plutôt bel homme. Mais tellement triste, aussi. Et puis vous êtes tout chamboulé par ce meurtre, vous avez pas dormi de la nuit, ça se voit, vous avez bu, ça se sent, et maintenant vous savez plus ce que vous dites.

— Je sais très bien ce que je dis, riposte-t-il.

— Avec quoi on vivrait si on était mariés ? On irait où ?

— Où vous voulez.

— Vous sentez l'alcool, Jimmy.

— Ce n'est rien. Juste un petit rhum, pour me donner du courage.

Rose secoue la tête.

— Faut que je retourne travailler, sinon le patron va pas être content et il va me retenir des heures sur mon salaire.

— Vous y réfléchirez, quand même ?

Ils se lèvent d'un même mouvement, faisant tressauter les soucoupes sur la table. Les pieds des chaises crissent sur le plancher. Voyant O'Connor troublé, malheureux, Rose a pitié de lui, malgré sa maladresse.

— Venez à la maison dimanche prochain, après la messe. Ma mère dort tout l'après-midi, on pourra parler sans être dérangés.

— Si vous refusez, je comprendrai. Je ne vous en voudrai pas.

— Venez dimanche, répète Rose. Ça me laissera le temps de réfléchir.

Vers midi et demi, O'Connor se rend à l'hôtel de ville, et va rapporter l'arme de service de Barton à l'armurerie. Ensuite il s'installe dans la salle de repos pour écrire sa lettre de démission. Fazackerley l'aperçoit par la vitre, fonce droit vers la table et attend. Quand O'Connor lève enfin les yeux, il le bombarde de questions.

— À quelle heure Rice a quitté la planque au-dessus de la boucherie ? Où est-il allé après ? Je suppose que tu l'as suivi ?

— J'ignore à quelle heure il est parti et où il est allé. J'avais cessé de le surveiller.

— Tu as relevé Barton. Il vient juste de me prévenir. Tu lui as dit que c'était moi qui t'avais envoyé. Et tu as gardé son arme.

— Je suis resté chez l'apothicaire jusqu'à neuf heures, réplique O'Connor, sans se départir de son calme. Après je suis allé boire un verre à l'*Old Fleece*. J'avais l'intention de retourner en planque, et puis j'ai changé d'avis.

— Donc personne n'était là pour surveiller la boucherie ? Stephen Doyle aurait pu danser la gigue dans la rue toute la nuit, on ne l'aurait pas su ?

— Tu peux toujours demander à l'apothicaire ce qu'il a vu.

— Bon sang, t'étais où, Jimmy ?

— Ça ne te regarde pas. D'ailleurs, je suis en train de rédiger ma lettre de démission. Terminé pour moi, la police.

Il tend la feuille à son collègue, qui la lit, pousse un juron et la lui rend.

— Si ce salopard de Doyle nous échappe, s'écrie-t-il, rouge de colère, tu l'auras sur la conscience.

— J'en ai déjà beaucoup trop et il n'y a plus de place pour Doyle.

Fazackerley respire bruyamment. Imperturbable, O'Connor termine sa lettre, la signe et la plie en deux.

— Tu pourras la remettre à Maybury de ma part ? J'en envoie un double à Dublin Castle.

Fazackerley tourne la feuille dans tous les sens.

— Ne te sens pas obligé de démissionner, Jimmy. Bon, d'accord, tu as fait une belle connerie hier soir, mais il y a moyen d'arranger ça. Dans mon rapport, je dirai que tu as passé la nuit en planque, et on tire un trait là-dessus.

— Non. Ce matin, j'ai demandé à Rose Flanagan de m'épouser. Elle m'a promis d'y réfléchir et de me donner sa réponse dimanche. Si elle accepte, on repartira à Dublin ensemble. Je trouverai du travail là-bas.

Fazackerley le dévisage, ahuri.

— Rose Flanagan ? La sœur de Tommy Flanagan ?

— Ça fera deux ans en avril que Catherine est morte, explique O'Connor. Deux ans, c'est long. Je veux commencer une nouvelle vie.

Chapitre 22

Glasgow. Estuaire de la Clyde

Tandis que le navire s'éloigne du quai, les cales bondées résonnent des pleurs de bébés étroitement emmaillotés. Ça sent la sueur, la choucroute et la morue salée. Debout dans la foule d'émigrants loqueteux aux yeux écarquillés – Suédois, Norvégiens, Allemands, Polonais –, Stephen Doyle se revoit à treize ans, petit Irlandais quittant seul pour la première fois sa ville natale. Derrière lui, les maisons et le port de Kingstown rapetissaient alors que l'océan gris, énorme, s'étendait à l'infini. Ses parents et ses frères étaient morts du typhus. Bien qu'étouffant de chagrin et transi de peur, il connaissait la règle : ne jamais laisser transparaître ses émotions. Si vous savez cacher vos faiblesses et ne jamais leur donner ni lumière ni air pour qu'elles puissent grandir, bientôt la part d'enfant qui est en vous mourra, et il vous restera la force. C'est la leçon qu'il a apprise dans sa jeunesse : on doit tuer la douceur qui est en soi, l'étouffer au berceau, car si on ne le fait pas, on en paie le prix plus tard.

Il aurait dû abattre James O'Connor à Milk Street quand il en a eu l'occasion. Il s'en rend compte maintenant. Qu'est-ce qui l'en a empêché ? Une erreur de jugement, ou autre chose ? C'était très malin de la part de ce flic d'accuser Peter Rice ; il lui a fallu une sacrée force de caractère pour réagir de la sorte, avec un pistolet sur le front. Doyle aurait pu, non, aurait dû, appuyer sur la détente. Il ne l'a pas fait. Pourquoi ? Une tristesse dans le regard de ce flic, une ombre sur son visage peut-être, aurait retenu son geste ? Difficile à croire. Combien en a-t-il tué sans la moindre hésitation, des hommes qui pleuraient, priaient, le suppliaient à genoux de les épargner ? La prochaine fois, il n'hésitera pas. Si leurs chemins doivent se recroiser, si l'occasion se représente, il ne commettra pas la même erreur.

Chapitre 23

Le lendemain, vers midi, O'Connor somnole sur son lit, un livre emprunté à la bibliothèque retourné sur sa poitrine, quand des coups sourds résonnent à la porte d'entrée. Mrs Walker, la logeuse, dérangée dans sa cuisine, va ouvrir en rouspétant. O'Connor distingue une voix familière. Il enfile sa veste et descend au rez-de-chaussée. Fazackerley, debout dans l'embrasure de la porte, le salue sans sourire. Leur amitié ne serait plus que de l'histoire ancienne ?

— J'ai ordre de t'amener à l'hôtel de ville, Jimmy. Hier, Maybury a été révoqué et Palin a offert sa démission ce matin. Londres a envoyé un nouvel inspecteur. Il a besoin de tes lumières.

Un cab les attend au coin de la rue. Le cocher s'est emmitouflé dans des couvertures pour se protéger du froid ; une vapeur blanche monte des flancs du cheval. Pendant le trajet, Fazackerley lui explique que les flics venus de Londres sont prétentieux et cachottiers, que personne ne sait ce qu'ils veulent, ni ce qu'ils pensent.

— Tu leur as dit quoi sur moi ? demande O'Connor.

— Juste que tu ne fais plus partie du service depuis hier après-midi et qu'il n'était donc pas nécessaire d'aller te chercher, mais ils ont insisté.

— C'est tout ?

— Ils sont au courant pour la bagarre avec Sanders. Et ils ont déjà parlé à Barton, je crois.

— Ils veulent un bouc émissaire, c'est ça ?

— Possible. S'ils n'arrivent pas à coincer Doyle, ils vont se rabattre sur quelqu'un d'autre. À ta place, je m'en tiendrais aux faits. Surtout, garde tes opinions pour toi.

O'Connor acquiesce en silence, sort une flasque de rhum de sa poche, et la vide.

Ils n'échangent plus un mot pendant un long moment. À cause du brouillard, le monde extérieur se déroule comme à travers l'écran translucide d'une lanterne magique. O'Connor ne reprend la parole qu'à l'approche de King Street.

— Les types de Londres sont aussi au courant, pour Michael Sullivan ?

— Je leur en ai parlé. Mais maintenant que Maybury n'est plus là, je ne sais pas ce qui va se passer pour lui.

— Ils devraient honorer la promesse de Maybury, ce serait la moindre des choses.

— C'est ce qu'ils devraient faire, oui, mais de là à ce qu'ils le fassent…

O'Connor se remémore les deux nuits où Michael a dormi par terre, chez lui, de l'odeur de whiskey dont il était imprégné, de la régularité de son souffle sonore. Avec le recul, s'être associé à Maybury pour faire de son neveu un espion des féniens est pour lui le pire de ses péchés.

— Ce sera toi, son contact. Tu connais le signe que nous utilisions pour nos rendez-vous ?

— Oui, une croix et un numéro tracés à la craie sur un mur, au niveau du septième réverbère de Long Millgate.

— Quand tu le verras, dis-lui d'être prudent, surtout. Il ne doit pas prendre de risques.

— Je te donnerai le même conseil, Jimmy.

L'homme de Londres est courtaud, avec des épaules tombantes, un cou de taureau, des cheveux noirs huilés séparés par une raie sur le côté, des joues roses rasées de près. Il se présente : inspecteur Robert Thompson, travaillant sous les ordres du colonel Percy Fielding, chef de l'Unité spéciale d'enquête.

— Vous n'avez pas oublié la réputation de chasseur de féniens laissée par le colonel Fielding à Dublin ?

O'Connor s'en souvient parfaitement.

— Le colonel m'a délégué ses pouvoirs ici, à Manchester. Je demeure responsable de cette division jusqu'à ce qu'un remplaçant définitif au commissaire Maybury soit nommé.

Ils sont assis dans le bureau de ce dernier. La pièce sent la sueur et la fumée de cigare, mais il y fait bon. Il y a des cartons et des papiers empilés partout.

— J'ai quitté mon poste hier, lui signale O'Connor. Le lieutenant Fazackerley a dû vous le dire.

— Et d'après la rumeur, si vous n'aviez pas été aussi rapide, vous auriez été déchargé de vos fonctions.

Thompson prend une feuille sur la pile devant lui et lit à voix haute :

— « Ivresse pendant les heures de service, agression d'un collègue, désobéissance à un ordre direct, emprunt d'une arme sans autorisation. »

Il pose la feuille et regarde O'Connor.

— Qu'en dites-vous, lieutenant ?

— Les faits sont moins graves que la liste le suggère.

— Ah vraiment ?

O'Connor sait qu'il a intérêt à parler le moins possible. Plus il cherchera à se justifier, plus l'interrogatoire va durer.

— Expliquez-moi ce qui s'est passé le soir de la mort de Frank Malone.

— Tout est consigné dans mon rapport, monsieur. Vous devez l'avoir sur votre bureau.

— Que vous a dit Stephen Doyle, exactement ?

— Il m'a demandé qui était le traître et je lui ai donné le nom de Peter Rice.

— Et il vous a cru ?

— Je n'en sais rien.

— Mais il n'a pas tiré sur vous.

— Non. S'il avait tiré, je serais mort.

— Donc il a dû vous croire.

— Peut-être.

— Il aurait pu vous tuer, même s'il vous a cru. Il aurait éliminé le principal témoin de son crime.

— Ce n'est pas son genre.

Thompson paraît surpris.

— Pas son genre ?

Il pose son stylo et se penche en avant.

— Quel genre d'homme est Stephen Doyle, selon vous ?

O'Connor hésite.

— C'est difficile à dire.

— Vous l'avez vu de près. Quelle impression vous a-t-il faite ?

— J'ai pensé : Il va me tuer. J'en étais certain.

Thompson note la réponse.

— Il pressait l'arme sur votre front. S'il n'a pas tiré, c'est que vous lui avez fourni l'information qu'il attendait.

— Je vous l'ai déjà dit.

— Doyle est un meurtrier, un assassin sans pitié. Pourtant, alors que vous êtes à sa merci, il vous laisse la vie sauve. Curieux, non ?

— Il était là pour assassiner le maire, pas moi.

— Peut-être parce que vous êtes irlandais ? Il a entendu votre accent et il a changé d'avis ?

L'idée fait vaguement sourire O'Connor. Thompson se renfrogne.

— Un policier est mort et vous, vous souriez !

— Je sais que Frank Malone est mort. On l'a tué sous mes yeux. Ce n'est pas à cause de cela que je souris…

Thompson lève le menton, le défiant de terminer sa phrase, mais O'Connor se tait.

— Un policier a été abattu et son assassin court toujours, reprend l'inspecteur. Je n'ai pas encore tous les éléments en main, mais c'est à croire que quelqu'un l'a aidé à s'échapper.

— Il lui aura été facile de quitter la ville, s'il avait préparé sa fuite. Il nous est impossible de contrôler toutes les routes et toutes les gares.

Thompson note tout cela avec soin. Sa colère est retombée aussi vite qu'elle est montée, au point que O'Connor se demande si elle n'était pas feinte.

— Parlez-moi de votre calepin, lieutenant.

— J'ai été agressé près de Gaythorn Bridge. On m'a assommé par-derrière. J'ai perdu connaissance. Quelqu'un en a profité pour découper des pages à la lame de rasoir.

— Pourquoi n'êtes-vous pas allé au rapport sans délai ?

— Je ne m'en suis rendu compte que le lendemain.

— Et à ce moment-là, il était trop tard, vos indics étaient déjà morts.

— Oui.

— Que pensiez-vous de Tommy Flanagan ? Étiez-vous amis ?

— Un informateur n'est pas un ami.

— Sa mort ne vous a donc pas spécialement posé de problème ?

— Je m'en juge responsable.

Thompson semble étonné.

— D'après ce que vous venez de me dire, on vous a attaqué par surprise et assommé. Qu'auriez-vous pu faire ?

— M'apercevoir plus tôt qu'on avait arraché ces pages. Mais le lendemain matin, un de mes neveux de New York a débarqué chez moi sans prévenir, et j'ai oublié de feuilleter mon calepin, ce que je faisais tous les jours.

Thompson prend une autre feuille et pointe l'index sur un nom.

— Michael Sullivan, c'est ça ?

— Oui.

— Avez-vous identifié votre agresseur ?

— Ils étaient deux, je suppose. Un jeune type m'a demandé l'heure. Je ne l'avais jamais vu, et pourtant je connais la plupart des féniens de Manchester.

— Vous n'avez retrouvé aucun témoin de cette… agression ?

Thompson a légèrement hésité avant de prononcer le mot, comme si son sens, en l'occurrence, pouvait être remis en question, comme si l'agression n'en était pas une. O'Connor comprend enfin que l'autre cherche à le pousser à bout, à l'ébranler, à lui en faire dire plus qu'il ne le souhaite. En dépit de l'avertissement de Fazackerley, il persiste à penser qu'il ne risque pas grand-chose. Toutefois, il commence à se lasser de ce petit jeu.

— Ne devriez-vous pas lancer vos détectives après Stephen Doyle, au lieu de perdre votre temps à m'interroger ?

— Vous venez de me dire qu'il s'est enfui.

— Je vous ai dit qu'il avait pu s'enfuir.

— Savez-vous où il est ?

— Pas plus que vous.

Thompson esquisse un sourire sceptique.

— Moi ? Je ne sais rien. Voilà pourquoi je vous interroge. Je ne connais pas Manchester. Je suis arrivé hier de Londres par le train, vous, vous êtes là depuis bientôt un an. Vous avez eu le loisir de vous faire toutes sortes d'amis…

Ils s'affrontent du regard.

— Je répète : avez-vous retrouvé des témoins de votre agression, lieutenant ?

— Il était tard. Il faisait nuit noire. Il n'y avait personne, mais tous mes collègues ont vu mes hématomes. Vous pouvez demander à Fazackerley et à Mr Maybury, aussi.

— Il y a diverses façons de recevoir des coups, remarque Thompson. Par exemple, si un soir on abuse du whiskey et que l'on traite quelqu'un de noms d'oiseaux à la sortie de la taverne…

— J'étais sobre, à ce moment-là, se défend O'Connor.

— Vous ne l'êtes plus. Vous empestez l'alcool.

Il hume l'air de manière exagérée, pour souligner son propos.

— Je ne suis pas en service, réplique O'Connor. J'ai donné ma démission.

— En effet. Mais j'ai rencontré assez d'ivrognes dans ma vie pour m'être fait une opinion sur eux. Voulez-vous la connaître ?

Thompson attend, dans l'espoir que O'Connor lui dise oui ou non, mais celui-ci reste muet. On entend les boulets de charbon se désagréger à travers la grille du foyer.

— Je vous la donne quand même. Si je me base sur mes précédentes rencontres avec des individus de votre engeance, l'ivrogne est trop faible pour affronter la vie. Il manque de courage et de force de caractère. Et en général, c'est un menteur. Par conséquent, quand j'ai devant moi, puant déjà le rhum à midi, un individu qui prétend ignorer comment s'est enfui Doyle et où il se cache, je préfère prendre ses affirmations avec circonspection.

— On m'a attaqué, on a découpé des pages de mon calepin et utilisé les notes qu'elles contenaient pour éliminer mes informateurs. Pourquoi mentirais-je ?

— Sans témoin oculaire, je n'ai que votre parole. Nous savons que les mouchards ont été dénoncés, nous savons que vous avez été blessé. C'est tout. Cette histoire d'agression et de pages découpées sonne faux. À mon avis, il est probable que vous ayez été menacé par les féniens qui vous ont contraint à sacrifier vos mouchards. Vous saviez que, si la vérité éclatait, vous perdriez votre poste, aussi avez-vous inventé cette fable pour vous couvrir. Après ce mensonge, les féniens vous tiennent en leur pouvoir.

— Cela n'a aucun sens. Si je travaillais pour eux, pourquoi aurais-je tenté de les empêcher d'assassiner le maire ?

— Cela a du sens, au contraire : Maybury avait les moyens de contraindre votre neveu à les espionner. Cela vous mettait dans une position délicate. Si vous préveniez les féniens, comment réagiraient-ils ? Allaient-ils tuer Sullivan, eux qui adorent supprimer les espions ? Vous ne pouviez espérer qu'ils jouent le jeu et fassent semblant de ne pas savoir qui il est et pourquoi il est là. Donc vous préférez ne rien leur dire. Après tout, les renseignements fournis par Sullivan passeront d'abord par votre intermédiaire, et vous vous assurerez que rien ne s'ébruitera. Hélas, quand Sullivan apprend le projet d'assassinat du maire, il vous le fait savoir par écrit. Je suppose que Frank Malone a lu le message avant de vous le remettre. Vous soutenez que c'est vous qui avez décidé d'aller à Milk Street pour neutraliser Doyle, mais il est probable que la décision venait de Malone. Vous avez essayé de l'en dissuader, j'imagine, malheureusement pour lui, il ne vous a pas écouté. Ensuite, Doyle le tue, et vous, vous en sortez indemne. J'ignore la teneur de votre conversation avec Doyle, mais je jurerais que vous avez promis de l'aider à quitter Manchester. Je me trompe ?

Il me met à l'épreuve. Il essaie de me faire sortir de mes gonds. Il cherche mes points faibles. Il ne fait qu'émettre des hypothèses en supposant que, s'il parvient à m'effrayer, je laisserai échapper un détail qu'il retournera contre moi.

— Je comprends votre position, monsieur. Vous avez perdu la trace de Doyle et vous ne pouvez pas mettre un gentleman comme Palin au banc des accusés, par conséquent vous avez besoin d'un fautif. Je ne suis pas parfait, j'ai commis des erreurs regrettables, mais j'ai fait mon devoir et vous trouverez ici beaucoup de gens pour en témoigner.

— Détrompez-vous. Les policiers avec lesquels j'ai bavardé ne vous portent pas en haute estime. Ils n'apprécient guère vos manières d'agir et votre langage. Et ils ne sont pas certains que l'on puisse vous faire confiance.

— Parlez avec Fazackerley. Il me connaît bien, lui.

— Justement. D'après lui, vous n'avez plus les idées claires. Il se demande ce qui vous arrive, ces derniers temps.

— Il sait que je ne suis pas un traître.

Thompson réfléchit un moment.

— Vous êtes intelligent, O'Connor. Mais pas autant que vous le pensez. Vous croyez qu'il suffit de démissionner pour que l'affaire s'arrête là ?

O'Connor sent ses tempes battre sourdement. En entrant dans cette pièce, il ne s'attendait pas à être ainsi mis en accusation, ni à affronter un interlocuteur aussi coriace. Le trajet en cab depuis George Street lui paraît remonter à plusieurs mois. Il rêve de pouvoir s'allonger quelque part et dormir, mais Thompson n'est pas près de le lâcher. Il est content de lui, ça crève les yeux, content d'avoir été choisi pour nettoyer les dégâts laissés par son prédécesseur et mettre de l'ordre dans cette gabegie. Sous son apparence paisible, il y a quelque chose de brutal, d'implacable chez lui. Il fera tout ce qui est en son pouvoir pour satisfaire sa hiérarchie londonienne. S'il ne trouve pas une vérité qui lui convienne, il en inventera une.

— Qu'alliez-vous faire à Tib Street, la nuit qui a suivi le meurtre ? Selon les témoins, vous étiez ivre. Pourquoi avoir dit à Barton qu'on vous avait envoyé prendre sa relève ?

— J'ai supposé que Doyle viendrait rendre visite à Rice dans sa planque. Je voulais lui faire payer la mort de Malone.

— Et pourtant au bout d'une heure, vous avez abandonné votre poste, et n'êtes réapparu ici que le lendemain pour remettre votre démission.

— J'en avais assez d'attendre. Je suis allé dans un pub boire un verre et puis j'ai passé la nuit avec une femme,

Mary Chandler. Elle habite Diggle's Court. Vous la trouverez facilement. Elle vous confirmera que nous étions ensemble.

— Une prostituée, je présume ?

— Oui.

— Vous la voyez souvent ?

— C'était la première fois.

Thompson lui jette un regard incrédule, puis note ce qu'il vient de dire. Sa main se déplace sur la feuille avec lenteur ; de temps en temps, il renifle et marque une pause entre deux phrases, pour relire ce qu'il vient d'écrire.

— Est-elle irlandaise ?

— Non. Et elle n'a rien à voir avec Doyle, ni avec aucun fénien, d'ailleurs.

— Un détail sans importance, d'après vous ? Une petite récréation après avoir accompli la vraie mission de la soirée, à savoir vous débarrasser de Barton afin que Peter Rice puisse mener à bien le plan ?

— Mais de quoi parlez-vous ?

Thompson pose son stylo, se penche sur sa page et souffle dessus pour sécher l'encre.

— Du plan de fuite de Doyle. J'ignore les termes du marché que vous avez conclu avec lui, mais je sais que vous vous êtes débrouillé pour que personne ne surveille la planque des féniens, au-dessus de la boucherie.

— Mr Maybury l'avait fait surveiller parce que j'avais dit à Doyle que Rice l'avait trahi.

— Le plan a dû changer, ou un événement inattendu s'est produit. Peter Rice était supposé faire diversion, c'est évident, mais à la dernière minute on a eu besoin de lui, j'imagine, donc vous avez cherché un moyen de stopper le guet. Les féniens avaient dû vous contacter dans l'après-midi et vous donner des instructions, peut-être en vous menaçant. C'est pour cela que vous vous êtes remis à boire ?

O'Connor se masse la tempe et regarde le plancher.

Leur décision est-elle déjà prise ? L'a-t-on désigné pour porter le chapeau ? Impossible. La police de Londres n'a pas eu le temps d'y réfléchir. Il commence à s'affoler. Sa force et sa volonté s'échappent par tous les pores de sa peau, comme de la sueur.

— J'étais sonné par la mort de Malone. J'avais besoin de me remettre. Voilà pourquoi j'ai bu un verre.

— En fait, vous vous sentez coupable parce que vous saviez que Malone risquait d'être abattu, mais vous avez choisi de ne pas le prévenir.

— Ce drame est purement accidentel. J'ignorais que Doyle allait tirer sur lui.

— Vous n'étiez pas armé. Qu'aviez-vous prévu pour les empêcher d'assassiner le maire ?

— C'est vrai. J'ai commis une erreur d'appréciation. Nous aurions dû appeler du renfort.

Thompson consulte sa montre de gousset, se lève et se dirige vers la porte.

— Nous allons vous garder ici pendant que nous enquêtons, annonce-t-il. Il y a une pièce vide à l'étage. Vous attendrez aussi longtemps qu'il faudra. Je placerai un agent en faction.

— J'ai une affaire urgente à régler. Je ne peux pas rester.

— Je pourrai vous arrêter et vous coller directement en cellule. Mais elles sont pleines de féniens, alors je préfère éviter que vous les côtoyiez.

— Vous n'avez aucun témoin, aucune preuve pour corroborer votre hypothèse. Aucun magistrat ne vous prendra au sérieux, avec si peu d'éléments à charge.

— Voilà pourquoi vous ne quitterez pas cette pièce. Si rien n'est retenu contre vous, vous serez libre de partir.

Thompson tourne la poignée de laiton et ouvre la porte en grand. Un inconnu en uniforme est posté dans le couloir. O'Connor repousse sa chaise. Il est en colère, et très soucieux, car si la vérité est sa seule armure, elle ne suffira jamais à le protéger.

— Vous vous trompez, dit-il à Thompson. Je ne suis pas plus traître que vous.

Ils sont si près l'un de l'autre qu'il sent le parfum douceâtre de son huile capillaire.

— Si vous n'êtes pas un traître, alors vous êtes un imbécile, rétorque Thompson. Je vous promets que nous saurons très vite laquelle de ces deux probabilités est la bonne.

Chapitre 24

O'Connor reste seul tout l'après-midi dans une pièce dont l'étroite fenêtre donne sur le toit à pignon du *York Hotel*. Elle doit servir de débarras : deux chaises avoisinent une table bancale, un vieux poêle et une caisse à thé contenant des bottes usagées et des vieux uniformes.

Fumer la pipe l'aide à passer le temps. Il se lève de temps en temps, fait le tour de la pièce pour se dégourdir les jambes, puis se rassoit et ferme les yeux, dans l'espoir de s'endormir. Il est transi, mais ne juge pas opportun de réclamer du charbon à l'agent, car il est persuadé que la vérité sera vite rétablie et qu'on le laissera partir. Même si ses collègues ne le portent pas dans leur cœur, ils n'iront pas jusqu'à se parjurer, et Fazackerley, c'est sûr, prendra sa défense. Quand Thompson verra qu'aucune preuve solide ne vient étayer ses accusations, il renoncera.

En pensant à Rose Flanagan, O'Connor ressent une tristesse et un désir disproportionnés, compte tenu de la brièveté de leur relation. Ils se connaissent à peine. Il pense aussi à Catherine : doit-il se sentir embarrassé, honteux ? Est-il en train de trahir le souvenir de son épouse défunte, en le mêlant aux émotions qu'il éprouve à l'égard d'une autre femme, plus jeune et vivante, elle ?

Dehors, la nuit tombe. Fazackerley entre, chargé d'un plateau : un bol de soupe, du pain et un mug de thé.

— Nom de Dieu, on gèle là-dedans ! s'exclame-t-il.

Il ressort dans le couloir pour dire au gardien de lui rapporter un seau de charbon et une lampe à pétrole. Puis il pose le plateau sur la table, essuie la poussière de l'autre chaise avec sa manche de veste et s'assoit. O'Connor souffle sur la soupe, y plonge la cuillère cabossée. Il regrette amèrement que le mug ne contienne que du thé.

— Les nouveaux venus de Londres ressemblent tous à Thompson ? demande-t-il à son collègue.

— C'est le pire, mais pas de beaucoup.

— Tu sais de quoi il m'accuse, au moins ?

— Il a posé un tas de questions sur toi. Tous les collègues savent qu'il t'a dans le nez. Je lui ai dit que ça n'avait aucun sens.

La soupe, ou plutôt la lavasse, est brûlante et trop salée. Des rondelles de navets translucides et des bouts de viande cartilagineuse surnagent, pareils à des déchets flottant dans une mer brunâtre et huileuse. Il y trempe le morceau de pain qu'il engloutit goulûment, puis la boit jusqu'à la dernière goutte. Il réalise maintenant qu'il était affamé ; depuis la fin de l'interrogatoire de Thompson, il vit dans un état de complète hébétude.

— Et les autres ? Qu'est-ce qu'ils lui ont dit ?

— Ce qu'ils ont vu, ou entendu dire, à savoir pas grand-chose. Certains seraient contents de te savoir derrière les barreaux, mais pas au point de mentir pour t'y envoyer. Thompson va bien finir par comprendre qu'il s'est fourvoyé et qu'il perd son temps. Si tu patientes sans faire de vagues, tu devrais être sorti ce soir.

O'Connor le remercie. Ils se serrent la main. Avant de partir, Fazackerley jette un coup d'œil autour de lui, comme pour mémoriser l'étroitesse du débarras.

— Ces gars de Londres ne m'inquiètent pas trop. Ils ne seront bientôt plus là et la vie reprendra son cours normal, on se retrouvera comme avant.

— Sauf que ce sera sans moi, remarque O'Connor.

Fazackerley hausse les épaules, mais évite son regard.

— Tu ne t'es jamais vraiment intégré, Jimmy, avoue-le. On le sait tous les deux.

Le gardien revient avec la lampe et le seau de charbon, dépose les boulets sur la grille du poêle et allume le feu. O'Connor regrette de ne pas s'être davantage confié à son collègue. Il aurait dû lui parler de son passé, de Catherine, de l'enfant mort, de toutes les épreuves qu'ils avaient endurées par la suite, maintenant il est trop tard. Quand Fazackerley se souviendra de James O'Connor, ce sera seulement du policier qui a assisté à l'assassinat de Frank Malone, celui qui a perdu la boussole après, et qui dans la foulée a démissionné. Le reste finira aux oubliettes.

La chaleur du poêle le fait somnoler. Il fume une pipe et finit par s'endormir sur sa chaise. Plus tard, il est réveillé en sursaut par des pas dans le couloir et le grincement du bouton de porte. C'est sans doute quelqu'un envoyé par Thompson venant lui annoncer qu'il est libre de quitter les lieux. Hélas, non. La porte s'ouvre sur Sanders, immobile et rigide, tête nue, en manches de chemise. Son visage pincé reflète un amusement mêlé de mépris.

— Suis-moi, O'Connor. J'ai la consigne de te descendre en cellule.

D'autres voix résonnent derrière lui. Combien sont-ils ? Que font-ils là ? Thompson a-t-il réellement envoyé Sanders le chercher ou s'agit-il d'une mauvaise plaisanterie ?

— Qui t'envoie, Sanders ?

— L'inspecteur Thompson. J'exécute les ordres.

— Je refuse. On ne m'a pas signalé mon arrestation, vous n'avez aucune raison de m'emprisonner.

— Ce sera fait en temps voulu.

— Où est Fazackerley ?

— Il est rentré chez lui.

— Alors je veux parler à Thompson. Conduis-moi à son bureau.

— Je dois t'emmener en cellule.

— Je n'irai pas, je te l'ai déjà dit.

Il devine l'agitation de Sanders, son désir fébrile d'obéir à la nouvelle hiérarchie, sa crainte de voir la situation lui échapper et de ne pouvoir assouvir sa vengeance à cause de complications imprévues.

— On sait tous qui tu es, O'Connor. T'as réussi à tromper Maybury, mais il n'est plus là, et Thompson est bien plus intelligent que lui. Il ne se laissera pas berner.

— C'est une histoire à dormir debout. Je ne suis pas plus traître que toi.

La figure de Sanders s'empourpre.

— Frank Malone était mon ami. Et mon ami s'est fait assassiner par vous autres, salopards d'Irlandais. Abattu de sang-froid. Un innocent. Il n'était même pas armé. Et toi, tu oses m'accuser d'être un traître !

Les hommes qui attendaient dans le couloir font irruption. O'Connor reconnaît l'un des deux, l'agent Payne. Un grand maigre, avec un nez busqué et des yeux étroits. Il a la réputation d'être fainéant et de perdre aux cartes.

— T'as besoin d'un coup de main, Sanders ?

— Ce fumier refuse d'obéir. Il dit qu'il veut d'abord voir Thompson.

— On a qu'à lui coller les bracelets aux poignets, et aux chevilles aussi. S'il le faut, on le sort par la peau du cul. C'est ça que tu veux ? ajoute Payne en agitant les menottes.

— Ne vous fatiguez pas, soupire O'Connor. Je viens.

Il empoche sa pipe et se lève. Thompson doit être à court d'idées. Il essaie de m'intimider, c'est tout. C'est une mauvaise blague, mieux vaut jouer le jeu plutôt que résister.

Les quatre hommes s'engagent en file indienne dans l'étroit corridor ; au bout à droite, une porte ouverte donne sur un escalier métallique peint en gris. O'Connor ne reconnaît pas les lieux, ce doit être l'aile arrière du bâtiment. Ils descendent au sous-sol et empruntent une enfilade de couloirs mal éclairés. Sanders part en quête du surveillant qui détient les clés des cellules. On entend des cris, l'odeur d'urine et de phénol est difficilement supportable. Le sol est rouge brique, un mouchetis de sang séché constelle le mur peint en vert.

— C'est ta place, ici, dit Payne. Bouclé avec tes copains féniens.

L'autre flic, inconnu de O'Connor, sourit à la remarque et déclare :

— Si y a une justice dans ce monde, tu s'ras bientôt pendu pour ce que t'as fait.

— Qui êtes-vous ? s'exclama O'Connor. Qu'est-ce que vous savez sur moi ?

— J'm'appelle Grayling et je sais c'qu'on m'a dit. Ça m'suffit pour m'faire une opinion.

Sanders revient avec une clé, déverrouille la porte d'une cellule vide et fait signe à O'Connor d'entrer. Pour tout mobilier, il y a un bat-flanc à gauche et un seau galvanisé dans un coin. Sur les murs enduits de stuc gris crasseux, les prévenus précédents ont gravé des phrases énigmatiques. O'Connor cherche à comprendre comment la situation en est arrivée là, puis se persuade que son emprisonnement ne va pas durer : Thompson n'a aucune preuve contre lui et, demain matin, Fazackerley sera de retour. Avant de l'enfermer à double tour, les trois flics l'injurient copieusement et lui répètent qu'il n'est qu'un salopard de traître qui aura ce qu'il mérite. Il se recroqueville en chien de fusil sur le bat-flanc et essaie de dormir, mais le froid le fait frissonner et, à intervalles irréguliers, des cris, des vociférations venus des cellules voisines le réveillent en sursaut.

Le lendemain à l'aube, on lui apporte du pain et du thé, à midi, une soupe d'orge dont il essaie en vain d'oublier l'odeur d'ammoniaque. Il grelotte et réclame une couverture. On lui en apporte une, rêche et humide. Tout l'après-midi, il attend l'arrivée de Fazackerley et, quand il réalise que celui-ci ne viendra plus, il recommence à s'affoler. Sont-ils en train de chercher de nouvelles preuves contre lui, comme l'a dit Thompson, ou est-il retenu ici par pure malveillance ? Hormis Sanders, Payne et Grayling, qui sait qu'il est enfermé dans ce sous-sol ? Qui va remarquer son absence, s'il n'est pas libéré ? Surtout, rester calme ; la raison et la loi sont là quelque part, même s'il ne les voit pas. Mais comparées à la triste réalité de sa situation, ces lueurs d'espoir sont bien minces.

Il n'y a ni chandelle ni lampe à huile dans la cellule, seul un rai de lumière jaune filtre par l'étroite imposte vitrée au-dessus de la porte en fer. En début de soirée, il s'assoit sur le bat-flanc dans la pénombre, les genoux remontés sous le menton, luttant contre la douleur qui gagne ses hanches, ses reins et sa nuque, osant à peine respirer, tant la pestilence du seau hygiénique est intenable. Soudain, la porte s'ouvre sur Sanders.

— Bon, la plaisanterie a assez duré, lui dit aussitôt O'Connor. Vous n'avez aucune preuve contre moi et aucune raison de me garder ici plus longtemps. Je n'ai pas été officiellement arrêté. Relâche-moi tout de suite !

Sanders éclate de rire.

— Te relâcher ? C'est la meilleure !

Il tient une matraque dans la main droite. Quelques miettes de gâteau sont restées accrochées à sa barbe. Son haleine sent la bière et l'oignon.

— Thompson a réuni toutes les preuves dont il a besoin, ajoute-t-il joyeusement. Assez pour te faire pendre. On te transfère bientôt à New Bailey.

— Tu mens. J'en suis sûr. Thompson sait que je suis ici, au moins ?

— Bien sûr qu'il le sait ! C'est lui qui a donné les ordres.

— Et Fazackerley ? Pourquoi ne vient-il pas me voir ?

— Fazackerley ? Figure-toi qu'il est aussi soupçonné de trahison, puisque c'est un de tes amis. Il devait être au courant de tes agissements. M'est avis qu'il y aura d'autres inculpations sous peu. Pourquoi pas Maybury et Palin ? On ne sait pas jusqu'où remonte le complot.

O'Connor demeure abasourdi. De telles accusations sont trop complexes pour le petit cerveau de Sanders. Dit-il la vérité ou répète-t-il les mensonges transmis par quelqu'un de beaucoup plus intelligent que lui ?

— J'exige de parler à Thompson, réitère O'Connor. Cette comédie doit cesser avant que ça tourne mal.

— T'es prêt à avouer ? Si oui, je te conduis illico dans son bureau.

— Je n'ai rien à avouer. Je suis innocent.

En une brusque enjambée, Sanders est sur lui et presse sa matraque à l'horizontale, de toutes ses forces, contre sa trachée. La tête de O'Connor heurte le mur, il a l'impression que ses globes oculaires vont jaillir de leurs orbites. Sanders appuie assez longtemps pour que des signes de détresse respiratoire apparaissent, puis recule et crache avec mépris :

— Je pourrais briser ce cou innocent. C'est pas compliqué. L'oublie jamais.

O'Connor met un long moment à reprendre sa respiration. Il se masse le cou, la mâchoire et lance, furieux :

— Qu'est-ce que tu me veux, à la fin ?

Sanders se frappe le front, comme s'il venait de lui rappeler quelque chose d'important.

— Je veux ton portefeuille, tes bretelles et tes bottes. Tu es prisonnier maintenant, c'est le règlement.

Il n'est pas prisonnier, le règlement ne s'applique pas à lui, O'Connor en est sûr. Mais à quoi bon contester ? Il y a des surveillants dans le couloir et, s'il n'obtempère pas, Sanders lui fera ôter ses bottes et ses bretelles de force.

— Quand aura lieu le transfert ?

— Quand ça nous conviendra.

S'ils veulent me transférer, il faut d'abord que je passe devant un magistrat. Je pourrai demander à voir un avocat.

Au moins, je serai sorti de ces limbes, je reverrai le monde normal.

— Demain ? suggère O'Connor.

— Quand ça nous chantera, je te dis.

Sanders prend les bottes, les inspecte en ricanant, puis tend la main vers le portefeuille et les bretelles.

Après son départ, O'Connor s'étend sur le bat-flanc et s'endort. Lorsqu'il se réveille, ses oreilles bourdonnent, sa gorge brûle, des spasmes lui tordent le ventre. Il se lève, déboutonne son pantalon et va s'accroupir au-dessus du seau ; dos appuyé contre le mur, il se raidit, puis libère ses intestins. Il ressent un intense soulagement, proche de la joie ; une deuxième vague suit, plus forte et plus abondante, puis une troisième. Quand c'est terminé, il retourne s'allonger et s'enveloppe dans la couverture. Il transpire malgré le froid. La douleur abdominale est partie, mais il se sent faible et barbouillé, ses membres sont raides, endoloris. Quelques instants plus tard, il roule sur lui-même et vomit par terre. Il s'essuie la bouche avec sa manche, crache les restes et crie pour avoir de l'eau. Personne ne répond. Il doit être minuit passé. Le couloir est silencieux et sombre, à l'exception de la lueur jaunâtre des lampes à gaz à travers l'imposte. Il ferme les yeux, remonte les genoux sur sa poitrine pour se tenir chaud.

Diarrhées et vomissements alternent pendant quarante-huit heures. Étourdi de fièvre, il transpire, frissonne, dort par intermittence d'un sommeil agité et cauchemardeux. Parfois il se croit enfant, dans le comté d'Armagh, parfois à Dublin, après son mariage. L'écho des voix qui lui parviennent du couloir, c'est Catherine chantant une berceuse au bébé, ou ses parents en train de se disputer. Il veut les appeler au secours, mais n'y parvient pas. Au lieu de mots, il émet des sons rauques, gutturaux, des petits cris, des jappements frénétiques pareils à ceux d'un singe apeuré. Même s'il sait ce qu'il veut dire, les phrases ne sortent pas de sa bouche. Sa glotte se ferme, sa langue, énorme, devient inutile. Les surveillants qui arpentent le couloir s'arrêtent devant sa porte et se moquent de son galimatias. « Encore un connard de fénien qui psalmodie en latin », plaisantent-ils.

Quand la fièvre tombe et que son esprit s'éclaircit, il réclame de l'eau, du savon et un linge. Il se lave d'abord la figure, puis les bras, les aisselles, la poitrine et le ventre. Son corps ressemble à une maison où l'on revient après une longue absence, ou à un ami retrouvé dont on a oublié le nom. Il essore le linge, puis baisse son pantalon et poursuit sa toilette. Il s'est souillé en dormant, ses fesses couvertes d'excréments sont à vif. Précautionneusement, du bout des doigts, il retire les matières fécales séchées, puis se savonne et se rince. Ensuite il passe aux parties génitales, aux cuisses, aux chevilles, aux pieds. L'eau froide et savonneuse est devenue grise. L'effort de se tenir debout et de se pencher l'a épuisé. Quand il a terminé, il s'enroule dans la couverture et se couche sur le dos, incapable de ramasser les vêtements malpropres éparpillés par terre.

Une heure plus tard, Thompson entre dans la cellule. Aussitôt la puanteur le fait reculer. Il interpelle deux gardiens, leur ordonne de nettoyer. Pendant que l'un frotte le sol et que l'autre emporte le seau hygiénique, il attend dans le couloir. O'Connor observe la scène, pâle, les yeux cernés, avec une barbe de quatre jours, nu sous la couverture pouilleuse. Thompson revient, un petit cigare au bec, pour couvrir l'odeur.

— On m'a dit que vous avez été malade. Ça va mieux ?

O'Connor hésite à répondre. Il garde en mémoire ses cauchemars, les mots mélangés qui obstruaient sa gorge. Thompson se penche vers lui, sourcils froncés.

— Vous m'entendez, O'Connor ?

— Ça va. Un peu faible, c'est tout.

— Quand vous aurez mangé de la soupe et du pain, vos forces reviendront.

— Voilà quatre jours que je suis là, alors que je n'ai

pas été arrêté ni inculpé. Vous n'avez pas le droit de me retenir contre mon gré. Aucun droit.

Thompson opine du chef.

— Quatre jours, c'est long en effet. Mais il nous faut du temps pour démêler un dossier aussi particulier que le vôtre. Les complications sont inhabituelles. Vous êtes probablement un traître, hélas, je ne possède pas assez d'éléments tangibles pour le prouver. Si je vous laisse libre, vous risquez de prendre le large. Mettez-vous à ma place. Hier, j'ai confié mon dilemme par écrit au colonel Fielding, et j'ai reçu ce matin ses excellents conseils. Selon lui, l'arme est la solution à mon problème.

— Quelle arme ?

— Celle de Barton. Vous l'avez volée. Elle ne vous appartenait pas, vous n'aviez pas le droit de la lui réclamer, sous un faux prétexte, par-dessus le marché. Voler une arme de service chargée, ce n'est pas anodin.

— Je l'ai rapportée le lendemain. Je l'ai remise dans le coffre.

— Le registre dit que l'arme est revenue à midi et demi. Barton estime que vous la lui avez prise vers huit heures du soir, vous l'avez donc gardée plus de seize heures. En seize heures avec un pistolet chargé, un homme a l'occasion de causer de graves dommages.

— J'avais bu. Il est resté dans ma poche toute la nuit, je n'y ai même pas pensé.

— Vous imaginez qu'un état d'ébriété va atténuer la gravité du délit ? Au contraire, il ne fait que l'augmenter.

Ses manières n'ont pas changé : imbu de lui-même, insidieux, inflexible. Il inhale la fumée de son cigare, puis la laisse lentement s'échapper par ses larges narines.

— Demain matin, vous serez déféré devant un tribunal de police pour vol d'arme à feu. Nous avons des témoins : Barton, bien sûr, mais aussi l'apothicaire de Tib Street, et le lieutenant Fazackerley. Ce ne sera pas un dossier difficile à juger.

— J'étais fou de rage, et résolu à tuer Stephen Doyle, si l'occasion se présentait, voilà pourquoi j'ai emprunté l'arme de Barton.

— Selon lui, vous étiez très calme, du moins en apparence et vous ne sembliez pas avoir bu. Et vous l'auriez contraint sous la menace à lui remettre son arme.

— Il n'a pas protesté. Il me l'a donnée volontiers.

— Barton est un agent de police respectable, honnête, sans aucun antécédent. Quand il se présentera devant la cour, le juge ne doutera pas de sa version des faits.

— Mais pourquoi vous acharner sur moi ?

— Pour vous envoyer derrière les barreaux. Vous êtes un individu dangereux, un ennemi de la Couronne, un risque pour l'ordre public. Si nous ne pouvons pas vous juger, du moins pouvons-nous vous garder enfermé.

O'Connor frissonne et resserre la couverture autour de ses épaules. Il est à nouveau pris de nausée. Un individu dangereux ? Thompson pense-t-il vraiment ce qu'il dit, ou s'agit-il d'un grotesque stratagème ?

— Je ne suis un danger pour personne. Je suis un homme ordinaire, loyal et honnête.

— Nous savons que vous vous êtes déshonoré à Dublin et que les autorités vous ont expédié ici pour vous offrir une seconde chance. Grave erreur de leur part, cela va sans dire. Dès lors qu'un individu dévie du droit chemin, une fois ses faiblesses révélées, une seule direction s'offre à lui. Maybury n'aurait jamais dû se fier à vous. Ce fut là sa faute. Mais aujourd'hui, vous êtes démasqué. Nous savons qui vous êtes.

— Vous ne savez rien du tout, rétorque O'Connor. Rien du tout.

Il a le souffle court, les mots sortent de sa bouche par saccades.

— Vous m'accusez de trahison ? C'est moi qui suis trahi ! Par de fausses accusations, des mensonges ridicules.

— Vous n'êtes qu'un vulgaire ivrogne. Vous ne pouvez pas le nier.

— J'ai beaucoup souffert de la mort de mon épouse.

— Ah oui. Votre épouse. Catherine, c'est ça ? Si vous espérez apitoyer quelqu'un par ici, vous feriez mieux de chercher ailleurs. Je garde mes larmes pour les malheureuses victimes de vos amis féniens.

O'Connor préfère ne pas répondre. Son esprit est trop confus et son corps trop affaibli par ces deux jours de fièvre. Thompson patiente quelques instants, puis écrase le mégot de son cigare sous sa semelle et ouvre la porte. Une lumière jaune se répand brièvement dans la cellule, un gardien sifflote dans le couloir, puis la porte se referme avec un claquement sourd et le monde retourne aux ténèbres et au silence.

Chapitre 25

Elle veut être heureuse et en sécurité, avoir des enfants et une maison, mais lui, que désire-t-il ? Le confort, l'amour peut-être, un moyen d'échapper à tout ce qu'il a enduré, à sa tristesse. Elle a besoin de son aide, lui d'être aimé, ils s'épauleront l'un l'autre. Ce ne sera pas l'union pure et parfaite comme dans les chansons, mais la vie est risquée de toute manière et, quand on a bien réfléchi, bien parlé, il ne reste plus qu'à prier pour que tout se déroule le mieux possible. Par conséquent, sa décision est prise : quand il reviendra, s'il revient, elle acceptera son offre. Elle lui sourira et, pendant un moment, le passé aura disparu, comme si la vie pouvait recommencer à zéro.

Il est neuf heures du soir, ce samedi, Rose vient juste d'aider sa mère à se coucher, quand on frappe à la porte. Enfin, il en a mis du temps à se décider ! Elle va ouvrir, s'attendant à voir James O'Connor sur le seuil, anxieux, dans l'expectative. C'est un inconnu qui se présente à elle, un homme âgé vêtu de noir, avec une petite moustache grise et des yeux couleur d'huître. Il lui tend sa carte : Harold Newly, avocat.

— J'ai pas besoin d'avocat, dit Rose.

Il sourit.

— Miss Flanagan ? Je représente mon client, Mr James

O'Connor. Mr O'Connor m'envoie vous porter un message, si vous êtes bien miss Rose Flanagan.

— Oui, c'est moi.

— Dans ce cas, puis-je entrer un moment ?

La jeune femme examine la carte en se demandant ce que tout cela signifie.

— Pourquoi un policier aurait besoin d'un avocat ? C'est idiot.

Newly sourit à nouveau.

— La situation sort un peu de l'ordinaire, mais je vais tout vous expliquer, si vous acceptez de me recevoir. Il me faut préparer au mieux le dossier de Mr O'Connor pour mon confrère, qui assurera sa défense au tribunal.

Il a des gestes lents, une voix apaisante, habitué qu'il est à être reçu avec défiance. Rose s'efface pour le laisser passer et le conduit à la cuisine, la seule pièce chauffée de la maison. Newly appuie son parapluie contre le mur et pose son haut-de-forme sur la table. Rose lui apporte une chaise près du poêle, il la remercie et s'assoit.

— Vous voulez un thé ?

— Non merci, dit-il avec un petit geste.

— Où est Jimmy ? Pourquoi il vient pas lui-même me parler ?

Newly hoche la tête, pour lui montrer qu'il comprend son étonnement. Son visage fatigué est creusé de rides profondes, il a des lèvres minces, violacées, au contour plus pâle. Il rappelle à Rose deux hommes de son village, l'organiste de l'église et un instituteur décati.

— Vous ne manquerez pas d'être surprise, miss Flanagan, mais Mr O'Connor est incarcéré à New Bailey, accusé du vol d'une arme de service. Le magistrat l'a mis en détention préventive dans l'attente de son procès, au printemps. J'espère obtenir sa libération avant, car les charges retenues contre lui sont très minces. Cependant, le règlement pénitentiaire requiert qu'il soit traité comme un félon, à savoir que ses droits sont sévèrement limités :

aucune visite autorisée, excepté celle de son représentant légal, c'est-à-dire moi, et interdiction d'envoyer ou de recevoir de courrier.

Rose le dévisage sans comprendre. Les paroles de ce visiteur vêtu de noir lui paraissent si invraisemblables qu'elle serait tentée de rire.

— On peut pas mettre un policier en prison ! C'est contraire à la loi, non ?

— Mr O'Connor a donné sa démission. Il ne fait plus partie de la police. Et même un policier n'aurait pas droit à l'immunité. Un délit est un délit, et la loi est identique pour tout le monde.

Rose n'en revient toujours pas. Que le sort d'un homme puisse changer aussi soudainement lui semble impossible. Mais elle se souvient de sa conversation avec Jimmy au salon de thé, à propos des supérieurs qui ne l'écoutaient pas et des autres flics qui le traitaient plus bas que terre.

— Alors quelqu'un lui en veut, juste parce qu'il est irlandais. Il m'a raconté comment ça se passait pour lui, avec ses collègues. Il est arrivé quelque chose, j'en suis sûre. Un autre a dû enfreindre le règlement, et c'est lui qui paie les pots cassés.

— Il y a du vrai dans votre raisonnement, miss Flanagan, acquiesce l'avocat. En temps normal, il aurait été réprimandé, voire muté, mais en aucun cas emprisonné. Mais à la suite du meurtre commis par ce fénien, le pardon et la compréhension n'ont plus cours. On accuse mon client d'avoir volé un pistolet alors que, en réalité, il l'a juste emprunté sans en demander au préalable l'autorisation. Hélas pour lui, il avait bu, ce qui n'arrange rien ; par bonheur, il n'a pas fait usage de l'arme, personne n'a été blessé. Il s'agit d'une stupide erreur, rien de plus ; malheureusement, dans le climat politique actuel, si les autorités cherchent un bouc émissaire, le cas de Mr O'Connor peut être monté en épingle et rendu bien plus grave qu'il ne l'est en réalité.

— Ça s'est passé quand tout ça ?

— Dimanche dernier dans la soirée.

— Je l'ai vu, moi, le lendemain de la mort de son collègue. Il est venu à mon travail, au *Spread Eagle*. Il parlait de quitter la police, de démissionner, mais il m'a pas dit qu'il avait des ennuis.

— Il n'était pas inquiété, à ce moment-là. Il est retourné à l'hôtel de ville le lendemain sans se douter de quoi que ce soit. Ils l'ont interrogé et, quand il a voulu partir, ils l'ont conduit en cellule. C'est un nouvel inspecteur venu de Londres, un certain Thompson, qui est la cause de cette situation. Il est persuadé que Mr O'Connor est un traître, qu'il fréquente les cercles féniens. Comme il n'a pas l'ombre d'une preuve, il s'est rabattu sur l'accusation de vol. À ce qu'on dit, ce Mr Thompson prend sa tâche très à cœur, il n'a eu aucune difficulté à obtenir l'incarcération. En revanche, lors du procès, ses arguments ne tiendront pas face à une bonne plaidoirie de la défense.

Rose fronce les sourcils. Elle revoit la tache de sang sur la manche du manteau de O'Connor. Il a risqué sa vie pour eux. Il aurait pu être tué et eux l'accusent de trahison. Voilà comment les Anglais vous remercient.

— Comment il supporte la prison ? demande-t-elle.

— Il a été malade. Beaucoup de fièvre, plusieurs jours durant. Son moral est en berne. La prison est une expérience redoutable, miss Flanagan, l'endroit est conçu pour briser les âmes. Mr O'Connor souffre, comme toute personne honnête, mais il m'a prié de vous dire, je cite : « Penser à elle m'a été d'un grand secours. »

— C'est tout ?

— Une partie seulement. Le reste est plus… intime.

Rose pince les lèvres. Elle voit la prison de New Bailey se dressant au-dessus des berges de l'Irwell, sombre et massive, incarnant tous les chagrins, toutes les douleurs des habitants de cette ville maudite. Même si O'Connor est libéré, comme le pense Newly, il sera à jamais entaché et affaibli par ce châtiment inique. Ses problèmes iront en s'aggravant.

— Quand j'ai entendu frapper à la porte, j'ai cru que c'était lui.

Newly sourit avec compassion.

— Je suis désolé de vous décevoir, miss Flanagan. Je fais un bien piètre substitut.

— Il vous a parlé de moi ?

— Il m'a confié vous avoir demandée en mariage ; vous aviez promis d'y réfléchir. Il m'a chargé de vous faire savoir qu'étant donné les circonstances vous ne devez pas vous sentir obligée de répondre immédiatement. Dès qu'il sera libéré, il viendra vous voir pour renouveler sa demande. Ce sera son premier geste en sortant de prison. Il espère que, ce jour-là, votre décision lui sera favorable. En attendant, considérez-vous libre de tout engagement. Voilà le message qu'il tenait à vous transmettre.

— Libre ? Libre de faire quoi ?

— Si j'ai bien compris, votre frère est décédé et votre mère est infirme. Si d'autres sources de revenu vous sont proposées, acceptez-les. Je crois que c'est le sens des propos de Mr O'Connor.

Rose se raidit, déconcertée par la froideur de l'offre.

— Il renonce à moi aussi facilement ?

— C'est par bonté et bienveillance, à mon avis. Il ne veut pas que votre avenir soit bouleversé ni que vous subissiez par contrecoup les aléas de son malheur.

Rose regarde ses mains rugueuses, ses doigts rougis, durcis pas le travail, ses ongles abîmés. Quoi qu'elle fasse, la déveine est au rendez-vous. Elle ressent cette injustice au plus profond d'elle-même, jusque dans ses os. Elle pousse un long soupir, puis lisse les plis de sa jupe et relève les yeux.

— Dans combien de temps, le procès ?

— Dans trois mois.

— Et s'il est jugé coupable ?

— C'est peu probable. Ce Thompson cherche à jouer au plus fin.

— Mais s'il est quand même jugé coupable ?

Newly caresse le bois de la table de sa main osseuse.

— Dans ce cas, il écopera d'un an de prison, peut-être davantage.

Rose raccompagne l'avocat à la porte et retourne s'asseoir près du fourneau pour réfléchir. Je suis encore jeune, rien n'est décidé. Je peux faire ce que je veux. Elle reste là longtemps à fixer les boulets incandescents ; puis elle va allumer une bougie, monte à l'étage, passe devant la chambre de son frère. Elle n'y est pas entrée depuis le drame. La pièce est restée telle quelle, sombre et vide. Quel pensionnaire accepterait de dormir dans le lit d'un mort ? Quant à l'occuper elle-même, l'idée ne lui viendrait pas à l'esprit. Dans l'autre chambre, sa mère ronfle déjà. Rose se déshabille, enfile sa chemise de nuit et se glisse dans le lit, tout contre elle.

Chapitre 26

Ils marchent en rond dans la cour de la prison : voleurs et maîtres chanteurs, sodomites et souteneurs, escrocs, étrangleurs et casseurs de coffres – tous différents et pourtant tous semblables. O'Connor fixe les épaules voûtées de l'homme qui le précède et entend tousser et expectorer celui qui le suit. Leurs sabots claquent sur le bitume. L'herbe d'hiver a disparu de l'allée où circulent les gardiens, laissant place à la boue. Interdiction de s'adresser la parole, de se regarder ou même de se sourire, sous peine de sanction. Après l'heure d'exercice, les détenus vont à la chapelle, puis à l'atelier où ils embobinent du fil et épluchent de l'étoupe dans une atmosphère de poussière ocre imprégnée de créosote.

Newly attend O'Connor dans la pièce réservée aux visites, située entre le corps de garde et le bureau du directeur de l'établissement. Il lui parle des témoins qui seront appelés à la barre, des preuves, de l'avocat qui plaidera sa défense, de ce que pourraient penser ou dire les magistrats. L'attitude de Newly ne varie jamais : il est calme, prudent, un peu trop même, presque ennuyeux ; il articule chaque mot avec lenteur et ne s'écarte jamais de son sujet. Malgré tout, quand son temps de visite se termine et qu'il prend congé, O'Connor éprouve toujours en lui serrant la main un moment d'abattement, d'intense tristesse, comme s'il se séparait d'un être cher.

La nuit, les cris, les sanglots des prisonniers, les pas hâtifs des gardiens, les portes métalliques claquées, tous les bruits sont amplifiés. L'étroite cellule a la froideur d'un tombeau, l'obscurité l'oppresse. Quand il rêve, c'est de Catherine mais, le plus souvent, il reste allongé les yeux ouverts, figé de peur, taraudé par ses souvenirs qui sont autant de lames d'acier plantées dans son crâne.

Tantôt il est rempli d'indignation et de colère, tellement floué qu'il peine à contenir sa rage et qu'il serait capable de se monter violent, tantôt il sombre dans une sorte d'apathie impuissante. Il pense à tout ce qu'il a fait, ou n'a pas fait, justement, à ses erreurs, à ses faiblesses, à son histoire douloureuse, et se demande s'il n'a pas mérité ce châtiment. Est-ce le sort qui l'attendait ? Paie-t-il là l'héritage criminel de son père ? Voilà deux mois qu'il est enfermé à New Bailey et il craint parfois de perdre l'esprit.

Un matin, juste après le petit déjeuner, alors qu'il vient de balayer le sol d'ardoise et qu'il roule les couvertures et la paillasse, la porte s'ouvre. C'est Fazackerley, qui débarque sans crier gare, l'air préoccupé, les traits tirés. Il ôte son chapeau melon et repousse la mèche de cheveux qui lui tombe sur le front.

— J'aurais voulu venir te voir avant, Jimmy, mais ils me l'ont interdit. C'est une honte, ce qui t'arrive, une honte. Je l'ai dit à Thompson, crois-moi. Je le lui ai dit en face.

— Et qu'a-t-il répondu ?

Fazackerley grimace de dépit.

— C'est le nouveau chef. Il nous fait passer pour des incompétents, ça rehausse son image. Il vise le poste de Maybury. Il va l'avoir un de ces jours, c'est sûr. Tu verrais, c'est la panique à l'hôtel de ville.

O'Connor lui montre le tabouret, déroule sa paillasse et s'assoit sur l'angle du bat-flanc. Par la porte de la cellule restée ouverte, il voit, sur la coursive d'en face, les privilégiés, les détenus affectés en cuisine, en train d'empiler les plateaux métalliques sur des chariots. Les odeurs matinales habituelles se mélangent, gruau d'avoine et excréments.

— Tiens, je t'ai apporté de quoi fumer, dit Fazackerley, en lui tendant un petit rouleau de tabac.

O'Connor le hume avec délice et remercie son collègue d'un geste amical.

— Si j'avais pu arrêter tout ça, Jimmy... se désole celui-ci. J'espère que tu le sais. Je n'ai rien pu faire.

— Si. Tu m'avais mis en garde contre Thompson.

— J'aurais plutôt dû te conseiller de quitter Manchester pendant qu'il était encore temps.

— Newly m'a dit que tu viendras témoigner au procès.

— S'il le faut, oui. Je ferai tout pour t'aider, l'assure Fazackerley, tout en examinant la cellule d'un air désolé. La prison de Belle Vue est mieux que celle-ci. Plus propre, surtout. Là-bas, les détenus en préventive ont le droit de garder leurs habits personnels. Tu devrais exiger ton transfert. Tu te sentirais mieux dans tes propres vêtements.

— Ce ne sont pas les vêtements, le problème.

Fazackerley esquisse un sourire, puis se rembrunit. Il pose son chapeau par terre, et se tape avec vigueur sur les cuisses, pour se réchauffer. Son manteau est encore humide de pluie. Il sent le tabac et l'air du dehors.

— On va arriver à te sortir d'ici, Jimmy.

Fazackerley a-t-il graissé la patte à un gardien pour pouvoir entrer ou a-t-il obtenu l'autorisation d'un magistrat ? Il doit avoir quelque chose d'important à lui communiquer en privé, sans l'intermédiaire de Newly.

— Tu viens m'annoncer que vous avez coffré Doyle ? Ils veulent que je lui parle ? C'est pour ça que tu es là ?

Son collègue sursaute, comme si la conversation prenait un tour inattendu. Il triture nerveusement le lobe de son oreille.

— Non, non. Il est toujours recherché. Il a pu fuir n'importe où.

— Je suis le seul à le connaître. Le seul à avoir vu son visage de près. Tu le sais, ça ?

— Oui, Jimmy.

Fazackerley renifle, les yeux dans le vague. Bon, s'il n'est pas venu pour Doyle, de quoi peut-il s'agir ?

— Au fait, as-tu des nouvelles de Michael ? Tu l'as vu, récemment ?

Quand son collègue relève les yeux, son expression a changé. Elle est plus sombre, plus tendue.

— Justement, c'est de lui que je viens te parler, Jimmy.

— Il a des problèmes ? Il a besoin d'aide ?

O'Connor scrute ses traits, en quête d'un indice révélateur. Un gardien passe devant la cellule, s'arrête pour les observer, puis poursuit sa ronde. Les deux hommes attendent qu'il se soit éloigné. Un dernier instant d'innocence pour O'Connor, avant que l'horreur le rattrape.

— Hier matin, quelqu'un a aperçu un corps à demi enterré dans un terrain vague, près de Stanley Street. Des chiens avaient commencé à le dévorer. Je suis désolé, Jimmy.

— Le corps de Michael ?

Fazackerley hoche tristement la tête.

— Vers les quais à charbon ?

— Oui, près du Bolton Canal, pas très loin d'ici.

O'Connor a l'expérience de cette sensation : d'abord la stupeur, puis l'hébétude, et ensuite la douleur. Le chagrin comme une crevasse qui s'ouvre au fond de lui, libérant un animal furieux.

— Comment ils l'ont tué ?

— Une balle dans la tête. Après l'avoir salement amoché.

— Il aurait mieux valu le renvoyer à New York. Il serait encore vivant.

— On ne pouvait pas prévoir.

O'Connor croise les bras, agrippe ses épaules avec force et s'appuie sur ses genoux, le temps que la nausée et le vertige diminuent. Fazackerley renifle, sort son mouchoir et s'essuie le nez.

— C'est Doyle qui l'a tué. Rice et Riley étaient avec lui. On a trouvé du sang dans l'une des arches du viaduc, pas loin de l'endroit où le corps de Michael a été découvert. L'individu qui loue une planque sous l'arche est un nommé Dixon, Henry Dixon, un petit voleur de Salford. Au début, il a affirmé que quelqu'un s'y était introduit par effraction, mais il a vite changé d'avis quand on lui a dit qu'il risquait la corde pour complicité d'homicide. Doyle l'avait rencontré dans une taverne de Sydney Street, et l'avait payé pour te piquer ton portefeuille. Le coup de l'agenda, c'était lui. Après le meurtre de Malone, Doyle a cherché un endroit pour se planquer et il a fait appel à Dixon. Ce gars n'a rien à voir avec les féniens, il n'est même pas irlandais. Il était là aussi, et il a tout vu. Selon lui, Doyle t'avait cru, il pensait que Rice était le traître. Mais Rice a réussi à le convaincre que c'était Michael. Il avait appris votre lien de parenté, j'ignore par quel moyen. Michael a nié, bien sûr, mais ils ont fini par le lui faire avouer.

— Ça s'est passé quand ?

— Le lendemain de la mort de Malone, pendant la nuit.

O'Connor se crispe. La nuit avec Mary.

Anéanti, il émet un grognement animal. La cloche d'appel pour l'exercice du matin retentit. Les surveillants parcourent les couloirs en aboyant les numéros des détenus.

— On a arrêté Riley dans sa taverne hier soir, poursuit Fazackerley. Rice se planque quelque part. Toute la police est à ses trousses, il n'ira pas bien loin. Ils seront jugés pour complicité de meurtre. Avec le témoignage de Dixon, ils sont bons pour la corde. Doyle s'est volatilisé, mais Thompson n'a pas l'air de s'en soucier. Deux féniens pendus, ça lui convient très bien ; il se moque de savoir ce qu'ils ont fait. Pour lui, c'est un coup de chance.

— Si j'avais surveillé leur planque toute la soirée, j'aurais peut-être pu empêcher ça.

— Ils l'auraient tué, de toute façon, Jimmy.

— Je les aurais suivis jusqu'au viaduc.

— Oui, et ils vous auraient butés tous les deux. On aurait deux cadavres à la morgue au lieu d'un.

Un surveillant vient prévenir Fazackerley que la visite est bientôt terminée. Celui-ci attend qu'il soit loin pour ajouter :

— J'ai parlé à Thompson ce matin. Il refuse d'admettre qu'il s'est trompé à ton sujet, mais il accepte de passer l'éponge sur l'histoire de l'arme de service. Ça ne l'intéresse plus. Il a « des affaires plus importantes à régler ». Il va écrire au juge pour lui demander ta mise en liberté provisoire et, au moment du procès, il n'y aura aucune preuve à charge contre toi. Ça prendra un jour ou deux, peut-être une semaine, donc tu vas bientôt sortir d'ici.

O'Connor ferme les yeux, très fort, puis les rouvre.

— Ce n'est pas juste.

— Rien n'est jamais juste, Jimmy. C'est parfois mieux, parfois pire, mais jamais juste. Tu devrais le savoir, depuis le temps.

Une partie de la cour est exposée au nord, l'autre chauffée par un faible soleil d'hiver. O'Connor tourne avec les autres détenus. Lumière tiède, ombre glacée. Lumière tiède, ombre glacée. Dès que les gardiens regardent ailleurs, l'homme qui le suit lui chuchote : « Moi, c'est Ezra, et toi, c'est quoi ton nom ? Je suis frappeur de monnaie. » O'Connor l'entend, mais ne répond pas. L'homme qui le précède a une jambe atrophiée, il claudique, le tronc penché sur le côté. Le cercle des prisonniers fait demi-tour : ombre et lumière, muraille et ciel. Une fumée ocre sort des tuyaux de cheminée. Quelque part, un chien aboie, les sabots claquent en cadence. Des corneilles montent la garde, sentinelles noires alignées sur les tuiles faîtières. Tout est différent et tout est semblable. Le temps n'est plus qu'une somme de souvenirs douloureux où l'esprit finit par se perdre.

Chapitre 27

Cinq jours plus tard, O'Connor sort de la prison avec en poche deux shillings et six pennies glissés dans une enveloppe de l'administration pénitentiaire. Sa veste et son pantalon, passés au fumigateur, sont encore raides et imprégnés de désinfectant. Il aperçoit un marchand ambulant et lui achète une tourte à la viande qu'il déguste avec gourmandise, savourant chaque bouchée. Aussitôt finie, il en réclame une autre. Le vendeur lui fait remarquer qu'il a bon appétit. Libre, sans murs autour de lui, avec pour seul plafond les épais nuages gris, il se sent étourdi, désorienté, comme s'il émergeait d'un rêve étrange ou qu'il posait pied à terre après une longue traversée en mer. Au lieu d'emprunter l'Albert Bridge pour rentrer à Manchester, il descend les marches de pierre usées jusqu'au débarcadère, puis s'engage sur la sente étroite et boueuse longeant la rive nord de l'Irwell. Il se souvient du soir ayant précédé la pendaison des trois féniens, les feux de veille, les barrages de police et, au petit matin, la foule impatiente regroupée devant la prison. Tommy Flanagan était encore en vie, Henry Maxwell et Frank Malone aussi. Doyle a eu sa revanche, même s'il n'a pu mener son projet jusqu'au bout. Trois cadavres pour contrebalancer les trois martyrs du 23 novembre, la loi du talion. L'escalade mortelle pourrait s'arrêter là, sauf qu'elle ne cessera jamais. Il y aura toujours des torts à redresser, des leçons à donner ou à recevoir.

Le chemin s'élargit bientôt, les hauts murs des filatures et des usines cèdent la place à une étendue bourbeuse d'herbe morte et de chiendent flétri, sillonnée de rigoles d'écoulement bordées de briques. O'Connor poursuit sa route jusqu'à l'écluse, là où le Bolton Canal rejoint l'Irwell, puis quitte le bord de la rivière et prend la direction des quais à charbon. À une centaine de yards se profilent les arches du viaduc, tout en courbes sinueuses de briques rouges, tachées de coulures d'eau et noircies par la fumée. La plupart sont vides et inutilisées, mais certaines sont condamnées par des planches, et quelques-unes possèdent de hauts vantaux à claire-voie ou des portes étroites surmontées d'une enseigne clouée.

Devant l'une d'elles s'élève la fumée d'un feu ; deux tâcherons chargent des tonneaux vides sur un haquet de brasseur. O'Connor se présente et leur dit ce qu'il cherche. L'un des deux cesse de siffloter et tend le bras.

— C'est plus loin, là-bas. Allez tout droit, vous trouverez.

O'Connor poursuit sa route et s'arrête pour jeter un coup d'œil par-dessus son épaule : de loin, l'homme lui fait signe de continuer. Le sol est couvert d'un enchevêtrement de buissons desséchés et de plantes rampantes étiolées. Des chardons fanés s'accrochent à son pantalon. Par deux fois il trébuche, il ne voit toujours rien et commence à se demander si l'ouvrier ne s'est pas trompé ou ne lui a pas menti sciemment, quand soudain il l'aperçoit, un peu plus loin sur la droite : un carré de terre noire retournée, comme une plaie ouverte dans le brun cendré des ronces et des épineux. En s'approchant, on devine le contour d'une sépulture sommairement creusée. À proximité, la terre et l'herbe rase ont été piétinées. Il en fait le tour puis s'accroupit et ramasse une allumette et un bouton. Quelle imprudence, quelle maladresse de l'avoir enterré là, si près d'une zone fréquentée ! Mais Doyle n'avait que faire des précautions. Les preuves à charge pour le pendre étaient accablantes, alors un cadavre de plus ou de moins…

O'Connor se relève et scrute les environs. Les deux hommes sont partis. Leur feu brûle encore. Un train passe en sifflant, le vent pousse à l'horizontale les fumées brunes qui sortent des cheminées d'usine. Il est affamé, mais cette faim dérisoire lui fait honte, dans un moment pareil. Ce sont toujours les morts qui commandent. Chaque pas est un pas de plus vers eux, chaque courbe fait partie du même cercle, et ce que nous appelons amour ou espoir n'est qu'un interlude, un moyen d'oublier que nous ne sommes pas éternels.

Il se penche et recueille une poignée de terre noire, la contemple un moment, puis la laisse s'échapper de ses mains. Il s'est commis ici des atrocités auxquelles il préfère ne pas penser. Autant feindre l'ignorance.

Une lettre de Rose Flanagan l'attend au cabinet de Newly. Elle y explique qu'elle a déménagé à Glasgow et qu'elle loge dans une pension de famille pour femmes à Oatlands, un quartier situé sur la rive sud de la Clyde. Elle est employée comme fille de cuisine dans un grand hôtel près de la gare. Elle est heureuse, affirme-t-elle, la pension est propre et bien tenue, elle s'y est fait des amies. À la fin de la lettre, presque en post-scriptum, Rose conclut qu'elle ne peut accepter sa demande en mariage, même si elle reconnaît qu'il est bon et gentil. Son visage lui évoquerait sans cesse la mort horrible de Tommy, et ce serait une erreur de commencer une nouvelle vie avec cette ombre planant au-dessus d'eux.

Il relit la lettre, puis la pose sur le bureau. Malgré la peine et la déception, il éprouve un certain soulagement. C'est plus simple ainsi. Il se sent déchargé d'un fardeau. Personne à aimer, personne à réconforter, il n'aura à s'occuper que de lui-même.

— Mauvaises nouvelles ? s'enquiert Newly.

O'Connor hausse les épaules.

— Je n'espérais pas qu'elle m'attende. Pourquoi l'aurait-elle fait ?

— Je lui ai répété mot pour mot vos paroles, comme vous me l'aviez demandé. Miss Flanagan avait compris que vos intentions étaient honorables.

— Je n'en doute pas.

— Miss Flanagan a quitté Manchester tout de suite après le décès de sa mère. Elle ne pouvait pas rester, c'était trop dur, tous ces souvenirs. Le mentionne-t-elle dans sa lettre ?

L'attitude de Newly est plus détendue, plus familière que lors de ses visites à la prison. Il observe son client avec une paisible satisfaction, comme soulagé d'un problème épineux résolu avec une facilité surprenante.

— Oui, elle dit que sa mère est morte dans son sommeil.

— Il y a beaucoup d'autres Rose Flanagan, affirme Newly avec un demi-sourire. Elle n'avait rien de très spécial. Désormais, vous pouvez aller où bon vous semble et respirer librement. C'est cela qui importe, non ?

En prison, cette suffisance était rassurante, elle procurait à O'Connor un sentiment de normalité, mais ici, dehors, il la juge malavisée, voire de mauvais goût.

— Si je suis libre, c'est parce que Michael Sullivan est mort.

Newly paraît déconcerté par cette assertion.

— Oh, non. Vous n'auriez jamais dû aller en prison. L'inspecteur Thompson tenait à montrer son pouvoir, c'est tout. Si le procès avait eu lieu, aucun jury digne de ce nom ne vous aurait condamné. Il se peut que vous ayez bénéficié de la mort de Mr Sullivan, mais vous n'avez pas à vous en juger responsable.

Le regard de O'Connor se porte sur la pendulette posée sur la cheminée. Il remarque une légère fêlure dans le cristal biseauté entre le 1 et le 2. Le tic-tac lent et régulier bat au rythme de son cœur.

— C'est à Stephen Doyle que je pense, rétorque-t-il.

— Doyle s'est évaporé. Deux détectives de Scotland Yard ont suivi sa trace jusqu'à New York et sont revenus bredouilles.

— Je suis sûr qu'il est quelque part, et bien en vie. Si on ne le trouve pas, c'est qu'on le cherche au mauvais endroit.

— C'est possible, mais vous ne devriez plus vous intéresser à cette affaire, Mr O'Connor. Rice et Riley sont sous les verrous et ils paieront pour leurs crimes. Allez pleurer la mort de votre neveu et laissez la police s'occuper de Doyle.

O'Connor secoue rageusement la tête.

— J'en ai assez de pleurer les morts ! Le deuil, c'est fini pour moi.

Plus tard dans la journée, il se rend à l'hôtel de ville et demande à voir Thompson. On lui répond que l'inspecteur est occupé et ne veut pas être dérangé. Il s'assoit sur un banc dans le couloir, et attend. Une heure s'écoule, puis une autre. Il s'assoupit. Soudain, une main brutale le secoue par l'épaule : debout devant lui, Sanders le toise d'un air méprisant.

— Qu'est-ce que tu fous là ?

Il n'a pas changé : visage long et maigre, moustache grisonnante, yeux noirs étincelant de haine sourde. O'Connor n'a pas oublié la matraque pressée contre sa trachée, le manque d'air, l'asphyxie. À ce souvenir, sa gorge se noue, une colère impuissante monte en lui, pareille à un désir refoulé.

— J'attends Thompson.

— Pourquoi il te recevrait ?

— Je veux lui parler de Doyle.

— Doyle s'est fait la malle depuis longtemps. On le

retrouvera pas. Et c'est plus tes oignons. Tu fais plus partie de la maison. T'as intérêt à dégager avant d'avoir des ennuis.

— Sur le paquebot qui venait de New York, il se faisait passer pour un drapier de Harrisburg. Michael Sullivan me l'avait dit. S'il ne se cache pas à New York, il doit être quelque part en Pennsylvanie. Il a dû y habiter, ou il y connaît du monde.

— C'est ça, ta grande idée ? C'est pour ça que t'es là ?

— Dis à Thompson d'envoyer quelqu'un à Harrisburg.

— Je lui dirai rien du tout. L'enquête sur le meurtre de Sullivan est close. Sa dépouille est enterrée. On a d'autres chats à fouetter.

O'Connor se lève, trop vite. Il vacille sur ses jambes, il a mal aux hanches d'avoir dormi plus de deux mois sur un bat-flanc. Il a l'impression de vivre dans le corps d'un vieillard.

— C'est ton devoir ! s'écrie-t-il. On doit ça aux morts !

Sanders lui lance un regard oblique, avant de répondre en détachant chaque syllabe, comme s'il s'adressait à un simple d'esprit :

— L'inspecteur Thompson ne te recevra pas. Ni aujourd'hui, ni demain, ni jamais. Il m'a envoyé te le dire. T'étais déjà pas grand-chose, maintenant tu n'es plus rien. Rien du tout. Rappelle-toi ça.

— Si Thompson refuse d'envoyer quelqu'un à Harrisburg, j'irai moi-même. Je trouverai Doyle, et quand je l'aurai trouvé, je le tuerai.

Sanders détourne les yeux avec dédain.

— Tu peux aller où tu veux, O'Connor. Jusqu'à la Lune, si ça te chante. Mais reviens jamais à Manchester, tu m'entends, ou tu le regretteras, c'est moi qui te le dis.

Chapitre 28

Dès son arrivée à New York, Doyle est conduit en fiacre jusqu'à un hôtel de Bleecker Street, dans Manhattan. La chambre est propre, bien meublée. Des tentures de velours rouge drapent la fenêtre et une bouteille de whiskey non entamée trône sur le manteau de la cheminée. Trois hommes l'y attendent. Doyle reconnaît William Roberts, le chef de la Confrérie des féniens, mais pas les deux autres. Ils l'accueillent avec chaleur et le félicitent pour le travail accompli à Manchester. Il est parvenu à flanquer une trouille bleue à ces maudits Saxons et c'est précisément ce qu'on attendait de lui.

Les deux inconnus se présentent : Michael Kerwin et John O'Neill. Ils lui serrent la main, lui désignent une chaise, puis prennent place sur le canapé. Roberts reste debout près de la cheminée. Ils le remercient de nouveau, ajoutant que, certes, l'assassinat du maire de Manchester eût davantage frappé les esprits, mais que l'élimination d'un policier anglais et de quelques traîtres a aussi servi la cause. Roberts sort de sa poche un rouleau de billets et le lui tend.

— Vous devriez trouver un endroit tranquille, Stephen, un lieu sûr loin de New York, là où la police n'aura pas l'idée de vous chercher. Restez-y une année, voire un peu plus, tout dépendra de la suite des événements.

Ensuite ils débouchent la bouteille de whiskey et lèvent leur verre en son honneur.

Dès qu'ils ont fini de trinquer, Doyle leur annonce sa décision de repartir sur-le-champ en Angleterre. Il a un nouveau plan. Ses erreurs lui ont été bénéfiques, cette fois il agira seul, ou il emmènera avec lui un homme de confiance. Ainsi, il ne risquera pas d'être trahi.

Ils écoutent sa démonstration tout en caressant leur barbe. Quand il a terminé, ils échangent un regard entendu, et William Roberts lui explique que, même s'ils admirent sa bravoure, sa détermination, et son engagement pour la cause, ils ne peuvent ni financer ni autoriser une seconde entreprise aussi risquée.

— Vous devez comprendre notre situation, Stephen, conclut-il d'une voix calme et posée. La Confrérie a été créée pour fomenter la rébellion. C'est son unique objectif. Des actions individuelles audacieuses comme la vôtre peuvent ponctuellement nous aider, cependant elles ne remplaceront jamais un soulèvement populaire.

— Une nouvelle rébellion est impossible, rétorque Doyle. Vous devez le savoir, après l'échec de celle de 48. Il n'y a pas assez de braves prêts à se battre et à mourir pour elle. Si nous voulons gagner, nous devons toucher les Anglais en plein cœur, dans leurs foyers. Les terrifier jusqu'à ce qu'ils ne dorment plus la nuit, et que, le jour, ils s'assurent sans cesse qu'il n'y a pas derrière eux un Irlandais armé d'un fusil, ou prêt à jeter une bombe. Ça ne sera pas facile et ça sera long, je vous l'accorde, mais si les tourments que nous leur causons durent suffisamment longtemps, à la fin, ils céderont.

— En clair, vous voulez que l'Irlande gagne son indépendance par le sang et par le feu ? s'insurge O'Neill. C'est ça, votre programme ?

— Je suis un soldat. Pour moi, tuer l'ennemi au coin d'une rue ou sur un champ de bataille, c'est du pareil au même.

— Sur le champ de bataille, l'ennemi est armé et a une chance de se défendre ! C'est une question d'honneur et de décence. Votre voie est celle de la barbarie. Si nous remportons la victoire avec vos méthodes, notre indépendance sera souillée à jamais.

— Il n'y a rien d'honorable ni de décent dans la guerre, réplique Doyle, inutile de prétendre le contraire. Vous m'avez envoyé à Manchester venger nos martyrs, j'ai tué à quatre reprises. Aujourd'hui, vous me demandez d'arrêter. Vous voulez emprunter une voie nouvelle ? Il n'y en a pas. Vous croyez que les Anglais ont construit leur empire avec douceur et magnanimité ? Si nous sommes des barbares, ils le sont aussi. Dans la bataille, tous les combattants se valent, et leur seul devoir est de faire le plus de dégâts possible.

O'Neill renifle avec une pointe de dédain.

— Ne confondez pas tout. Nous sommes dans le camp de la justice et de la vérité, l'ennemi est du côté de la tyrannie et des mensonges. En négligeant cette distinction, nous trahissons nos engagements.

Doyle s'apprête à riposter, mais William Roberts ne lui en laisse pas le temps.

— Revenons aux faits, dit-il. À l'heure qu'il est, toute la police anglaise doit être à vos trousses et votre signalement affiché dans tous les lieux publics. Ne comptez pas retourner là-bas. Si prudent que vous soyez, et même en changeant d'apparence, vous serez arrêté et finirez pendu. En quoi votre mort servira-t-elle la libération de l'Irlande ? Ne cherchons pas qui a tort et qui a raison et regardons les choses en face : votre proposition n'est pas envisageable.

O'Neill et Kerwin approuvent vigoureusement.

— Londres est un vrai labyrinthe, rétorque Doyle. Il me sera facile de me cacher. Je ne sortirai qu'à la faveur de la nuit.

— Et où allez-vous loger ? Vous nourrir ? Vous aurez besoin d'aide, un fugitif ne peut survivre seul dans une ville inconnue. Chaque nouvelle rencontre vous exposera à un risque supplémentaire de délation. Même si nous envoyons quelqu'un à Londres, ce ne sera pas vous. Après ce qui s'est passé, cela n'aurait aucun sens.

— J'ai davantage d'expérience, maintenant, personne ne peut rivaliser avec moi sur ce coup, insiste Doyle.

— Même ici, vous n'êtes pas en sécurité, enchaîne Roberts. Si le gouvernement britannique exerce une pression suffisante sur la police de New York, vous aurez vite des ennuis. Voilà pourquoi nous vous conseillons de partir. L'effervescence finira par retomber mais, pour le moment, je le répète, vous serez plus en sécurité ailleurs. Vous avez là assez d'argent pour vous acheter un lopin de terre dans l'Ouest.

— Je suis un soldat, proteste Doyle, pas un fermier.

— Alors, investissez dans ce qui vous plaît. Vous avez rempli votre mission, vous avez servi la cause avec courage et conviction, maintenant le moment est venu de vous mettre au vert.

Doyle juge absurde d'argumenter plus longtemps. Courage et conviction, tu parles ! En fait, ils me prennent pour un abruti, un exalté, un fardeau encombrant dont ils doivent vite se débarrasser pour passer à leur stupide projet de soulèvement populaire. Ces fiers combattants de l'armée nordistes, que sont-ils devenus ? Des mauviettes vaniteuses et sentimentales. Ils rêvent de victoire, mais ils craignent d'en payer le prix.

Il se lèche les lèvres, qui ont encore le goût de leur whiskey de luxe.

— Et si je vous rends votre argent ? les provoque-t-il en agitant le rouleau de dollars. Si je vous dis que je n'en veux pas ? Du coup, je serai libre d'agir à ma guise !

— Il y a des espions partout, lui rappelle Roberts avec froideur. Vous le savez aussi bien que moi. Si vous refusez notre aide, Stephen, comment pourrons-nous vous protéger ?

Cette nuit-là, il dort à l'hôtel de Bleecker Street. Le lendemain matin, il se rend à pied à l'embarcadère des ferries qui traversent l'Hudson. À Hoboken, il prend un train pour Philadelphie. Il loue une chambre dans une pension de famille du quartier des Northern Liberties et paie un mois d'avance à la logeuse. Il a dans l'idée de se réengager dans l'armée sous un faux nom, en s'inventant un passé tout neuf, pour descendre au Texas combattre les tribus indiennes ; toutefois, quand il se présente au bureau de recrutement, on le dévisage avec suspicion et on lui pose des questions auxquelles il refuse de répondre.

Doyle décide alors de rester à Philadelphie en dépensant l'argent de Roberts et de voir ce que le destin lui réserve. Il se promène, déjeune au restaurant, traîne dans les halls d'hôtels pour lire les journaux et boire de la bière. Les jours s'écoulent et se ressemblent, mornes mais confortables. Peu à peu, son corps s'amollit, ses résolutions belliqueuses s'évaporent. Il se souvient de sa vie d'avant, de ces années d'errance sans foi ni loi avant son engagement dans l'armée, et il se demande si c'est cela qui l'attend, quand il aura claqué tous les billets verts des féniens. Reprendre son ancienne vie comme si elle était nouvelle et endosser l'existence de l'ancien Stephen Doyle, avec les années en plus.

Un jour de mars, Doyle est assis sur un banc à fumer la pipe, près de la grande fontaine de Franklin Square. L'air est frais, le ciel nuageux, les pigeons picorent la terre à ses pieds. L'eau du grand bassin jaillit à intervalles réguliers, les roues des fiacres cahotent sur les pavés. Soudain, il reconnaît au loin Fergus McBride, son oncle. Ses cheveux grisonnent et il s'est voûté, mais c'est lui, sans aucun doute. Voilà belle lurette que Doyle n'a pas pensé à Fergus. Il est surpris de le voir là, solide, bien réel. Il s'apprête à crier son nom, se ravise, se lève, baisse le bord de son chapeau et le suit. Fergus descend la 5e Rue vers le sud puis tourne dans Washington Avenue. Encore vingt yards et il s'arrête devant une étroite maison de briques à deux étages, grimpe la volée de marches flanquée de colonnades évoquant le vestibule d'un temple grec et abat le heurtoir. Tête baissée, Doyle continue jusqu'au bout de l'avenue, revient sur ses pas sans se presser, puis attend devant la porte. La plaque de laiton indique qu'il s'agit d'un cabinet d'avocat. Que peut bien faire son oncle chez un homme de loi ? Un problème de limites de parcelles, sans doute, ou un différend financier avec un créancier. Doyle ne voit pas d'autre motif. De temps en temps, il consulte sa montre : quand Fergus sortira, il se présentera à lui. Il n'a pas à éviter cette rencontre. Il lui dira qu'il a honorablement combattu pendant la guerre contre les sudistes et qu'il est allé ensuite se battre en Irlande. Il lui demandera des nouvelles de la ferme, de Lazlo et d'Anna, sans évoquer son départ précipité. Il n'éprouve plus ni colère ni honte, trop d'années se sont écoulées, c'est de l'histoire ancienne. Si une petite voix au fond de lui demande encore réparation, elle peut être aisément maîtrisée.

Au bout d'une heure, la porte s'ouvre et Fergus sort. Il adresse à Doyle un léger signe de tête, fait quelques pas, puis s'immobilise brusquement et se retourne.

— *Stephen ?* C'est toi ?

— Je t'ai vu entrer et, comme je t'ai reconnu, j'ai eu envie de t'attendre.

Fergus fronce les sourcils, troublé. Il ne sait trop comment réagir, et finit par lui tendre la main.

— Tu vis à Philly ?

— Non, je suis de passage. Après la guerre, je suis parti en Irlande aider des camarades, mais les événements n'ont pas tourné comme je l'espérais.

Fergus branle du chef. La nouvelle n'a pas l'air de le surprendre.

— Y a rien de bon en Irlande pour un jeune gars comme toi. Tu s'ras mieux ici.

Doyle change de sujet.

— Tout va bien à la ferme ?

— Très bien. On cultive l'orge pour une grosse distillerie qui a ouvert en bas de chez nous, juste après la taverne. Ils achètent toute notre production, à bon prix.

— Anna et Lazlo sont toujours avec toi ?

— Lazlo est parti. À sa place, j'ai embauché un Nègre, George Nichols.

Doyle désigne la plaque de l'avocat.

— Tu as des problèmes ?

— Tu te souviens de Peter Phelps, qui avait les terrains de l'autre côté de la vallée ? Il est mort. J'ai acheté le quart de ses parcelles aux enchères, et voilà qu'un de ses cousins éloignés affirme qu'elles lui reviennent de plein droit en héritage. J'y comprends rien. Cet avocat m'a promis de démêler l'affaire. Moyennant finances, évidemment.

— Ça fait une sacrée trotte pour venir de Harrisburg.

— Je l'ai payée cher, cette terre. Je vais pas me la laisser voler.

— Tu n'as pas beaucoup changé, tu sais.

— Je rajeunis pas, mais je suis encore en bonne santé. Je suis aux champs tous les jours, comme d'habitude.

— Tu as fini de déboiser la colline ? Tu as sorti les grumes ?

— Ah, ça, depuis longtemps.

— Tu sais, quand je suis parti de la ferme, j'ai travaillé des années comme terrassier, et je n'ai jamais été aussi fatigué qu'après une journée d'abattage.

— C'était trop dur pour un gars de ton âge, je m'en rends compte maintenant. T'étais pas assez costaud. J'ai eu tort, je le reconnais.

Doyle l'observe attentivement. Fergus est un peu plus petit que lui, il a des rides autour des paupières et de la bouche, sa peau est grenelée, mais son visage lui rappelle celui de sa mère, le même front bombé, le même profil. Il lui semble qu'un pan du passé renaît sous ses yeux, ou qu'un rêve, un souvenir se réincarne.

— On fait tous des erreurs, Fergus.

L'oncle ôte son chapeau, le lisse du revers de sa manche et le remet en place.

— Ça m'fait tout drôle de te revoir, Stephen. Tu sais… Anna et moi, on est mariés. On a un gamin. Il s'appelle Patrick.

Doyle ne réagit pas tout de suite. Pourquoi diable cette nouvelle le surprend-elle ? Pourquoi n'avait-il jamais envisagé cette éventualité, alors que, en toute logique, c'était dans l'ordre des choses ?

— Ah, j'ai un petit cousin, dit-il enfin. Quel âge a-t-il ?

— Neuf ans le mois prochain. Je suis sûr qu'il sera content de te voir. Il se plaint de pas avoir d'autre famille que nous. Tous ses copains d'école ont des ribambelles de frères et sœurs, des oncles, des tantes, des grands-parents. Lui, il a que nous. Les autres sont morts, ou sont restés en Irlande et en Hollande.

— Tu lui as parlé de moi ?

— Non. Enfin, pas beaucoup, vu qu'on savait pas si on te reverrait un jour. Mais si tu te sens de faire le voyage, il sera ravi de la surprise. J'imagine déjà sa tête !

— Je suis très occupé ici, ment Doyle. J'ai des choses à faire, tu comprends.

— Oui, bien sûr. Le travail d'abord. Enfin, si tu changes d'avis, on sera heureux de t'accueillir. Je dirai à Anna que je t'ai vu. Elle va me demander de lui répéter tout ce que tu m'as dit, et à quoi tu ressembles.

Il se tapote le front de l'index.

— J'ai intérêt à me souvenir de tout !

— Je reçois mon courrier à la poste de Chestnut Street, lui dit Doyle, au cas où elle voudrait m'écrire.

— Je lui dirai.

Ils échangent une poignée de main, Fergus soulève son chapeau et s'en va.

Il est content d'être débarrassé de moi, même s'il a fait mine de se réjouir en me voyant. Il est marié, père de famille, et ma réapparition a dû lui causer un choc. Je suis le passé qu'il préférerait oublier.

Doyle imagine Fergus de retour à la ferme, s'installant à la table de la cuisine pour raconter à sa femme son excursion à Philadelphie. Il secoue la tête sans arrêt tant il n'en revient pas d'avoir croisé son neveu. Le gamin lui pose un tas de questions. Anna, comme d'habitude, est debout près du fourneau. Doyle tente de se la représenter telle qu'elle est aujourd'hui. En dix ans, son visage, son corps ont dû changer, mais à quel point ? Il ne parvient pas à l'imaginer. Quand il pense à elle, il ne revoit que les images crues de cette nuit brûlante, gravées au tréfonds de sa mémoire : le corps moite de la femme endormie, ses cuisses blanches écartées révélant la fente sombre.

Une semaine plus tard, il se rend à la grande poste de Chestnut Street, où l'attendent deux lettres. L'une de William Roberts, le prévenant que le gouvernement britannique offre une récompense en échange de toute information menant à sa capture. Il lui conseille de quitter au plus tôt Philadelphie, s'il y réside encore, et de s'installer dans un endroit discret où il courra moins de risques d'être reconnu et dénoncé.

La seconde vient d'Anna.

Cher Stephen,

Je suis heureuse d'aprendre par fergus que tu es vivant et en bone santé. C'est une bénédiction que tu es survécu à cette horible guerre alors que des tas de jeune de ton age sont mort ou blessé. fergus t'a

dit que nous somme marié et que nous avons un fils patrick. Je suis heureuse et patrick est un boneur pour moi. J'ai souvent pensé à toi je me demandai ou tu étais et comment tu allais. Je sais que tu es très ocuppé mais si tu peu venir nous voir a la ferme même pour un jour se serait un grand plaisir de te revoir.
Ton ami de toujour,
Anna

Doyle rentre aussitôt à la pension et fait son baluchon. Il ne restera pas longtemps à la ferme, rien qu'une semaine ou deux. Juste le temps de connaître le petit garçon et de bavarder avec Anna. Et puis il partira vers l'Ouest ou le Sud. Il ignore encore où il ira et ce qu'il fera, mais il a hâte de quitter Philadelphie, avant que les plaisirs de la ville ne lui ramollissent les os et ne transforment son sang en jus de navet, au point d'oublier qui il est et ce pour quoi il vit.

Chapitre 29

L'homme apparaît au détour du chemin de planches. Sa tunique est en lambeaux et ses bottes sont couvertes de boue. Il chante à tue-tête dans une langue qui ressemble à de l'allemand. Sa voix est claire, avec un léger vibrato sur les notes les plus aiguës, signe d'un caractère facétieux. D'abord surpris de voir O'Connor, il lui sourit et fait une révérence en balayant le sol de son chapeau cabossé.

— J'me souviens toujours de la figure des gens, et la tienne, j'm'en souviens point. J'en conclus que t'es pas d'ici.

— En effet. Je voyage. Et vous ?

— Moi ? Je braconne de-ci de-là. Et il va où comme ça, le voyageur ?

— Vers l'ouest. Vers Harrisburg.

Le braconnier lève les yeux au ciel.

— Harrisburg ? C'est trop loin pour qu'un chrétien s'y rende à pied. T'auras usé tes bottes, avant même d'arriver à Allentown.

— Je gagnerai Harrisburg d'une manière ou d'une autre, affirme O'Connor. Je dois y aller.

— La diligence passe par ici tous les mardis.

— Je n'ai pas d'argent.

— Sans indiscrétion, ça fait combien de temps que tu marches ?

— Trois jours. Il m'en faut encore trois pour arriver à Harrisburg.

— Trois ? Avec de la chance, oui.

Le braconnier se caresse pensivement le menton, tout en examinant le voyageur.

— Tu m'as tout l'air d'un honnête paroissien dans le pétrin.

— C'est à peu près ça, oui.

— Je sais reconnaître un écornifleur et je vois bien que t'en es pas un. Ça fait combien de temps que t'as pas mangé ?

— Depuis hier après-midi.

— Ici, dans n'importe quelle ferme, personne te refusera un verre d'eau. Avec un peu de chance, on t'offrira du café et une tranche de pain de maïs, et peut-être plus, si ta tête leur revient. C'est pas mendier, c'est partager. Y a plein de gens qu'ont plus qui leur en faut.

— Je ne demande pas la charité. Je peux travailler.

— T'es fier, je comprends.

— Et vous, comment vous vous débrouillez ?

— Moi ? Ça dépend des saisons. Je creuse des fossés, je monte des murs, je coupe du bois. J'ai pioché au fond de la mine pendant un an, mais ça me convenait pas. J'ai ramassé des coques, travaillé sur un chalutier, pêché à la traîne. Une fois j'ai vendu des paroles de ballades à la fête du comté. Des chansons d'amour sanglantes que j'achetais un cent et que je revendais un nickel.

— Un vrai touche-à-tout, en quelque sorte.

— On peut dire ça, oui.

Le braconnier scrute les alentours en époussetant ses habits. Au-delà d'un bosquet d'arbres, à flanc de colline, des vaches broutent paisiblement. Des plaques de neige brillent encore sur les hauteurs.

— Tu comptais dormir où, ce soir ? Je connais un endroit pas loin, si tu veux. Il y fait bon, on sera à l'abri.

— Merci, mais je dois y aller, dit O'Connor, méfiant.

— Y a rien par là, pas un muret, pas une haie pour s'abriter, juste des champs et des forêts. En plus, je sens la pluie venir et il va bientôt faire nuit. Tu ferais mieux de me suivre.

— C'est loin ?

— Pas trop. Te fais pas de bile. Allez, viens.

Le braconnier le guide à travers bois. La terre noire est détrempée, le sol est verglacé là où la lumière ne filtre pas. Au-dessus d'eux, le vent fait s'entrechoquer les branches défeuillées. Le braconnier lui lance par-dessus son épaule :

— T'aurais pas du whisky par hasard ? Une gorgée me f'rait pas de mal.

— Non.

— Du rhum, alors ?

— Non plus.

Bientôt le bois s'éclaircit, cédant la place à une plaine d'herbe rase broutée par les brebis, parsemée de buissons de viornes et de myrtilliers. Ils longent un muret démoli et débouchent sur une cabane en rondins au toit herbu à moitié effondré, mais dont la cheminée et les murs sont intacts. Ils poussent la porte. Une odeur de cendre froide, de moisi et de crottes de rongeurs leur irrite les narines. D'épaisses toiles d'araignées grisâtres pendent des poutres. Des os de lapin et du verre brisé constellent le sol de terre battue.

— On va faire du feu et ça va chauffer très vite, promet le braconnier.

— J'ai connu pire, dit O'Connor.

— Je m'en doute.

— Vous dormez souvent ici ?

— Oui, quand j'ai besoin.

Un sommier rouillé occupe le fond de la pièce, en compagnie de deux chaises crasseuses. O'Connor en prend une, tape dessus pour chasser la poussière et s'assoit. Il ramasse un os, l'astique, l'observe longuement. Il n'a pas touché à l'alcool depuis le matin où Fazackerley est venu le chercher chez lui pour l'escorter jusqu'à l'hôtel de ville. Parfois, il en ressent une forte envie, mais le souvenir du drame de Manchester suffit à le maintenir dans le droit chemin. Au moment même où son neveu était torturé et assassiné, il se saoulait au gin à un mile de là, avec Mary Chandler. De toutes les erreurs, de toutes les lâchetés qui ont mené à la mort de Michael, c'est celle-là dont il a le plus honte. Il restera sobre tant qu'il traquera Stephen Doyle. Et quand il l'aura trouvé, il le tuera. Il s'en est fait la promesse. Ensuite, s'il est encore en vie, il se consolera comme il pourra.

— J'attrape les lapins au collet, explique le braconnier. Une longueur de fil de cuivre, un petit piquet solide recouvert de terre pour qu'on le voie pas, et hop ! le tour est joué. Avec un fusil, ça irait plus vite, sauf que ça fait du bruit et que j'ai perdu le mien l'année dernière à cause d'un pari stupide.

— Vous les vendez à qui ?

— Quoi, les lapins ? À personne. Ça fait des bons ragoûts. Non, c'est le poisson que je vends. Tiens, regarde.

Il introduit sa main dans une cavité entre le toit et le mur et en sort un long manche muni d'un croc en fer solidement attaché avec de la ficelle épaisse.

— T'en avais déjà vu des comme ça ? Y a pas mieux pour attraper les truites. Y en a qui préfèrent les filets, alors qu'avec une gaffe ça va plus vite. Par contre, faut être deux. Un qui tient la lanterne, l'autre qui harponne la mignonne quand elle pointe son nez.

Il s'interrompt et sourit.

— Ça te dit, une partie de pêche ce soir ? C'est un peu tôt dans l'année mais, avec de la chance, on pourrait se trouver de quoi manger et le reste, on le vend.

— Je n'ai jamais utilisé une gaffe de ma vie, proteste O'Connor. Et je n'ai jamais vu quelqu'un s'en servir.

— Eh bien, tu tiendras la lanterne. J'te montrerai comment faire.

O'Connor jette l'os de lapin. Depuis qu'il a quitté New York, il vit de l'eau des rivières et de raves desséchées chipées dans les champs. La marche l'a épuisé, le poisson lui redonnera des forces.

— J'ai faim, dit-il simplement. La rivière est loin ?

— Un mile, peut-être deux. On attend ici que la nuit tombe, après on y va.

O'Connor s'allonge sur le sommier rouillé et réfléchit. C'est juste une supposition, mais pourquoi Doyle aurait-il prétendu venir de Harrisburg s'il n'y avait pas des attaches ? Pourquoi cette ville parmi des milliers d'autres ? Il fera le tour des drapiers, des cafés, des restaurants, des barbiers et, si ses efforts n'aboutissent pas, il retournera à New York poursuivre l'enquête. Doyle finira bien par réapparaître. Arrogant et présomptueux comme il est, il ne restera pas éternellement caché. Il s'agit d'attendre en gardant l'œil ouvert. Oui, c'est une question de patience et de ferme résolution.

Le braconnier casse du petit bois en chantant des chansons paillardes. Quand il commence à faire trop sombre, il prend la lanterne dans sa cachette, l'allume et la place sous son visage raviné. On dirait un comédien affublé d'un masque grimaçant.

— Je suis braco et j'en ai pas honte. Cette terre et toutes les créatures qui l'habitent sont l'œuvre du Seigneur, elles appartiennent à personne, quoi qu'en disent les riches.

— De tout temps, les riches ont fait les lois, et ça ne changera pas.

— Moi, je me fiche bien des lois. Je serai braco jusqu'à la fin de mes jours et, si la braconne existe au paradis, je continuerai là-haut.

O'Connor sourit.

— Au paradis, tous les hommes seront égaux et partageront tout à parts égales. Du moins, c'est ce qu'on nous promet. Vous n'aurez plus à braconner.

La lanterne fait naître des ombres distordues sur le visage de son compagnon. Le blanc de ses yeux brille, et on dirait que sa peau grêlée fond comme de la cire, pour aussitôt se raffermir.

— Alors, j'abandonnerai la braconne, mais je la regretterai, car c'est ce que je préfère dans la vie.

Ils traversent un pré parmi un troupeau de brebis, franchissent la clôture et pénètrent dans les bois. Le crépuscule s'épaissit, seuls leur parviennent le crissement de leurs pas et les cris perçants des oiseaux de nuit. Au bout d'un mile, ils entendent un bruit d'eau sur des cailloux, puis se dévoile entre les troncs d'arbres le ruban sinueux d'une rivière étroite au débit rapide en son milieu. Sa surface brune moutonne d'une écume blanche aux éclats changeants. Dans un bassin où tombe une petite chute d'eau, trois belles truites immobiles semblent en suspension, de la matière dans le néant.

Le braconnier s'accroupit sur la rive, lève la lanterne et sourit.

— Passe-moi la gaffe, chuchote-t-il.

O'Connor la lui tend, en échange l'autre lui donne la lanterne, lui montre où se poster et comment la tenir.

— Regarde bien. J'ai l'œil sur la grosse, là-bas.

Il retrousse les bas de son pantalon, entre dans l'eau peu profonde, abaisse sa gaffe et attend. Les poissons ne bougent pas, leurs trois ombres se maintiennent à contre-courant. Il plie les genoux, se penche jusqu'à ce que la gaffe ne soit plus qu'à quelques pouces de la plus grosse truite et, brusquement, la plonge dans son flanc. L'animal se tord avec furie pour se libérer de la pointe acérée ; l'homme l'enfonce un peu plus afin d'assurer sa prise, puis recule sur la rive. La truite se débat en vain contre le crochet qui la transperce ; sa bouche ouverte happe l'air létal, ses mouvements saccadés, désespérés, ralentissent, son long ventre gris pâle se détache sur les fougères sèches.

Ils reprennent le chemin de la cabane, O'Connor tenant

la gaffe où pend la truite, l'œil éteint, le corps ocellé de sang. Le braconnier fredonne un air joyeux. Ils repassent la clôture et retraversent le pré aux brebis. À l'ouest, le ciel prend des couleurs violines, presque noires au-dessus de l'horizon. Un amas d'étoiles entoure une demi-lune voilée. Alors qu'ils approchent de la cabane, il se met à pleuvoir, de grosses gouttes glacées qui s'écrasent sur leur visage et leurs mains. Le braconnier pousse la porte du pied. Sa lanterne éclaire un homme assis près du feu, carabine sur les genoux. Il fume la pipe. Il porte une veste en cuir, un pantalon en velours côtelé et un chapeau mou. Quand il les voit sur le seuil, il se lève et épaule son fusil.

— Je t'aurai prévenu, le braco, déclare-t-il d'une voix autoritaire. Je t'ai déjà dit de ne pas remettre les pieds sur ces terres. Et que, si tu le faisais, tu en paierais les conséquences. Pourtant, tu es là, comme si j'avais parlé dans le vide.

— Vous auriez préféré que j'meure de faim, Mr Brown ? se défend le braconnier.

— J'aurais préféré que tu gagnes ta pitance honnêtement, à la sueur de ton front, comme tout le monde.

— Je suis pas un laquais, et c'est pas aujourd'hui que ça va commencer. Celui qui travaille contre un salaire, pour moi, c'est un esclave.

— Et tu es fier d'être un voleur ?

— J'en ai pas honte.

— Tu feras moins le malin quand tu passeras devant le juge. Ce poisson est un bien privé, autant qu'une montre ou un portefeuille. Braconner, c'est voler, sous un autre nom.

— Si cette truite appartient à quelqu'un, en tout cas, c'est pas à vous.

— Je travaille pour le propriétaire de ces terres.

— J'sais très bien pour qui vous travaillez, Mr Brown. Moi, j'suis libre, vous, vous êtes un esclave, voilà la différence entre nous.

Le garde-chasse désigne O'Connor.

— Et lui, c'est qui ?

— Ce monsieur me donne un coup de main. Il va à Harrisburg. Il a rien fait.

— S'il n'a rien fait, pourquoi il porte la truite ?

— Parce que je lui ai demandé, pardi. Vous occupez pas de lui.

Brown abaisse son arme et s'adresse à O'Connor :

— Votre nom ?

— James O'Connor. Je suis en route pour Harrisburg. Nous nous sommes rencontrés sur la route et il m'a promis de me donner à manger si je l'aidais.

— Vous n'avez pas l'air idiot et pourtant vous êtes stupide.

— Je tenais la lanterne, c'est tout.

— Vous savez que le braconnage est un délit ?

— Oui. J'étais policier, en Irlande. Je connais la loi.

— Vous connaissez peut-être la loi en Irlande, mais vous n'avez pas l'air de connaître celle de Pennsylvanie. Chaque ruisseau, chaque brin d'herbe appartiennent au propriétaire de cette terre. Il en a assez de voir son gibier volé par des canailles comme vous deux. Le juge Scoresby, d'Allentown, est un excellent ami à lui. Il appliquera la loi dans toute sa rigueur en ce qui vous concerne. Le dernier braconnier que j'ai surpris la main dans le sac a écopé de deux ans de bagne ; il doit encore être quelque part à casser des cailloux.

— Je dois absolument me rendre à Harrisburg, insiste O'Connor.

— Nous verrons ça.

Ils partent tous les trois sous la pluie battante, le braconnier en tête avec sa lanterne. Brown ferme la marche, fusil au poing. Des bêlements leur parviennent des collines, portés par le vent. Bientôt, au détour de la sente, se dessinent à flanc de coteau les contours d'une grande bâtisse carrée. L'ornière qui y mène est bordée de chênes rouges centenaires dont les branches tordues par le vent prennent des formes fantasmagoriques.

Le garde-chasse frappe à la porte principale. Une bonne leur dit de faire le tour de la maison et d'entrer par la porte de service. Ils attendent au sous-sol que le maître de maison soit prêt à les recevoir. Le braconnier raconte des blagues pour dérider la petite bonne, qui préfère l'ignorer. Brown lui conseille de la fermer. O'Connor tient toujours la gaffe au bout de laquelle pendouille la truite ensanglantée. Il demande s'il peut la poser quelque part, mais Brown refuse.

— C'est la preuve du délit. Le maître constatera par lui-même.

Une demi-heure plus tard, le châtelain les reçoit. Seul à l'immense table de la salle à manger, il boit du café dans une tasse de fine porcelaine. C'est un homme corpulent, aux yeux d'un bleu très pâle, au teint rougeaud, à la peau squameuse, scarifiée. Son épaisse crinière grise est peignée en arrière. Un grand feu brûle dans la cheminée devant laquelle somnole un chien de chasse brun-roux. Sur le mur est accroché un tableau représentant un bel étalon bai tenu devant un grand orme par un serviteur à la peau sombre en livrée écarlate.

— J'connais ce canasson, dit le braconnier. Je l'ai vu courir le steeple-chase y a pas si longtemps.

— Contente-toi de regarder devant toi, lui ordonne Brown.

Le châtelain demande où le poisson a été pêché. Il doit s'interrompre au milieu de la phrase pour reprendre sa respiration.

— Un être humain a le droit de manger à sa faim, gémit le braconnier. C'est écrit dans l'Évangile.

— Vous savez donc lire ?

— Pas très bien.

— Dans ce cas, comment pouvez-vous prétendre savoir ce que disent les Saintes Écritures ?

Brown rit sous cape.

— Tu as affaire au maître, maintenant. Il ne va pas se laisser embobiner.

— C'est lui que vous avez déjà pris en flagrant délit ? demande le châtelain en tendant un index boudiné vers le braconnier.

— Je l'ai prévenu il y a deux mois, Monsieur. Il avait trois lapins morts dans sa gibecière. Je lui avais dit que, la prochaine fois, ce serait le juge Scoresby. Mais avec cette mauvaise graine, les avertissements, ça ne sert à rien.

— Trois garennes et une belle truite, hein ?

— Je suppose qu'il en a attrapé beaucoup plus, Monsieur.

— C'est fort probable. Il m'ôte la nourriture de la bouche depuis longtemps, n'est-ce pas ?

Le châtelain termine sa tasse de café, dont l'amertume le fait grimacer. Le braconnier tire machinalement sur le col de sa tunique sans piper mot. Il a perdu son entrain, il paraît soudain abattu et inquiet.

— Aujourd'hui, vous m'avez volé une truite, poursuit le châtelain. Qui sait ce que vous me volerez demain ? Si l'on apprend que l'on peut chasser et pêcher sur mes terres en toute impunité, bientôt il n'y aura plus de gibier dans mes bois ni de poissons dans mes rivières.

— J'vais partir loin, vers l'ouest, jure le braconnier.

— Trop tard. On vous a prévenu. Vous serez présenté au juge Scoresby demain et il tranchera sur votre sort. C'est un homme juste, il vous écoutera peut-être sans préjugés, mais je vous préviens, il n'aime pas trop les braconniers. En fait, il n'aime pas du tout les braconniers, n'est-ce pas, Brown ?

Il lance un clin d'œil complice au garde-chasse avant d'ajouter :

— Et l'autre, là, qu'est-ce qu'on en fait ?

— Il dit s'appeler O'Connor et se rendre à Harrisburg.

— C'est lui qui tenait la gaffe ?

— Oui, monsieur. Il affirme qu'il se contentait de donner un coup de main.

— D'où venez-vous, Mr O'Connor ?

— Je suis originaire de Dublin. J'arrive de Manchester où j'étais lieutenant de police.

Le châtelain prend un air offusqué.

— Manchester ? En Angleterre ? Cet endroit mal famé ? L'air y serait empoisonné et les gens y vivraient comme des sauvages.

— On dit aussi que c'est le futur, et que toutes les villes du monde lui ressembleront un jour.

Le châtelain fronce les sourcils.

— C'est faux. « L'Éternel fit tomber sur Sodome une pluie de soufre et de feu[1] », il punira Manchester de la même manière, quand il le jugera bon. Êtes-vous papiste, O'Connor ?

— Oui, monsieur.

— Que pense le Saint-Père du délit de braconnage, d'après vous ?

— Je ne sais pas.

Le châtelain se tourne vers le garde-chasse.

— Il ne sait pas. Que savez-vous des catholiques, Mr Brown ? Savez-vous quel genre d'objets ils idolâtrent ?

— Non, Monsieur, je sais seulement qu'ils sont superstitieux.

— En effet, ils croient en la magie, dans le pouvoir des ongles de pied et des bouts d'ossements, ils appellent ça des reliques. Et ils sculptent des saints dans le bois et le plâtre et prétendent qu'ils sont vivants. C'est une foi païenne, arriérée.

Le chien se lève, bâille, se retourne et se rendort. Les trois protestants guettent la réaction du catholique, mais O'Connor préfère ne pas argumenter.

— Je suis en route pour Harrisburg, répète-t-il.

1. Genèse, 19:24.

Je traque un tueur. Si vous me laissez partir, vous ne me reverrez jamais, c'est juré.

— Des promesses. Pour quelle raison vous croirais-je ? Votre compère n'a pas tenu compte de nos avertissements. Un individu assez audacieux et effronté pour voler du poisson dans ma rivière est assez audacieux et effronté pour mentir en me regardant droit dans les yeux.

— Je les emmène tous les deux chez le juge, Monsieur ? propose le garde-chasse. Un prisonnier ou deux, pour moi c'est pareil.

— Inutile de déranger Scoresby plus que nécessaire. Il est très occupé par sa charge.

— Le fouet ne lui ferait pas de mal, à l'Irlandais, avant qu'il déguerpisse.

Le châtelain réfléchit.

— Voilà la sanction : une semaine de travail à la mine. Il n'y a rien de mieux qu'un honnête labeur pour purger un voleur de ses péchés. Une semaine, c'est le juste prix.

— Quelle mine ? interroge O'Connor.

— J'exploite un gisement de plomb argentifère, à cinq miles d'ici, plus à l'est, de l'autre côté de la rivière. Mes haveurs, qui creusent là-bas depuis un an, viennent de découvrir un beau filon.

— Ça lui apprendra à vivre, approuve Brown. Ça compensera vos pertes. Bonne idée, Monsieur.

— Vous ne pouvez pas me contraindre à travailler pour vous, s'insurge O'Connor. C'est contraire à la loi.

— Je ne vous contrains pas, sourit le châtelain. Je vous fais une offre : la mine ou le juge Scoresby. À vous de choisir.

— Moi, j'veux bien y aller à sa place, intervient le braconnier. J'peux y travailler un mois, si vous voulez.

— Toi, tu la fermes, lui ordonne le garde-chasse. On en a fini avec toi.

— Qu'est-ce que j'aurai à manger ? demande O'Connor.

— Un repas chaud le soir. Et un endroit sec pour

dormir. Garnett, le contremaître, vous expliquera le travail, et il vous aura à l'œil, au cas où vous décideriez de vous tourner les pouces.

O'Connor jette un coup d'œil au lambris craquelé, à la façade de cheminée au laiton terne et poussiéreux, puis regarde le châtelain dont les traits lui font penser à ceux d'un ogre. Il la vague impression d'avoir déjà vécu cette situation, d'avoir entendu les mêmes mots.

— Bon, d'accord pour une semaine, mais pas davantage. Ensuite, je dois à tout prix aller à Harrisburg.

— Comment s'appelle celui que vous traquez ?

— Stephen Doyle. Il a tué mon neveu, à Manchester.

Le châtelain lève ses sourcils broussailleux.

— Il y a plus d'un Doyle à Harrisburg. J'espère que vous tomberez sur le bon.

— J'en ai bien l'intention.

— Si vous le tuez, même s'il a fait ce que vous prétendez, vous serez pendu. De nos jours, on ne peut pas commettre un meurtre en Pennsylvanie et compter s'en sortir sans encombre. Les temps ont changé. Vous le savez, j'espère.

— Je prends le risque.

— J'ai abattu un homme, autrefois, dit le châtelain. Au Texas, près de Fort Mason. Une balle en pleine tête. Il méritait de mourir, c'était un voleur et un menteur par-dessus le marché, mais j'ai sa mort sur la conscience depuis plus de vingt ans. Il m'arrive de me réveiller la nuit et de le voir, à genoux, m'implorant pour avoir la vie sauve. Un homme dans la force de l'âge qui pleure comme un petit enfant, c'est une chose que l'on n'oublie pas.

— Je n'oublie jamais rien, précise O'Connor. C'est dans ma nature.

— C'est à la fois une bénédiction et une malédiction, je dirais.

— Vous avez raison.

Le châtelain paraît satisfait de la tournure qu'a pris la

discussion. Il tousse à plusieurs reprises, se racle la gorge et crache dans le feu.

— Vous dormirez dans le cellier. La bonne vous donnera quelque chose à manger. Demain matin à l'aube, celui-là sera conduit chez le juge, et moi, je vous emmènerai à la mine, O'Connor, et je vous présenterai au contremaître. J'espère que vous êtes meilleur piocheur que braconnier.

— Je suis aussi mauvais dans les deux cas.

— Une semaine, ça ne vous tuera pas. Et si le travail vous plaît, vous pourrez rester.

Cette nuit-là, pendant que le braconnier s'agite et parle dans son sommeil, O'Connor entend les voix chuchotantes de ses morts, qui pleurent, gémissent et lui disent combien ils souffrent pour lui. Certaines sont coléreuses, d'autres l'implorent d'intercéder en leur faveur. Il tente de fermer ses oreilles à leur brouhaha, mais elles se font plus fortes, plus insistantes. Il a l'impression qu'en lui un barrage s'est rompu et qu'un torrent de souvenirs le submerge, balayant tout ce qui est solide et réel. Le passé semble prendre une amère revanche sur le présent.

Au petit matin, il se retrouve à l'arrière d'une charrette à foin qui le conduit à la mine. Il aperçoit une bâtisse grise près d'un torrent tumultueux. Devant le bâtiment, des rails de bois décrivent une courbe bizarre entre l'aire de lavage et l'entrée du gisement. Un enfant, debout à côté d'une grande cuve vide, dégrossit la roche à l'aide d'un marteau à concasser. Le châtelain veut savoir où est Garnett, l'enfant répond qu'il est parti dans le bois contrôler les portes de l'écluse et qu'il va bientôt revenir. Le châtelain va s'asseoir dans l'atelier. O'Connor reste dehors près de la fenêtre à écouter le bruit sourd du torrent et, en écho, celui du marteau effritant la roche sur l'enclume de cassage. L'air humide lui glace la peau, le ciel est lourd de nuages. Il contemple la terre noire et se demande comment tout cela va finir et ce qu'il est encore en état d'endurer.

Chapitre 30

Naguère, lui explique Garnett, le contremaître, c'était le cheval de la mine qui tractait les wagonnets de minerai, mais l'animal étant mort d'hydropisie, c'est désormais à un homme qu'échoit la besogne. Les cuves en bois, montées sur des roues cerclées de fer, font cinq mains de hauteur ; le herscheur qui les tire est équipé d'un harnais aux épaules et d'un large bandeau de cuir au front. Excepté quelques semaines en été, il y a toujours de l'eau qui coule dans le tunnel d'accès au filon sur environ un pied de profondeur, ce qui permet malgré tout aux mineurs du front de taille de rester au sec, mais qui est plutôt inconfortable pour le herscheur. En outre, si on n'est pas habitué à se baisser, on se cogne contre les madriers d'étayage. Ça arrive souvent au début. Toutefois, au bout de quelques heures, se courber devient un réflexe, une seconde nature. Les rails de chêne sont inégaux par endroits, à cause des nœuds du bois, si bien que les roues tressautent, et il faut s'arc-bouter pour empêcher le wagonnet de dérailler, précise Garnett.

Un mile et demi sépare la veine de l'entrée de la mine. Certains jours, les mineurs parviennent à remplir quatre à cinq cuves de minerai et de roche brute. Quand le chargement atteint l'aire de triage, il est renversé au sol puis pelleté vers un broyeur. L'enfant, lui, surveille le broyage et veille au fonctionnement de la cribleuse. Parfois il aide à dégrossir la roche, si le chef de poste lui en donne l'ordre.

— Un paresseux et un menteur, ce gosse, il demande de l'aide même quand il n'en a pas besoin, précise Garnett.

La cuve vidée peut rester sur l'aire de triage, si une autre est prête à repartir du front de taille ; si ce n'est pas le cas, il faut la rapporter afin de la recharger. Un wagonnet vide est plus facile à tracter qu'un plein, cela va de soi, même sur une pente ascendante.

Garnett désigne ensuite à O'Connor les monceaux de roche concassée dont on a extrait le minerai, puis lui montre comment attacher le harnais, et la meilleure façon de tirer le taquet sur le côté de la cuve pour que son chargement se renverse facilement.

— Cette semaine, c'est le nouveau, là, qui s'occupera de tirer les cuves, annonce-t-il à l'enfant.

— Pourquoi ?

— Parce que c'est comme ça. Occupe-toi de tes oignons et va travailler.

Garnett est un homme fluet, à la fine moustache grise, aux yeux perçants et à l'expression sévère. Il est coiffé d'une vieille casquette à carreaux.

— Vous serez traité comme les autres, ajoute-t-il, sitôt l'enfant parti. Ni mieux, ni moins bien, sauf si vous vous tournez les pouces ou que vous essayez de filer en douce, auquel cas vous aurez affaire à moi.

— Le châtelain vous envoie souvent des braconniers ?

— Quelque fois, oui, et aussi des gens qui ont une dette envers lui, ou qui traversent sa propriété sans autorisation, voire pour moins que ça. Ça lui fait de la main-d'œuvre gratuite.

Il faut plus d'une heure à O'Connor pour tracter une cuve pleine depuis la veine jusqu'à l'aire de triage. Le cuir du harnais lui scie les épaules, il a les pieds gelés à force de patauger dans l'eau. Une fois que le martèlement des pics s'estompe, il n'entend plus que le son de sa propre respiration et le chuintement des roues. L'obscurité devant, l'obscurité derrière. Il compte ses pas ; quand il arrive à mille, il s'arrête pour souffler. Des ombres papillonnent au coin de ses paupières, l'eau noire goutte du plafond du tunnel, l'air froid sent la calcite et la terre retournée. Chaque chargement est identique au précédent. Pour s'éclairer, il a une chandelle de suif plantée dans un bougeoir en fer-blanc accroché à l'avant du wagonnet. Si elle s'éteint, il fait soudain tellement noir que son corps semble se dissoudre dans les ténèbres et qu'il ne subsiste que son âme misérable, ratatinée.

À la fin de la journée de travail, les mineurs s'attablent devant des assiettes de chou frit dans la graisse de porc. Ils discutent de ce qu'ils ont gagné et cherchent à savoir lequel d'entre eux a extrait le plus de minerai. La plupart du temps, ils ignorent O'Connor mais, parfois, ils lui posent une question à brûle-pourpoint : « Ho, l'Irlandais, t'as combien de cochons dans ta ferme ? » ou « C'est qui le roi d'Irlande ? ». S'il répond, ils ricanent comme s'il venait de proférer une idiotie. Ils viennent tous du même village, ils ont tous la même démarche, les mêmes épaules voûtées. Et comme l'enfant vient d'un autre bourg, à un mile à l'ouest du leur, ils se moquent de lui. Ils lui inventent des surnoms cruels et, chaque fois qu'il ouvre la bouche, ils feignent de ne pas comprendre ce qu'il dit. Tous dorment au-dessus de l'écurie, dans une pièce aménagée en dortoir. O'Connor, lui, dort dans l'écurie. Garnett l'y enferme à double tour le soir et vient le libérer le matin.

Tard dans l'après-midi du troisième jour, O'Connor voit le contremaître près des cribleuses en train de frapper l'enfant à coups de ceinturon. Recroquevillé sur le sol, le garçon tente de se protéger le visage. Il frémit sous chaque coup, pourtant il n'essaie ni de s'enfuir ni de se défendre. Quand Garnett a terminé, il fait signe à son souffre-douleur de se relever et de se remettre au travail. Le gamin ramasse sa casquette, essuie le sang sur sa lèvre. Garnett le toise un moment, puis remet son ceinturon et repart vers son bureau sans un regard en arrière. O'Connor tire la cuve jusqu'à la trémie et la fait basculer comme si de rien n'était. L'enfant soulève sa brouette et se dirige vers lui. Sa joue est meurtrie, il saigne encore de la bouche.

— Tu devrais t'enfuir d'ici, lui conseille O'Connor.

— Si j'm'enfuis, ils me rattrap'ront et ils me ramèn'ront ici.

— Pas si tu cours vite et assez longtemps.

L'enfant prend une pelle et commence à charger la brouette, avec lenteur, comme s'il dormait à moitié. Le sang paraît presque noir tant son visage est pâle.

— Et j'irais où ?

— Il y a d'autres endroits, où tu seras mieux traité.

— Et de quoi j'vivrai ?

— Tu arriveras toujours à te débrouiller.

L'enfant secoue la tête et répète avec obstination :

— J'peux pas m'enfuir. Ils me rattrap'ront et ils me ramèn'ront ici.

Après le souper, les mineurs jouent au rami, penchés sur une caisse à thé renversée, pareils à une troupe de spirites aux bottes crottées crachant ou marmonnant des prophéties, chaque fois qu'une carte est rejetée ou récupérée. Garnett ne se joint pas à la partie et O'Connor n'est pas invité. Il reste assis près de la fenêtre et regarde l'obscurité mouvante inonder les collines.

Plus tard, avant que Garnett l'enferme dans l'écurie, O'Connor veut savoir pourquoi il a battu l'enfant.

— Il l'avait mérité. Tout ce qu'on lui demande à ce p'tit merdeux, c'est de trier le minerai, et il est pas foutu de le faire correctement. Il est lent et stupide, il mélange le minerai et la roche. Un fainéant, un bon à rien qui nous fait perdre de l'argent tous les jours.

— Où vit sa famille ?

— Son père a foutu le camp et sa mère est trop pauvre pour le garder, donc il est propriété du châtelain. Il restera apprenti ici jusqu'à sa majorité.

— Donnez mon boulot à un autre et laissez-moi travailler avec lui. Je pourrai le surveiller et l'obliger à tenir le rythme.

— C'est à moi de le surveiller, pas à vous.

— Vous ne m'avez toujours pas dit pourquoi vous l'avez frappé.

— Pour lui apprendre.

— Et vous voyez du changement ?

— Non, mais ça viendra.

— Pourquoi vous ne voulez pas que je l'aide ?

— Aidez-vous vous-même, O'Connor. Et oubliez ce garçon.

L'ancienne écurie est pleine de courants d'air, mais O'Connor a une couverture et de la paille pour lui tenir chaud. Désormais, quand il rêve de Rose Flanagan, il ne voit plus son visage, juste un bras, une main ou sa silhouette qui s'éloigne. Il sait que c'est elle, pourtant lorsqu'il crie son nom, elle ne répond pas et ne se retourne pas.

Le lendemain, au crépuscule, les mineurs qui reviennent du front de taille trouvent l'aire de triage déserte. Le dernier wagonnet, encore plein, est resté à côté de la cribleuse. Ils supposent que Garnett a envoyé l'enfant faire une course à la fonderie, ou vérifier les portes de l'écluse. Ils ne voient l'Irlandais voleur de truite nulle part et, quand ils rentrent au dortoir, ils constatent que Garnett aussi manque à l'appel. Son bureau n'est pas fermé à clé. Ils farfouillent un peu partout, sortent les livres de compte et les dossiers des étagères, s'assoient dans son fauteuil et font mine de se donner des ordres. À tour de rôle, ils trempent son porte-plume dans l'encrier et essaient d'écrire leur nom sur le buvard, pour s'amuser. En l'absence du contremaître, ils se sentent heureux, libres, mais ils regrettent de ne plus pouvoir se moquer du gamin.

Après le dîner, ils jouent au rami pendant une heure et vont se coucher. Le matin, ils tirent à la courte paille pour décider lequel va traverser la lande pour aller prévenir le châtelain. Le perdant part après le petit déjeuner, les autres montent à la poudrière chercher des explosifs. Alors qu'ils s'en approchent, ils entendent une voix furieuse s'époumoner à l'intérieur. En ouvrant la porte, ils découvrent Garnett, à genoux entre les barils de poudre, chevilles et poignets liés, avec un œil au beurre noir et une oreille sanguinolente.

Chapitre 31

Quand Doyle entre dans la cuisine de la ferme, il trouve Anna seule. Patrick est à l'école et Fergus parti en forêt avec George Nichols, son ouvrier, abattre un châtaignier pour faire des piquets de clôture. Anna ne le reconnaît pas immédiatement. Quand elle réalise que c'est lui, elle étouffe un petit cri de surprise et porte la main à sa bouche. Oui, elle a vieilli, songe-t-il, mais pas tant que ça.

— Pourquoi tu pleures ? demande-t-il.

Elle se tamponne les yeux avec le coin de son tablier et s'exclame :

— Pour rien ! Qu'est-ce que t'attends pour te mettre à l'aise ? Enlève ta veste, viens vite t'asseoir.

Elle fait réchauffer le café sur le fourneau et s'installe auprès de lui, si heureuse de le revoir.

— Dis-moi où tu étais ! Je veux savoir ce qui t'est arrivé !

— Je ne me souviens pas de tout, Anna. Je suis parti longtemps.

— Alors raconte ce que tu te rappelles.

Il lui parle de la guerre, de l'Irlande, évite de mentionner Manchester. Cependant, Anna paraît choquée par son récit.

— Trop de batailles, soupire-t-elle. Tu aurais pu être tué.

— C'est fini, à présent. Je ne me rengagerai pas.

— Qu'est-ce que tu vas faire, alors ? Où tu vas aller ?

— Je ne sais pas encore.
— Stephen… tu en veux encore à Fergus ?
Il balaie la question d'un revers de main, comme si tout cela n'avait plus d'importance.
— Il m'a dit ce qui s'est passé cette nuit-là, que tu me regardais dormir et que ça l'a mis en colère.
— J'étais venu boire une louchée d'eau. Il faisait trop chaud dans la grange.
— D'après lui, t'étais resté trop longtemps dans la cuisine. « Et alors, c'était qu'un gosse », je lui ai dit.
— J'avais quinze ans, remarque Doyle.
— C'est vrai. T'avais juste quinze ans.
— Depuis quand êtes-vous mariés ?
— Il m'avait déjà fait la promesse, mais il l'avait pas tenue. Alors après ton départ, je lui ai dit que pour moi c'était fini, soit il m'épousait, soit j'allais chercher une place ailleurs.
Elle le regarde, souriante et, pendant quelques secondes, il a l'impression de redevenir l'adolescent orgueilleux et maladroit au corps submergé par la confluence trouble de désirs obscurs.
Quand Patrick revient de l'école, Anna lui donne une tranche de pain de maïs et un verre de petit-lait. Assis à la table, l'enfant, muet de stupeur, dévisage fixement le nouvel arrivant. Doyle lui pose des questions, il répond par des hochements de tête ou des signes de dénégation, sans oser ouvrir la bouche, jusqu'à ce que sa mère l'y incite. Avec ses grandes oreilles et ses cheveux noirs frisés, épais comme la toison d'un bélier, il tient davantage de son père que d'Anna. Une fois le goûter terminé, elle lui fait faire son devoir d'arithmétique et réciter sa poésie.
— Tu es un petit garçon très intelligent, conclut-elle quand il a terminé. Un jour, tu deviendras un grand monsieur.
Doyle lui glisse une pièce de cinq cents et lui serre la main.

— Tu as de la chance, Patrick, d'avoir une mère qui s'occupe si bien de toi.

L'enfant sourit, mais manifestement il ne comprend pas ce que veut dire l'étranger. Il pense que toutes les mères se ressemblent plus ou moins et que sa vie à la ferme n'est ni meilleure ni pire que celle des autres. Anna l'embrasse sur le front.

— Cours chercher ton père et dis-lui que, ce soir, on a un invité qu'on attendait pas !

Dans la journée, Doyle répare les clôtures avec George et laboure la terre pour préparer le semis de l'avoine. Le soir, après souper, il bavarde avec Anna, joue avec Patrick dans la cuisine ou l'aide aux menus travaux qui lui sont assignés. Au bout d'une semaine, Fergus lui dit en plaisantant que, si ça continue comme ça, il va être obligé de lui payer un salaire. Anna pince les lèvres d'un air désapprobateur.

— L'écoute pas, Stephen. Tu fais partie de la famille, tu peux rester autant que tu veux.

Le lendemain, en montant aux champs, Doyle dit à George que, s'il était malin et s'il savait ce qui est bon pour lui, il quitterait la ferme et irait à Philadelphie ou à New York.

— Il y a des tas de Nègres comme toi là-bas, et c'est facile d'y trouver du travail. Tu serais bien plus heureux et tu aurais une vie meilleure. Méfie-toi de Fergus, il te roulera dès qu'il pourra. Quand j'étais gamin, j'ai failli mourir sous ses coups. Moi, son propre neveu. Alors, réfléchis.

Nichols est grand et fort. C'est un être paisible, aux gestes mesurés. Il écoute Doyle avec attention, sans l'interrompre puis, quand celui-ci a fini, il affirme simplement qu'il est content de vivre ici, à la ferme. Il a travaillé dans les champs toute sa vie, et il ne serait pas heureux en ville.

Ce soir-là, pendant le souper, Fergus demande à son

neveu où il voulait en venir en fourrant des idées pareilles dans la tête de son ouvrier.

— Tu lui as dit de quitter la ferme et d'aller travailler à Philadelphie ?

Doyle plonge sa cuillère dans son assiette de ragoût et souffle dessus.

— Il sera bien mieux là-bas, si tu veux mon avis. Le boulot pour les Nègres, ça ne manque pas, en ville.

— George a pas besoin de tes conseils. Il est assez grand pour savoir ce qu'il veut. Il est heureux ici. On le traite bien, pas vrai, Anna ?

Doyle jette un coup d'œil à cette dernière.

— Tu sais, Fergus, on discutait comme ça, histoire de parler. C'est pas interdit par la loi.

Fergus se renfrogne et serre le poing. De la vapeur monte des plats posés sur la table. La lampe à huile suspendue à une poutre au-dessus d'eux projette sur les visages une lumière jaunâtre.

— Tu lui as dit aussi qu'on pouvait pas me faire confiance. Que je suis un menteur et un tricheur.

— Ah non. Je n'ai jamais dit ça. Ça doit venir de quelqu'un d'autre.

Patrick réclame du pain pour saucer son assiette, son père lui en coupe un morceau. L'enfant plie la tranche en deux et la grignote. Il ne devine pas la tension, songe Doyle, mais Anna, elle, la sent bien.

— Si tu essaies de foutre la merde ici, t'as qu'à partir, lance Fergus.

Doyle attend de longues secondes sans réagir. Il adore ce genre de situation critique où quelque chose de précieux va se fêler puis se briser en mille morceaux. On n'entend que le tic-tac de la pendule et le raclement de la cuillère de Patrick sur le fond de son assiette.

— Ta femme m'a invité à rester. Je partirai quand elle le décidera.

— C'est vrai, Stephen, que tu as dit tout ça à George ? demande Anna.

— Non, ce n'est pas vrai.

— George l'a juré, et je le crois, affirme Fergus.

— Ah… tu préfères croire un Nègre échappé d'une plantation du Kentucky plutôt que ton neveu, ton propre sang ?

— George est un brave homme, loyal et honnête.

— Et je suis comment, à ton avis ? riposte Doyle.

Ils se défient du regard. Fergus a blêmi, des plaques rouges marquent ses tempes et l'arête de son nez.

— Tu peux rester jusqu'à dimanche, dit-il entre ses dents. Pas un jour de plus.

Doyle pose ses coudes sur la table et s'incline vers lui.

— Tu es en colère contre moi, Fergus ?

Sa voix n'est plus qu'un chuchotis.

— Tu vas me battre jusqu'au sang, comme la dernière fois ? OK. On va régler ça dehors tout de suite, si tu veux.

— Arrêtez, là, tous les deux, les supplie Anna. Arrêtez, s'il vous plaît.

Le lendemain à l'aube, Fergus attelle son chariot et part à Harrisburg acheter une nouvelle lame de faux. Quand il revient, il fait presque nuit. Au lieu de stopper devant la ferme, il suit le sentier qui longe le champ d'orge jusqu'à la clairière en limite de futaie, où Doyle abat des jeunes arbres destinés à faire des poteaux pour maintenir les stères de bois. Fergus attache le cheval et s'avance, guidé par les coups sourds et réguliers de la cognée. Dès qu'il aperçoit son neveu, il l'interpelle. Doyle s'interrompt et se retourne. Fergus a presque le sourire, ses yeux brillent. L'amertume qu'on y lisait la veille au soir s'est effacée, remplacée par une lueur de curiosité, ou de plaisir. Doyle est curieux de savoir ce qui a pu causer un tel changement. Il plante la lourde hache dans une souche et chasse les copeaux de sciure des jambes de son pantalon.

— Qu'est-ce qui t'amène ?

— Ce matin, à Harrisburg, j'ai discuté avec Walter Alger, tu sais, le vieil épicier de Water Street. Il m'a raconté un truc qui pourrait t'intéresser.

— Je ne connais pas de Walter Alger.

— Lui, il te connaît, en tout cas. Il m'a dit qu'un type nommé James O'Connor se promène en ville en demandant à tout le monde s'ils ont entendu parler d'un certain Stephen Doyle. L'autre jour, il est entré dans l'épicerie et a posé la question à Walter. Ça lui disait rien, à Walter, et puis il s'est souvenu qu'autrefois j'avais un neveu qui vivait ici et qui s'appelait Stephen Doyle. Tiens d'ailleurs, il voulait de tes nouvelles.

— Ah bon ?

— Tu veux pas savoir pourquoi ce O'Connor te cherche partout ? T'es pas curieux ? Ou tu le sais déjà, peut-être ?

Fergus hausse un sourcil, guettant la réponse. Doyle ne cille pas.

— T'aurais assassiné son neveu, de sang-froid, et ce gars a traversé l'océan pour te retrouver.

Il attend à nouveau une réaction. Comme elle ne vient toujours pas, il s'énerve.

— Tu vas répondre à la fin ? Ose prétendre que t'es jamais allé en Angleterre ! Que tu connais pas James O'Connor ! Que tout ça c'est du baratin, que c'est jamais arrivé ?

— Tu as dit à Alger que j'étais là ?

— Non, évidemment. J'ai une réputation à garder, moi. Je te laisserai pas la salir. Je suis un honnête fermier ! Je lui ai dit que je t'avais pas revu depuis ton départ, y a dix ans.

— Tu penses qu'il t'a cru ?

— Oui. Pourquoi il me croirait pas ?

— Tu sais où loge O'Connor à Harrisburg ? Ton Walter Alger te l'a dit ?

Fergus le dévisage un long moment.

— Tu ferais bien de fiche le camp. Pars vite avant que je change d'avis et que je retourne à l'épicerie.

— OK. Je plie bagage demain matin.

— Non. Tout de suite. Et tu approches pas ma femme et mon gosse.

— Je suis un soldat. Ce que j'ai fait, je l'ai fait pour la cause.

Fergus secoue la tête avec dégoût.

— Je savais depuis le début que t'avais un mauvais fond. Ça se voyait dans tes yeux. Je t'ai recueilli parce que tu étais le fils de ma défunte sœur, mais toi, tu fais partie des gens qu'on peut pas aider.

— Tu m'as obligé à trimer comme un esclave, et tu m'as battu jusqu'au sang. Tu appelles ça aider les gens ?

— Je t'ai offert un toit quand t'avais nulle part où aller. Je t'ai nourri quand t'avais rien à manger. La seule branlée que t'as reçue de moi, tu la méritais. J'aurais dû cogner plus souvent, peut-être que ça t'aurait mis du plomb dans la cervelle. Tu serais peut-être pas devenu ce que t'es devenu.

Doyle regarde le gris du ciel fractionné par un enchevêtrement de branches.

— Si tu peux me rapporter mes affaires, dit-il enfin, je n'aurai pas besoin de retourner chez toi.

Fergus acquiesce et repart vers son chariot.

Depuis quand j'attends ce moment ? Combien de fois je l'ai rêvé, endormi ou éveillé, et maintenant il est arrivé. Doyle arrache la hache de la souche et rejoint son oncle en trois foulées. La lame décrit un arc de cercle étincelant. Fergus jette un regard en arrière, trop tard. Un bref instant, le temps que l'acier tranche les muscles de la nuque et sectionne les vertèbres cervicales, les deux hommes restent là debout dans la clairière, reliés comme des jumeaux par la vieille hache au manche imprégné de sueur, un cordon de sang noir tendu entre eux.

Chapitre 32

L'enfant est constamment à ses côtés. Même la nuit, il dort collé contre lui, sinon il fait des cauchemars ou se réveille en sursaut au petit jour, hurlant et tremblant de peur. O'Connor se rend compte qu'il ne va pas mieux. Il avait espéré que, loin de Garnett et des mineurs, son comportement s'améliorerait au fil du temps, or voilà un mois qu'ils sont arrivés à Harrisburg et rien n'a changé. L'enfant demeure silencieux, buté. Par moments, il renifle, jette des coups d'œil apeurés et se gratte, comme un chiot plein de puces. Il n'est pas stupide, au contraire il possède une certaine forme d'intelligence. Il est juste ignorant : le calcul, l'alphabet sont un mystère pour lui, il ne connaît même pas les mois de l'année. Il devrait aller à l'école quelque part, afin de devenir un garçon normal, mais O'Connor n'a pas d'argent. Et quand bien même, l'enfant refuserait d'y aller. Parfois O'Connor se demande pourquoi il a choisi d'assumer ce fardeau supplémentaire, pourtant la réponse est évidente : Michael Sullivan est mort par sa faute, il tient là une chance de se racheter.

Ils vivent dans une pension de famille bon marché, près de la voie ferrée, et se louent comme manœuvres. Les jours où ils n'ont pas de travail, ils vont pêcher dans une retenue d'eau ou s'assoient sur un banc du parc, écoutent l'orgue de Barbarie et regardent les Nègres qui dansent devant les passants, pour gagner quelques cents.

Ils ont parlé à tous les Doyle figurant au répertoire des rues de Harrisburg, ils sont entrés chez tous les drapiers de la ville, ont écumé tous les bars, toutes les épiceries, en vain. Personne ne connaît de Stephen Doyle correspondant à sa description. O'Connor sait qu'il devrait rentrer à New York et reprendre ses recherches de là-bas, mais ils sont plutôt bien ici, alors rester un mois ou deux de plus, pourquoi pas ? La folie furieuse qui l'a poussé à quitter Manchester s'est apaisée, il ressent à la place une incertitude, un vide et, de temps à autre, voit, telle une fleur sauvage poussant entre les pavés, une lueur d'espoir, fragile et incongrue.

Un après-midi, vers la fin du mois d'avril, alors qu'ils remontent Water Street en direction de la pension de famille, O'Connor s'entend héler par le gérant d'une épicerie, Walter Alger, qui, du pas de sa porte, lui fait signe d'approcher.

— Mr O'Connor ? J'ai quelque chose qui pourrait vous intéresser. L'autre jour, j'ai vu Fergus McBride, un Irlandais qui a une ferme à une vingtaine de miles d'ici. Dans le temps, il avait recueilli un neveu chez lui. On l'a pas revu depuis dix ans. Quand Fergus est passé au magasin la semaine dernière, tout d'un coup (Alger se tape le front pour souligner sa phrase), je me suis souvenu de son nom. Le neveu s'appelait Stephen Doyle. Ça devait être le fils de sa sœur. Stephen Doyle. C'est lui que vous cherchez, non ?

— Vous venez de me dire qu'il est parti il y a dix ans.

— Oui, ils sont brouillés, je crois. Fergus m'a jamais dit pourquoi, et je le lui ai pas demandé.

— Avez-vous parlé de moi à ce McBride ? Vous lui avez dit que je cherchais un Stephen Doyle ?

— Oui, bien sûr. Il m'a répondu que son neveu avait un sale caractère, mais qu'au fond il était pas si méchant. Il le voyait pas du tout assassiner quelqu'un.

— S'il ne l'a pas revu depuis dix ans, comment peut-il en être aussi sûr ?

— C'est ce que j'ai pensé aussi, mais j'ai pas osé le lui dire en face.

— D'après vous, Mr McBride accepterait de me parler, si je vais à la ferme ?

— Certainement, mais je doute qu'il en sache plus. Même si son neveu est votre homme, Fergus saura pas où il est.

— Un autre membre de la famille pourrait me renseigner, peut-être ?

— Possible.

— C'est curieux, j'étais sur le point d'abandonner, remarque O'Connor.

— Alors je vous ai rendu service, hein ? sourit Alger d'un air satisfait. Je vous ai remis sur les rails !

Plus tard, ce soir-là, dans leur chambre, l'enfant demande à O'Connor ce qu'il fera quand il aura retrouvé Stephen Doyle. Assis côte à côte sur le bord du sommier métallique, ils partagent du ragoût d'huître en conserve. Derrière les vitres poussiéreuses montent les bruits de la gare de triage : chocs des tampons des wagons de marchandises, halètements et sifflements des locomotives à vapeur.

— Je retournerai peut-être en Irlande, répond O'Connor. Je ne sais pas encore.

— Tu m'emmèneras avec toi ?

— Si tu veux venir, oui.

Ils mangent avec lenteur, car ils n'ont qu'une cuillère pour deux, qu'ils se passent et se repassent.

— On ira en bateau ?

— Il n'y a pas d'autre moyen d'y aller.

— J'suis jamais monté sur un bateau. J'ai jamais vu la mer.

— Ah, la mer… c'est quelque chose, tu sais. C'est merveilleux.

— Et si j'me noie ?

— Pourquoi tu te noierais ? Quelle question !

— Mais quand même, si j'me noie ?

— Je te lancerai une corde.

L'enfant sourit, sans doute pour la première fois. O'Connor lui laisse terminer la boîte de conserve, puis lèche la cuillère et la remet dans sa poche. Pendant quelques instants, il se prend à rêver. Je ne m'appelle pas James O'Connor ; Stephen Doyle, Michael Sullivan, Tommy Flanagan n'ont jamais existé. L'ardoise est à nouveau vierge et je suis à nouveau libre. Non, quelle idée puérile. Il est trop tard. Je suis James O'Connor, et je dois suivre mon chemin jusqu'au bout.

Le lendemain, ils se lèvent à l'aube. Ils font bouillir de l'eau pour le café et le porridge, puis se débarbouillent à la pompe de la cour. L'air est froid, la lumière du matin encore grise quand ils traversent la voie ferrée et le Pennsylvania Canal. Mais bientôt, à l'est, le soleil perce les nuages. L'enfant marche à une allure lente mais régulière. Il lui arrive même de siffloter. Lorsqu'ils font halte près d'une rivière pour boire et se reposer, il se roule en boule sur le sol et s'endort aussitôt.

Ils atteignent la ferme de McBride en début d'après-midi. Une grande femme aux cheveux gris, le visage étroit, leur ouvre la porte. Ses yeux clairs sont rougis, elle n'est pas apprêtée, on dirait qu'elle relève de maladie. Derrière elle se tient un garçonnet d'une dizaine d'années, aux cheveux noirs frisés et aux oreilles décollées. O'Connor se présente et explique qu'il vient voir Fergus McBride.

— Je suis sa femme, Anna McBride, dit-elle d'une voix rauque. Fergus est mort. Il a été agressé en revenant de Harrisburg. Dévalisé et assassiné. Un colporteur a trouvé son corps au bord de la route, pas loin d'ici. On l'a enterré y a deux jours dans le cimetière paroissial, là-bas.

— Pas plus tard qu'hier, je parlais à Walter Alger, l'épicier de Water Street, à Harrisburg, remarque O'Connor. La semaine passée, il discutait encore avec votre mari.

— Ça devait être le jour où il est mort.

O'Connor scrute les alentours. La ferme est bien entretenue, elle semble prospère. Personne ne lui a signalé que les routes de la région étaient mal fréquentées. Ce pauvre McBride n'a vraiment pas eu de chance, de se faire tuer si près de chez lui.

— Je suis navré, Mrs McBride. Si vous avez besoin d'un coup de main, le travail ne nous fait pas peur.

Elle secoue la tête.

— Merci, j'ai toute l'aide qu'il me faut. Mais entrez, vous devez avoir soif.

Ils s'assoient à la table en pin. La cuisine est sale et encombrée, ça sent la graisse de porc et la cendre froide. Anna McBride est très pâle, épuisée par la douleur et l'insomnie. Avec la lenteur et le manque d'assurance d'une somnambule, elle leur apporte un pichet d'eau et deux verres.

— Ce garçon, c'est votre fils ? demande-t-elle à O'Connor.

— Non. Son père a disparu et sa mère l'a abandonné. Je suis son tuteur.

— Où avez-vous rencontré mon mari ? Je ne vous ai jamais vu par ici.

— Je ne le connaissais pas, Mrs McBride. Je cherche quelqu'un et, d'après Mr Alger, votre époux était susceptible de m'aider.

— Je suis désolée que vous ayez fait tout ce trajet pour rien. Restez ici cette nuit, si vous voulez. Y a une pièce au-dessus de l'écurie. Je peux vous préparer une soupe. J'ai quelques légumes…

— Ne prenez pas cette peine, la coupe O'Connor. Mais vous pouvez peut-être répondre à ma question.

— Ça m'étonnerait. Fergus me parlait pas de ses affaires.

— Il s'agit de son neveu, Stephen Doyle.

Elle paraît surprise.

— Stephen ? Le mieux c'est que vous alliez le voir directement. Il travaille là-haut, dans la pâture.

S'ensuit un long silence, au cours duquel O'Connor, sous le choc, essaie de décrypter ce qu'il vient d'entendre.

— Vous… vous voulez dire que Stephen Doyle est ici, dans cette ferme ? En ce moment ?

— Oui, ça fait une quinzaine de jours, et c'est une vraie bénédiction. Je sais pas comment j'aurais fait sans lui. Il nous est d'un grand réconfort.

Elle tend la main vers son fils pour lui caresser la joue, mais le garçonnet s'écarte.

— On m'a dit qu'il était parti il y a dix ans et que vous n'aviez plus de nouvelles depuis.

— C'est vrai, mais il est revenu, enfin. C'est lui que vous cherchez ?

L'enfant ouvre la bouche, mais O'Connor lui fait signe de se taire. Il regarde Anna calmement.

— Votre neveu a fait la guerre, Mrs McBride ?

— Oh oui ! Il a même été promu capitaine.

— Dans le 88e régiment d'infanterie, c'est ça ?

— Oui, je crois.

— Et il en a gardé deux grosses cicatrices sur la joue ? Une là et une là ?

— Oui. Vous êtes un ami à lui ?

— Juste une connaissance. Nous nous sommes rencontrés en Angleterre. Nous faisions affaire ensemble.

— Je savais pas que Stephen était allé là-bas. Il nous a parlé de l'Irlande, mais pas de l'Angleterre.

— Il n'y est pas resté longtemps. Un mois ou deux tout au plus. Il a sans doute oublié.

— Si vous voulez, j'envoie Patrick lui dire que vous êtes là.

— C'est gentil, mais nous allons monter le voir tout de suite.

Anna fronce les sourcils.

— Y a un problème avec Stephen ? Il a des ennuis ?

O'Connor essaie de maîtriser son émotion, de ne laisser transparaître ni surprise ni alarme.

— Non, dit-il. Pas que je sache.

Il jette un coup d'œil à l'enfant, puis se lève de table.

— Nous ne vous dérangeons pas davantage, Mrs McBride. Merci de votre accueil.

Dans la cour, il sort le pistolet qu'il a volé à Garnett, le vérifie, puis lève la tête vers le ciel en grimaçant. L'enfant l'observe.

— Qu'est-ce que tu vas faire ?

— Ce que j'avais prévu.

— J'veux t'aider.

— Pas question. Tu es trop jeune. Si j'avais su que Doyle était ici, je t'aurais laissé à Harrisburg.

O'Connor glisse l'arme dans sa ceinture et joint les mains devant son visage, très fort, comme pour adresser au Ciel une dernière et furieuse prière. Il y a de fortes chances que Doyle ait tué l'oncle, afin que personne ne découvre sa cachette. Et s'il soupçonne qu'on le recherche, il doit être armé. O'Connor ne craint pas pour sa propre vie, mais il regrette d'avoir emmené l'enfant avec lui. Il ne faut surtout pas qu'il soit témoin de ce qui va se passer ; il veut garder pour lui seul ce terrible tableau.

— Toi, tu restes ici et tu m'attends, compris ?

— C'est quoi, un tuteur ? interroge l'enfant.

— C'est juste un mot, ce n'est pas important.

— Mais ça veut dire quoi ?

— Ça veut dire que je te protège jusqu'à ce que tu sois en âge de te protéger toi-même.

— Et ça va durer longtemps ?

— Un an. Peut-être deux.

— Alors, j'veux t'aider.

— Pas question. Tu ne bouges pas d'ici, tu m'entends ? Je reviens vite, promis.

Tandis qu'il remonte le sentier qui mène à la pâture, il pense à son père, enfermé dans une cellule de la prison d'Armagh. La veille de son départ pour le bagne de Spike Island[1], il les avait serrés contre son cœur, sa sœur et lui, les avait embrassés, et leur avait fait promettre de ne jamais oublier les méchants, ces salopards de voleurs, la cause de toutes leurs souffrances. On aurait dit qu'il les bénissait alors qu'il proférait une malédiction. C'était sa façon de lier ses enfants à lui pour toujours. Daniel O'Leary, l'homme qu'il avait assassiné, était le fils de Charles O'Leary, l'huissier venu expulser ses parents de leur ferme de Forkhill, vingt ans plus tôt. Chérissez vos souvenirs les plus amers, nourrissez-les avec soin et laissez-les croître et se développer ; telle était la ligne qu'avait choisie Paul O'Connor et il tenait à ce que ses rejetons suivent ses traces. Toute sa vie, O'Connor s'est efforcé de rayer le passé de sa mémoire ; aujourd'hui, il se demande si ses efforts n'ont pas été vains, si l'esprit de vengeance de son père n'a pas survécu en lui toutes ces années, bien caché, mais tout-puissant.

Il dépasse la bauge du verrat et le fumoir à salaisons, marche encore cinquante yards, puis fait halte pour scruter l'horizon pâle, les collines aux couleurs estompées. Le vent tord la cime des ormes et, dans le champ en contrebas, un troupeau de brebis avance en bêlant. Devant ce spectacle, il sent peu à peu se réveiller sa conscience

1. Île située au nord de la Tasmanie. Dans sa prison surnommée l'Enfer de l'Irlande ont croupi ceux qui avaient volé pour survivre lors de la Grande Famine (1845-1852), les détenus politiques après l'insurrection de Pâques 1916 et durant la guerre d'Indépendance (1919-1921). Au XIXe siècle, l'île de Spike était le plus grand centre de détention du monde.

endormie. Risquer sa vie pour se venger, d'accord, mais l'enfant, lui, n'a rien à voir avec cette histoire, il est innocent, alors pourquoi devrait-il être sacrifié ? Et pour le bien de qui ? O'Connor pousse un juron, crache par terre, puis tourne les talons et repart vers la ferme. Quand il arrive, l'enfant est là, qui l'attend, immobile, le regard vide, dans la cour poussiéreuse.

— Viens, on rentre à Harrisburg, lui annonce O'Connor. Je dirai à la police ce que j'ai appris. Ils viendront le cueillir.

— J'croyais qu'tu voulais le tuer toi-même ?

— J'ai changé d'avis. Ce n'est pas la bonne solution.

Ils cheminent depuis une heure quand il commence à pleuvoir. La pluie qui goutte des arbres dégarnis ruisselle dans les sillons des labours, de chaque côté de la route. Des nuages noirs dérivent sur fond de ciel crayeux. O'Connor est pris de doutes : ne vient-il pas de commettre encore une erreur en laissant la vie sauve à Doyle ? N'a-t-il pas trahi sa propre cause ? Ils pourraient regagner Harrisburg en trois heures, si un chariot s'arrêtait, mais avec l'enfant, à pied, ils en mettront cinq ou six. Dès qu'Anna McBride mentionnera leur visite, Doyle quittera la ferme au plus vite. Le temps qu'O'Connor parvienne à convaincre la police d'aller l'appréhender, il aura peut-être déjà parcouru dix, voire vingt miles. On pourrait ne jamais le retrouver, même en le cherchant partout. Avoir traversé l'océan et fait toute cette route, enduré toutes ces souffrances, pour rien. Il ne ressent pourtant aucune déception, aucune colère. Il est content d'être loin, et surtout que l'enfant soit sain et sauf.

Tout en marchant, ce dernier entonne une chanson qui parle d'un homme parti un jour de chez lui et qui n'est jamais revenu. Sa voix est légère mais ferme. O'Connor lui demande d'en chanter une autre. L'enfant refuse.

— Non. À toi la prochaine. Chacun son tour.

En plaine, la pluie a cessé. Elle continue de strier le ciel de lignes diagonales au-dessus des collines. O'Connor n'a pas chanté depuis une éternité, il n'en avait plus envie ; aujourd'hui, la mélodie et les paroles lui reviennent tout naturellement, comme des graines en dormance enfouies dans une terre fertile des années durant.

Chapitre 33

San Francisco, huit ans plus tard

À un carrefour, un jeune prédicateur harangue la foule. Très maigre, presque décharné, les joues creuses, les yeux enfoncés dans les orbites, avec de longs cheveux noirs et une barbe hirsute prématurément piquetée de gris. Le soleil est haut dans le ciel, dans une heure il sera midi. La sueur coule de son front et luit sur sa gorge où bat une grosse veine. Il prêche les derniers jours, le salut promis par Dieu grâce au sang versé par Jésus-Christ. Certains passants s'arrêtent une minute pour l'écouter, la plupart le regardent de travers, se moquent de lui ou se détournent. Il tient dans sa main au-dessus de sa tête une bible tachée de sueur, qu'il frappe comme un tambourin, en citant les Écritures d'une voix éraillée et enflammée.

— Écoutez mon histoire et retenez-la bien ! Autrefois j'étais perdu comme vous l'êtes, au bord du désespoir, l'esprit englouti par les ténèbres et rétréci par l'ignorance. Mais Dieu m'a choisi et inspiré. Je suis né en Pennsylvanie dans la pauvreté et l'indigence. À l'âge de dix ans, on m'a envoyé trimer dans une mine de plomb où j'étais battu, humilié et raillé. Là, un homme nommé O'Connor m'a sauvé. Il est devenu mon tuteur et nous avons vécu ensemble quelques mois. Il avait un ennemi du nom de Doyle, qui lui avait fait grand tort par le passé. Un jour de

Jugement dernier, nous marchions dans la campagne quand Doyle nous est apparu, chevauchant un hongre grisonnant. Il brandissait un pistolet. Quelques secondes plus tôt, nous riions et chantions à tue-tête, et la mort nous est tombée dessus. Que ce soit une leçon pour vous tous, pauvres pécheurs. Mon tuteur n'a pas eu le temps de se défendre ni de s'échapper. Avant qu'il ait pu sortir son arme, une balle lui a transpercé le front.

« Alors qu'il gisait, mourant, à mes pieds, j'ai dû l'abandonner pour fuir dans les bois et sauver ma vie. J'ai couru, couru aussi loin que mes forces me portaient et je me suis caché sous un buisson, tremblant de peur, jusqu'à ce que la nuit tombe. Au matin, j'ai cherché à rejoindre la route, mais mes pas me ramenaient sans cesse au buisson. Je tournais en rond, victime d'un sortilège impossible à briser. Dans les Psaumes il est écrit : "Ils erraient dans le désert, ils marchaient dans la solitude, sans trouver une ville où ils pussent habiter."

« J'étais affamé, assoiffé, et le chagrin me dévorait le cœur. Je commençais à perdre toute espérance, quand de loin m'est parvenu un bruit étrange, un bourdonnement continu. Déterminé à découvrir sa source, j'ai marché dans sa direction et je suis arrivé au cœur d'une clairière où une tente était dressée. De la tente montait un cantique. Je suis entré, les fidèles se sont retournés. Je pensais qu'ils allaient me chasser, au contraire ils m'ont accueilli avec chaleur, comme nous l'enseigne le Christ, selon Jean : "Dans la maison de mon Père, il y a plusieurs demeures ; si cela n'était pas, je vous l'aurais dit. Je vais vous préparer une place."

« Lorsque les voix se sont tues, le prêtre m'a fait signe de venir vers l'autel. Il m'a dit de prononcer mon nom, puis a posé sa main sur mon front et m'a béni. Alors que j'étais là, affaibli, désespéré, accablé de chagrin, l'Esprit saint est venu en moi, et toutes mes peurs, toutes mes angoisses se sont dissipées. Car il est écrit dans l'Apocalypse : "Dieu essuiera toute larme de leurs yeux ; et la mort ne sera plus, et il n'y aura plus ni deuil, ni cri, ni douleur." » Ce jour-là a été le premier de ma seconde vie. Mon tuteur était mort, mais j'avais trouvé auprès de Jésus la protection et le réconfort.

« J'assistais le prêtre pendant les offices et je l'ai servi loyalement. Il m'a appris à lire et à écrire, en échange, je pourvoyais à ses plus bas besoins. Quelques années plus tard, un soir que j'étais sur mon lit, terrassé par une fièvre paludéenne, j'ai eu une vision : un ange planait au-dessus de moi. Il m'a annoncé que le Christ reviendrait dans le Grand Ouest et que la Nouvelle Jérusalem y serait bâtie. Dès que j'ai pu tenir debout, j'ai fait mon baluchon. Le trajet jusqu'à la Californie fut long et terrible, ma foi fut souvent mise à l'épreuve, mais je savais que le Christ veillait sur moi, aussi ai-je enduré pour sa gloire les pires douleurs.

« Le soir où je suis arrivé ici, l'ange m'est à nouveau apparu. Il m'a chargé de vous préparer aux catastrophes qui allaient s'abattre sur votre ville. Il m'a révélé que bientôt la terre tremblera et qu'un terrible incendie ravagera San Francisco[1]. L'Éternel se vengera sur les méchants et tous ceux qui les ont aidés. Bien plus tôt que vous ne le croyez. Quand les sept anges descendront des cieux, les fornicateurs, les idolâtres et les menteurs seront jetés dans l'étang de feu et de soufre : voilà la prophétie de l'Apocalypse et je suis son humble messager. C'est la Parole du Seigneur. Repentez-vous, purifiez-vous de vos péchés ou vous irez en enfer pour mille ans. Ignorez-moi, insultez-moi, mais méfiez-vous car, comme le dit le prophète : "Voici, le jour de l'Éternel arrive, jour cruel, jour de colère et d'ardente fureur qui réduira la terre en désolation et en exterminera les pécheurs."

1. En avril 1906, San Francisco a été ravagée par un séisme, suivi d'un terrible incendie, qui détruisirent plus de 80 % de la ville.

Son voyage depuis la Pennsylvanie dura un an. Il souffrit mille morts avant d'atteindre la Californie. En traversant le fleuve Missouri, il faillit se noyer ; près de Wichita, au Kansas, il fut attaqué et assommé par des bandits de grand chemin. La peau brûlée par le soleil des déserts du Colorado, les chevilles mordues par des serpents, il fut à deux doigts de mourir de froid en franchissant les cols des Rocheuses, au Nevada. Malgré toutes ces avanies et ces privations, jamais sa foi ne vacilla ; et quand il arriva à San Francisco, pouilleux, en haillons, les bottes éculées, les pieds enflés couverts de meurtrissures, il sut qu'il avait devant lui le théâtre de sa mission. Il venait enfin d'entrer dans Babylone. Où qu'il allât, dans les banques, les bureaux, les églises, les temples, les rues jonchées d'ordures où se bousculaient des passants agressifs, les signes du péché et des fausses prophéties se manifestaient à ses yeux. Où qu'il posât son regard, il ne voyait qu'idolâtrie et avarice. Partout, la luxure, la misère, la corruption et la convoitise.

Ce n'est qu'une question de temps, il le sait, avant que le châtiment divin soit infligé. Quand il imagine la ville détruite, rasée, et ses habitants précipités dans les flammes ou engloutis dans les entrailles de la terre, par-delà la pitié et l'horreur, une évidence s'impose à lui. Dans sa vie, il a côtoyé le mal, il a souffert et vu les autres souffrir, mais aujourd'hui il comprend que tout cela était nécessaire. Quelles que fussent les peines endurées, les situations confuses, elles faisaient partie d'un dessein éternel et immuable. Rien ne peut en être écarté et il n'existe rien au-delà. Ce qui semble étrange ou incompréhensible sera un jour expliqué. Le faux et le mauvais ont été voulus par le vrai et le bon. Au soir du Jugement dernier, tout sera comptabilisé. Il le croit, il en est certain. C'est sa satisfaction et sa joie.

Chaque fois qu'il prend la parole dans la rue, sur les marchés, il est raillé, conspué ou ignoré, mais il ne s'en offusque pas, car il sait que lorsque résonneront les trompettes du Jugement dernier, les hommes injustes tomberont et les justes seront élevés dans la gloire de Dieu. James O'Connor est mort, Stephen Doyle est encore libre et en vie, mais le jour où le Christ reviendra, leurs deux âmes seront pesées dans la balance et le verdict sera rendu. Si la loi humaine est faible et corrompue, celle de Dieu est infinie et sans tache.

Il est seul dans cette ville, sans amis ni compagnons à qui se fier, car il n'a rencontré aucune créature au cœur assez pur ou au tempérament assez fort pour demeurer à son côté. Sur chaque visage, il discerne nettement les stigmates de la Bête. Ce n'est que lorsqu'il aperçoit son reflet dans une vitre qu'il voit sur son front, écrit en lettres de lumière dorée, le nom béni du Seigneur.

À minuit, il descend vers l'océan, dans le quartier mal famé de Barbary Coast, et attend dans une ruelle adjacente à Pacific Street, près d'un bouge, que les hommes viennent à lui. Certains sont jeunes, mais la plupart sont comme le prêtre : vieux, mal lavés, lèvres humides, gros ventre et mains tremblantes. Il comprend leurs désirs et sait les apaiser. Même s'il touche leur chair et qu'il se laisse toucher par eux, même s'il prend leur membre dans sa bouche et qu'il avale leur semence, jamais il ne se sent souillé. Il accepte leur argent, mais il n'est pas vénal. Dieu est son bouclier, Dieu le protège. La nuit, il dort dans des lieux infâmes et crasseux, parmi les ivrognes et les scélérats ; durant la journée il mange les restes des repas des riches en compagnie des flambeurs et des putains, et pourtant sa pureté, sa sainteté demeurent intactes, car il sait que les anges qui veillent sur lui le guideront toujours. Allongé sur sa couche dans l'obscurité fétide, il écoute le bruissement de leurs grandes ailes et le silence apaisant de leurs voix sonores.

NOTE DE L'AUTEUR
ET REMERCIEMENTS

Cet ouvrage est une œuvre de fiction qui prend racine dans des faits historiques. Il est exact que trois membres de la Fraternité républicaine irlandaise, William Allen, Michael Larkin et Michael O'Brien, par la suite nommés les martyrs de Manchester, ont été pendus devant la prison de New Bailey le 23 novembre 1867 pour le meurtre de Charles Brett, de la police de Manchester. Mais les différents événements qui s'ensuivent dans ce roman sont tous imaginaires. Bien qu'un petit nombre de personnages soient inspirés de gens impliqués dans l'activité révolutionnaire irlandaise des années 1860, que ce soit pour la soutenir ou la réprimer, la plupart, en particulier les deux principaux protagonistes, James O'Connor et Stephen Doyle, sont purement fictifs.

Un grand merci à John McAuliffe, Judith Murray, Denise Shannon, Suzanne Baboneau et Gilian Blake pour leur aide et leur soutien.

MIXTE
Papier issu de
sources responsables
FSC® C003309

10/18, une marque d'Univers Poche,
est un éditeur qui s'engage pour
la préservation de l'environnement
et qui utilise du papier fabriqué à partir
de bois provenant de forêts gérées
de manière responsable.

10/18 – 92 avenue de France, 75013 PARIS

Imprimé en France par CPI

N° d'impression : 162557
X07755/01